MICHAEL WILDENHAIN

DIE ERFINDUNG DER NULL

ROMAN

Klett-Cotta

Klett-Cotta

www.klett-cotta.de

© 2020 by J. G. Cotta'sche Buchhandlung

Nachfolger GmbH, gegr. 1659, Stuttgart

Alle Rechte vorbehalten

Printed in Germany

Cover: ANZINGER UND RASP Kommunikation GmbH, München

unter Verwendung eines Fotos von © iStock, haushe

Gesetzt von C.H.Beck.Media.Solutions, Nördlingen

Gedruckt und gebunden von GGP Media GmbH, Pößneck

Dritte Auflage, 2020

ISBN 978-3-608-98305-0

den Kommenden

Der Wissenschaftler beschäftigt sich nicht mit der Natur, weil sie nützlich ist; er beschäftigt sich mit ihr, weil es ihm Spaß macht, und es macht ihm Spaß, weil sie schön ist.
Wäre die Natur nicht schön, wäre es nicht wert, sie zu kennen, und wenn es nicht wert wäre, die Natur zu kennen, wäre das Leben nicht lebenswert.

HENRI POINCARÉ

Wer die Wahrheit sagt, braucht ein schnelles Pferd.

BUFFALO BILL

INDUKTIONSANNAHME

Manche Menschen wirken auf den ersten Blick wie Verlorene. Als hätte ein Ereignis in ihrem Leben sie aus der Bahn getragen und als hätten sie trotz aller Bemühung nicht wieder Fuß gefasst.

Bei genauerer Kenntnis einer solchen Person ändert sich der Eindruck. Nun scheint es, als wartete sie, in sich zurückgezogen, und hütete einen verborgenen Kern, der es ihr, käme die Gelegenheit, ermöglichte, von vorn zu beginnen.

Beschäftigt man sich eine Weile mit der Person, gerät die Annahme erneut in Zweifel. Die gerade noch scharfen Konturen ihrer Eigenart beginnen zu verschwimmen. Eben noch meinten wir, einen Beweggrund zu erahnen, die Herkunft des Verhaltens verstanden zu haben, bis wir begreifen, dass sich einige Menschen ungern in ein Bild zwingen lassen und sich dem Zugriff, den sie als Gewalt empfinden, oft unbewusst entziehen.

Verglichen mit uns repräsentieren sie das Andere. In einer Welt der Sesshaften sind sie Nomaden und uns, auch wenn es ihnen gelingt, für eine Zeit zu bleiben, fremd. Keiner kommt ihnen auf die Dauer nah. Sie sind, wie von allem Anfang an, allein.

Am 14. Juli wird eine 47-jährige Frau in Castellane, einem Ort im Département Alpes-de-Haute-Provence, vom Betreiber einer kleinen Pension bei der örtlichen Polizeipräfektur als vermisst gemeldet.

Zwei Tage später werden zwei Kleidungsstücke, die der Frau zuzuordnen sind, von einem Wanderer in einem Gebüsch in den Gorges du Verdon gefunden.

Schon zuvor stellt sich heraus, dass Susanne Melforsch, so der Name der Deutschen, zusammen mit einem einige Jahre älteren Mann die Ferien in der Provence und den angrenzenden Seealpen verbracht hat. Der 14. Juli ist der letzte ihrer gemeinsamen Urlaubstage, wenn man dem Meldeschein – den, das lässt sich anhand der Unterschrift zweifelsfrei feststellen, nur die Frau ein paar Tage vorher an der Rezeption ausgefüllt hat – Glauben schenken möchte.

Am Vortag, dem 13. Juli, begleicht der Mann, Dr. Martin Gödeler, ebenfalls ein Deutscher, die Rechnung und wird anschließend nicht mehr gesehen, weder in der Pension noch in Castellane oder der näheren Umgebung.

Als der Betreiber der Herberge am Rand der malerischen Ortschaft etwa achtzig Kilometer nordwestlich von Cannes am späten Vormittag des 14. Juli das Zimmer des Paares in der Annahme betritt, es sei geräumt und er könne die Mansarde für die am Abend erwarteten Gäste herrichten, stellt er fest, dass die Sachen des Mannes fehlen, die der Frau jedoch nicht. Sowohl Toilettenartikel als auch Schminkutensilien stehen auf einem Bord im Bad.

Unter den Papieren, die, sorgsam mit einem Einweckgummi zusammengefasst, in der Nachttischschublade liegen, fehlen weder Ausweis noch Führerschein der Deutschen noch Pass oder Impfbuch. Neben dem verschnürten Päckchen sowie mehreren tagebuchartigen Notizheften finden

10

sich eine geringe Summe Geldes, knapp achtzig Euro, einige unbenutzte Kondome und ein benutztes Präservativ in einer verschließbaren Box aus Plastik.

Der Betreiber ruft dreimal hintereinander das Handy an, dessen Nummer auf dem Meldeschein notiert ist. Dreimal hintereinander meldet sich die Mailbox mit der Stimme der Frau, deren knappe Ansage seltsam entschlossen wirkt. Nach dem dritten Mal wartet der Inhaber der Pension ungefähr eine Dreiviertelstunde, ohne etwas in den Räumen zu verändern, versucht es ein viertes und fünftes Mal, vergeblich, und geht zur Polizei, um Susanne Melforsch, seinen Gast, als vermisst zu melden.

Nachdem deren Jeans wie auch ein hellgraues Sweatshirt im Gebüsch gefunden und in ein Labor in Nizza gebracht worden sind, ebenso Schminkutensilien und Toilettenartikel aus der Herberge, stellt sich nicht nur heraus, dass die Kleidung zweifelsfrei der Deutschen gehört, sondern auch, dass sich im Schritt der Hose Spermienspuren finden und sowohl am Sweatshirt als auch an der Jeans das Blut der Frau.

Weil Susanne Melforsch wie auch Dr. Gödeler in Stuttgart gemeldet sind, wird der Fall von den französischen Behörden an das Landeskriminalamt Baden-Württemberg übergeben. Die Stuttgarter Staatsanwaltschaft, die das Verfahren an sich zieht, besteht darauf, einen noch nicht 30-jährigen Mitarbeiter trotz dessen geringer Anzahl an Dienstjahren mit der Leitung der Ermittlung zu betrauen – auch weil er, aufgewachsen in Lothringen und unweit der deutschen Grenze im Elsass, aufgrund seiner Sprachkenntnisse in der Lage ist, mit den französischen Stellen problemlos zu kooperieren. Von seinem Vorgesetzten, der ihm nach zwei ungewöhnlichen Ermittlungserfolgen in jeder Hinsicht vertraut, bekommt er freie Hand.

Am 20. Juli wird Dr. Gödeler in seiner Wohnung festgenommen. Nichts deutet darauf hin, dass er hat fliehen wollen.

Dennoch entscheidet der Haftrichter auf Überstellung in die Untersuchungshaft.

Der Beschluss wird in der folgenden Zeit, während der sich der Staatsanwalt mit dem Verschwinden von Susanne Melforsch, vor allem aber mit Martin Gödeler, Doktor der Mathematik, zu beschäftigen hat, zwei Mal aufgehoben.

Egal, ob in Haft oder unter Meldeauflagen frei, Herr Gödeler ist in einer Weise auskunftsfreudig, die alle gewohnten Erfahrungen mit Verdächtigen übersteigt. Er besteht nicht allein darauf, dem Ermittler seine Biographie zu erzählen – wie es ihn nach Stuttgart verschlagen, wie er Susanne Melforsch wiedergetroffen hat, nur über das Geschehen in der Schlucht schweigt er sich lange aus –, er stellt auch Notizen, Material und Unterlagen in einem ungewöhnlichen Umfang zur Verfügung.

In den Wochen der Verhöre, des Beieinanderseins, entsteht, so der Staatsanwalt, zwischen den beiden Männern eine Atmosphäre eigenartiger Vertrautheit, die über das erwartbare Maß hinausgegangen sei. Trotzdem, darauf wird der Beamte stets beharren, sei ihm Dr. Gödeler seltsam fremd geblieben. Häufig habe er sich gewünscht, dem des Mordes Verdächtigen nie begegnet zu sein.

Vielleicht klüger als er, vielleicht wegen des Alters im Vorteil oder im Besitz von Informationen, die der Ermittler zum fraglichen Zeitpunkt unmöglich hätte haben können, begreift der Befragte früher als der ihn Verhörende, was den beiden Männern widerfährt. Als die Untersuchungshaft zum zweiten Mal ausgesetzt, der Haftbefehl schließlich aufgehoben wird, verschwindet Martin Gödeler.

Erst Monate später stellt sich heraus, dass den jungen Staatsanwalt Tage darauf ein Päckchen ohne begleitenden Brief erreicht. Bald trifft ein weiteres Paket ein, darin, akkurat geordnet, die Kopien des Materials, Gedächtnisprotokolle sämtlicher Verhöre, sowohl digital als auch in gedruckter Form, alles detailliert erläutert und akribisch kommentiert, dazu ein Buch in althochdeutscher Sprache. Fast zeitgleich folgt eine Postkarte mit »sehr liebem Gruß«. Paket wie Päckchen veranlassen den Staatsanwalt, der den Empfang der Post gegenüber seiner Behörde ebenso verschweigt wie nachfolgende Briefe, die sofortige Kündigung einzureichen. Dem Wunsch wird nicht entsprochen.

Anschließend an eine Unterredung mit dem Abteilungsleiter, der das Ansinnen bedauert, sowie dessen Vorgesetztem, der es kategorisch ablehnt – ein Gespräch, das in Gegenwart einer Psychologin geführt wird, die den jungen Mann in ihrem Bericht als »verstockt« bezeichnet –, einigt man sich auf Gewährung unbefristeten Sonderurlaubs und gibt dem eilends eingereichten Antrag des Beamten statt.

Der freigestellte Ermittler, der sich nie in der Funktion eines Jägers gesehen, sondern stets als peniblen Rekonstrukteur eines Sachverhalts begriffen hat, stellt sein Telefon ab, schaltet das Handy aus, zieht das Kabel des Routers aus der Steckdose und setzt sich an den seit seinem Studienabschlussjahr nicht mehr genutzten Sekretär, Erbstück seiner Mutter, in dessen einzigem Schubfach er die Kopie der Akte des Verdächtigen verschließt.

Bei einer ersten Durchsicht der Hinterlassenschaft orientiert er sich möglichst an der Abfolge des Dargestellten während der wochenlangen Verhöre, die bei ihm mit fortschreitender Dauer den Eindruck einer ununterbrochenen Unterhaltung erzeugt haben, deren Richtung er kaum noch bestimmt hat und deren Inhalt ihm von Dr. Gödeler mehr und mehr diktiert worden ist. Mangelndes Verständnis von und Zweifel an zentralen Punkten der Schilderung ignoriert er anfangs und versucht vor allem nachzuvollziehen, wer der Flüchtige gewesen sei.

Indem er schließlich weite Teile des Materials wörtlich übernimmt, ab und an eine nicht dokumentierte, zeitliche Lücke aus dem Gedächtnis oder, wenn möglich, anhand der Akte ergänzt, hie und da etwas hinzufügt, das ihm plausibel oder notwendig erscheint, sich so ohne Mühe den Blick des Mathematikers zu eigen macht, beginnt der junge Staatsanwalt, den entstehenden Text in immer neuen Anläufen zu arrangieren, um die finale Fassung – wenig Nahrung, kaum Schlaf – wieder und wieder zu lesen.

Manches muss dem Mathematiker im Verlauf der Untersuchungshaft und des Verhörs von seinem Anwalt hinterbracht worden sein. Manches mag spekulativ oder frei fabuliert sein. Dennoch ergibt sich ein Bild.

INDUKTIONSSCHRITT (1)

Am 22. Dezember, einen Tag vor Beginn der Weihnachtsferien, betrete ich den Seminarraum eines Instituts, das auf
die Vorbereitung zum mündlichen wie schriftlichen Mathe-
matikabitur spezialisiert ist und in dem ich seit über zwanzig
Jahren als Nachhilfelehrer angestellt bin. Gelegen unterm
Dach, ist es der größte und hellste der drei Unterrichtsräume
meines Arbeitsplatzes in der Kanalstraße am Charlottenplatz.
Ein schmales Fachwerkhaus mit aufgelassenem Dachstuhl,
das dem Bohnenviertel zugerechnet wird.

Das Licht steht in den Scheiben der Zahnarztpraxis vis-à-
vis und zeichnet einen Schattenwurf des flüchtig abgebeizten
Tragwerks neben die Silhouette der neuen Regenrinne: ver-
zinktes Stahlblech, weiß vom Frost, als grob schraffierter
Haken auf der mit kreidestaubgewalkten Schwammresten
nachlässig gewischten Tafel aus schieferblendeschwarz la-
ckiertem Holz.

Soeben hat die Leitung, Herr und Frau Diplom-Mathe-
matiker, zum Umtrunk geladen – man werde sich, bevorste-
hende Silberhochzeit, eine Auszeit gönnen. Sabbatical, ein
halbes Jahr. »Sie, mein lieber Martin, halten ja hier im Haus
die Fahne hoch.«

Obwohl ich mich beeile, das Glas Champagner, mit dem
am Schluss der albernen Zusammenkunft angestoßen wird,

in einem Zug zu leeren, komme ich zehn Minuten zu spät in den Unterricht.

Ebenso wie kürzlich, als ich das Plakat an dem Betonpfeiler entdeckt habe, der den Durchgang zur Kanalstraße markiert.

Die schräg in den nie geölten Angeln hängende Tür fällt mit einem Schlag ins Schloss. Ich stütze mich am vorspringenden Sturz über dem Rahmen ab. Nicht anders als gestern würdigen mich die Schüler, zwei Jungen, ein Mädchen, keines Blicks. Meine Verspätung nutzend, hat sich der Rest der Klasse offenkundig vorm Haus versammelt, um ungestört zu rauchen.

Die drei, die meine Frage: »Die andern?« schweigend übergehen, lassen keinen Moment ab von der Beschäftigung an jenem Teil der Tafel, der vom zurückgeworfenen Licht der Scheibenfront der Praxis noch nicht erreicht worden ist.

Bald nach dem Auftauchen der drei Mitte November – oft melden sich Schüler spät zu den Kursen an –, muss ich mich bei Gelegenheit nach den Gründen ihrer Teilnahme erkundigt haben. Zu ungewöhnlich kamen mir die drei Jugendlichen vor, für die das Amt die Kosten klaglos übernimmt.

»Wir wiederholen den Stoff.«

Zacharias' Blick zu Juno, zu Lurek, eine Spur der Pose, die ihm damals schon eigen war. Juno, Lurek: hoben die Achseln und nickten nachdrücklich.

Zacharias. Ein Name, der mit hartem Z und hartem K und ohne S gesprochen wird, ein Junge aus Herat in Afghanistan, gut ein Jahr älter als seine Mitschüler. Jedem, der ihn fragt, gibt er von seiner Flucht in andrer Weise Auskunft. Unnahbar, dunkel. Nie ohne Juno und Lurek, der sich im Hintergrund hält.

Lurek. Speichelgesättigte Stimme, die ausschließlich Konsonanten kennt und die mir Übelkeit bereitet. Hätte jemand behauptet, der Junge wohne auf der Jugendfarm, dem Spielplatz an der Etzelstraße in einem der dürftigen Holzhäuser oder gar in einem Erdloch, hätte für mich kein Grund bestanden, daran zu zweifeln.

Lurek, sprachloser Schatten. Parterre an der Hohenheimer Straße, nur wenige Meter von der vielbefahrenen Fahrbahn entfernt: anderthalb Zimmer, Küche, bei seiner hochbetagten, stocktauben Großmutter.

Juno. Das Mädchen aus dem City-Hochhaus, schmuckloses Gebäude, kaum fünf Minuten Fußweg. Selten ein Frühstück. Bis zum frühen Nachmittag oft nur zwei Tassen Kaffee. Manchmal ein Milky Way. Oder ein Snickers.

Trotz ihrer Unverfrorenheit, trotz der fleckigen Leggins aus dem dünnen, hellen Kunststoff, der Gesäß und Schenkel wie eine eigens gefertigte Haut nachbildet, Kleidungsstück, das ich zu übersehen versuche, habe ich das Mädchen vor zwei Stunden, als es wie zufällig an dem chinesischen Restaurant auf der Charlottenstraße vorbeigeschlendert ist, an den Tisch gebeten, wo ich seit Jahren vor Unterrichtsbeginn zu Mittag esse. Ihr Appetit. Ihre wortlose Gier. Siebzehn Jahre sei sie alt. Körper einer Vierzehn-, höchstens Fünfzehnjährigen. Einsilbige Antworten. Auf meine selten gestellten Fragen. Flecken an beiden Oberarmen. Dunkel. Verschiedene Farben, changierende Schattierungen. Nach deren Herkunft mich zu erkundigen ich mir untersage. Kein Dank. Ihre oft akkurate Ausdrucksweise während des Unterrichts. Gewählte Formulierungen. Auch hier. Ihr häufig verblüffendes Wissen.

Vergessene Empfindung: ihre Schönheit. Verlorene Anmutung: mein Mitgefühl.

Schüler, wie ich sie in den vergangenen fünfundzwanzig Jahren nie unterrichtet habe. Geben sich einen Tag vor den

Weihnachtsferien einem Spiel hin, das ich gestern das erste Mal bemerkt habe. Das mich derart verblüfft hat, dass ich der Beobachtung nicht habe trauen wollen – Zacharias, der sich beeilt hat, die Tafel abzuwischen.

Aufgewachsen, so die Auskunft des Anmeldebogens, in einem Vorort Teherans, nennt er – nur einen Tag nach der Irritation, just im Moment, als ich den Seminarraum betrete – neuerlich die Summenformel einer nicht gewöhnlichen geometrischen Reihe, diktiert einen Satz der Kombinatorik.

Lurek kramt einen Kreiderest aus dem Kasten unter der Tafel hervor, schreibt, ohne abzusetzen, mit ungelenken Fingern und kreischendem Nagel in der ihm eigenen Bedachtsamkeit den Beweis an die Tafel.

Hin und wieder dreht er sich zu Juno um, die bestätigend nickt oder das Gesicht missbilligend verzieht.

Dann wenden sich die drei wie auf ein Wort mir zu.

Ich überfliege die vollständige Induktion über die Menge der natürlichen Zahlen N. Keine Herausforderung für einen Mathematiker. Für Schüler, die Nachhilfe benötigen, nicht zu bewältigen. Die übrigen Schülerinnen des Seminars, ohne Interesse am Stoff und dumm wie Pappelsamen, rauchen oder schäkern auf dem Platz vor der Eingangstür mit dem einzigen Jungen des Kurses, dem einzigen außer Lurek und Zacharias. Auch dieser Junge dort unten auf der Kanalstraße ist kaum klüger als eine Scheibe Toast.

Zacharias betrachtet mich, einen Käfer, der unters Mikroskop geschoben wird.

»Sie waren mal Mathematiker. An Universitäten. In Hamburg und Berlin. Wir haben das im Internet über Sie gelesen.«

Die Spur des Schokoladenriegels in Junos rechtem Mundwinkel, als sie mit Nachdruck nickt.

18

Lurek, der seinen unförmigen Kopf ebenfalls auf und ab bewegt, ohne Zähne wie Lippen vorerst voneinander lösen zu können, während Zacharias mit leisem Triumph hinzufügt: »Vollständige Induktion ist ein Beweisverfahren, das nicht alle Mathematiker als gültig anerkennen.«

Bei dieser Feststellung klemmt sich Juno eine aus Kippenresten selbstgedrehte Zigarette hinter ihr linkes Ohr.

Mein Blick, bei dem ich mich beschämt ertappe: roséfarbene Leggins, die Laufmasche am Knie, auf beiden Oberschenkeln jeweils ein Kaffeefleck.

Indem der Schatten der verzinkten Stahlblechregenrinne wie ein Finger Gottes über die Zeilen von Lureks Beweis rutscht, beglaubigt er das Spiel der drei, während mir ein Schauer den Rücken herunterrinnt und ich mich fragen höre: »Wessen Idee?«

»Die hatten im Iran schon früher Folgen und Reihen, aber keine Beweise.«

Juno schnipst die Zigarette hinter ihrem Ohr hervor. Hilflos hebt Lurek die Schultern und senkt sie. Singt mit speichelsatter Stimme: »Ch, Hrr Gdlr.«

Eine Reihung von Lauten, die erwarten lässt, dass er sich übergeben wird.

Während Juno das Gewicht von einem Fuß auf den anderen verlagert, ihr Becken vorschiebt, umfasst ihre verfärbte, obere Zahnreihe einen Teil der Unterlippe.

»Wir möchten mehr über Mathe erfahren, über Mathematik.«

»Mehr als in dem Kurs hier.« Zacharias blickt mich aus dunklen Augen an.

Ich trete vor an die Tafel, als könnte der Beweis sich als gefälscht entpuppen, obwohl ich mit einem Blick die Schönheit des Arguments erkenne, die Klarheit der Abfolge umfassen kann. Kein Zögern, als ich frage: »Hättet ihr Interesse, nach Weihnachten hierher zu kommen? In den Ferien?«

»Nur wir drei?« Zacharias' verwunschener Gesichtsausdruck.

»Ein Erweiterungskurs. Ein Sonderkurs. Wenn ihr wollt.«

Erneut der Tanz von Junos Becken, während Lurek, vergeblich wie meist, zu lächeln versucht und sich der Schatten des Regenrinnenfingers in das dunklere Abteil des Seminarraums verliert.

»Wir werden kommen.« Zacharias' Augen glänzen: schwarz, geschliffne Kohle.

Zeichen, denke ich, Wunder – nach fünfundzwanzig fest verschlossenen Jahren ohne Ausweg.

Ich trete ans Fenster, sehe, wie sich eine großgewachsene, ausnehmend schlanke Frau über den teils gefrorenen Vorplatz auf eine der schäkernden Schülerinnen zubewegt, zielgenau diejenige auswählt, die gewöhnlich den Ton angibt, sie am Oberarm berührt und ihr eine Frage stellt. Beim Anblick der sich leicht Vorbeugenden, eine Geste, als wollte sie die Dringlichkeit ihrer Erkundigung so unterstreichen, meine ich, die Frau, die nicht mehr jung ist, jedoch seltsam jugendlich wirkt, wiederzuerkennen, ohne dass mir einfiele, woher.

»Weihnachten ist sowieso so was von scheiße.«

Juno schiebt sich ihre Zigarette hinter das rechte Ohr.

Abschätzig mustert das Mädchen auf dem Vorplatz die fragende Frau, während sie eine offenbar abschlägige Antwort gibt, die sie mit einem Kopfschütteln und dem Wedeln der rechten Hand samt glimmendem Zigarettenrest nachdrücklich unterstreicht.

Die sichtlich enttäuschte Frau entfernt sich vorsichtig übers ungewisse Pflaster der Kanalstraße, durchs Puppenstuben gleiche Bohnenviertel. Schlittert Richtung Stadtbahneingang der Station Charlottenplatz, während die Mädchen auf dem Vorplatz im Rücken der Frau kichern und Lurek angestrengt murmelt: »Ch-ch, ch-ch, ch-ch …«

Seit ungefähr zwei Jahrzehnten, vielleicht etliche Jahre länger, mir ist die Zeit perdu, lebe ich in Stuttgart. Im Quartier zwischen Bopser, Anhöhe mit Teehaus, der Name des Parks will mir nie einfallen, Etzel- und Alexanderstraße, dem Charlottenplatz. Weder verlasse ich die Stadt noch wage ich mich weit über die Straßen und Plätze meiner Umgebung hinaus. Selten ein Spaziergang im Wald gen Degerloch, seltener ein Besuch im Mineralbad Leuze.

Für mein Viertel wie auch für das Weltgeschehen bringe ich kein Interesse auf. Mir ist gleichgültig, was in den Ländern der Erde geschieht und ob Nationen und Völker einander abschlachten. Niemand scheint einen Anlass zu finden, mir nach dem Leben zu trachten. Manchmal bedauere ich das.

Die ersten Tage nach meiner Ankunft in Stuttgart verbringe ich im Haus meiner Nenntante in Möhringen, ehe ich eine winzige Wohnung im Souterrain beziehe.

Gelegen in einem Hof, den als Hinterhof zu bezeichnen unzutreffend wäre, gelingt es mir, die preislich günstige Wohnung mühelos zu mieten, indem ich auf eine Anzeige in einem Möhringer Mitteilungsblatt ohne Verzug antworte. Die Wohnung, die einem Kardiologen gehört, der nach Singapur verzieht und von dem ich danach nicht wieder höre, liegt unweit der Stadtbahnstationen Dobelstraße und Bopser.

Ich verweise auf mein ausreichend ausgestattetes Konto, um dessen Ein- und Abgänge ich mich nie gekümmert habe, leiste die Unterschrift, bekomme Mietvertrag und Schlüssel ausgehändigt, erteile meiner Bank eine Einzugsermächtigung und beziehe die Wohnung noch am selben Tag. Ein Zimmer, eine kleine Küche, ausladendes Bad. Weit genug von der Hohenheimer Straße zwischen Schick- und Wächterstraße entfernt, um vormittags, unbelästigt vom Verkehrslärm, auszuschlafen. Ich schlafe gern und viel.

In den Träumen begegne ich meiner Tochter, meiner Frau, meiner vormaligen Geliebten, der ich zur Flucht verholfen habe. Fortan wird sie unauffindbar bleiben. In den Träumen bin ich mit leichter Hand fähig fortzusetzen, was ich in den Jahren zuvor mühelos beherrscht habe. Ich verstehe die Struktur der Zahlen, ich schmiege mich der Sprache der Mathematik an, formuliere beiläufig die Beweise, die mir früher Lebensinhalt waren. Sobald ich am späten Mittag erwache, finde ich mich in der zu jeder Tageszeit dunklen, vom fern wirkenden Verkehrsgeräusch verlässlich grundierten Höhle wieder. Sehe die Reihe der Buchrücken in hohen Regalen an der Wand. Könnte jeden Titel nennen, ohne aus der Ordnung zu geraten. Anker in der Welt. Trost leerer Stunden bis weit nach Mitternacht.

Später richte ich mich Wochentag für Wochentag, oft auch an Wochenenden, widerwillig auf, hocke mich auf die Kante meines noch neuen Betts, einer wohlig warmen Gruft, ehe ich mich erhebe, zur Küche schlurfe, die am Abend bereitete Kaffeemaschine mit dem Besatz aus Kalk und der von übergelaufener Flüssigkeit rührenden, schwarzbraunen Maserung behutsam in Betrieb nehme.

Ohne im Ablauf innezuhalten, mich der Bequemlichkeit, Trägheit zu ergeben, bevor ich die Dusche erreicht habe, gelingt es mir, mich zu waschen. Im großen Bad hallt jeder meiner Schritte.

In der mich bedrängenden Gewissheit, dass meine Existenz zerbrechlicher kaum sein kann, vermeide ich den Blick zum Spiegel. Manchmal meine ich zu merken, wie die Schüler, vor allem die Schülerinnen, auf Abstand zu mir achten, frage mich, ob mangelnde Mundhygiene Grund für die Vorsicht sei.

Die Kraft, die es kostet, nicht der Verlockung zu erliegen, alle Körperpflege einzustellen. Die Überwindung, die ich aufbringen muss, um nicht erneut auf einer Matratze am Boden zu schlafen. Die Mühe, die es bereitet, täglich Seife und Shampoo zu benutzen. Nachts bin ich mir sicher, unter den Mühlzahn geraten zu sein, das stete Mahlen des Steins am offenen Herzen.

Kreatürliche Nähe. Nackte Erde.

Der Wunsch, meine Tochter wäre wieder ein kleines Kind und schliefe in ihrem Kinderbett mit mir in einem Raum. Ein Lebewesen, das sparsam Geräusche verursacht. Pumpendes Herz, Blut in den engen Adern.

Mehrere Male gebe ich dem Bedürfnis nach, mich auf der Matratze ins Laken zu entleeren. Die Wärme, die sich in den ersten Momenten einstellt und die ich deutlicher empfinde als Hunger und Durst, ruft in mir eine schöne Behaglichkeit hervor. Ich bleibe so lange im klammen Bettzeug liegen, wie die Empfindung mir Heim ist und Haus.

Bald gewinnt der Ekel überhand.

Rutsche von der Matratze aufs durchgetretene Laminat. Bewege mich Richtung Bad. Weil ich die Stelle am Nachhilfeinstitut angetreten habe, untersage ich es mir, nach Exkrementen oder Urin zu riechen. Zerre das Laken von der Bettstatt. Stopfe es in die Plastiktüte. Im Institut findet sich eine Waschmaschine, die ich benutzen darf.

Erst nach Wochen: Entsorgung der Matratze. Neues Bett.

Mein Konto, das mir von meiner Frau zum bedeutenden Teil genommen wird. Das dennoch weiterhin eine gewisse Summe ausweist, dazu die Einkünfte aus meiner Tätigkeit.

Sie, meine Frau, habe die Maßnahme im Namen unserer Tochter ergriffen. Das möge ich bitte verstehen.

Ich möchte nichts verstehen. Keine Maßnahme. Keine Bitte, nichts.

Nach der misslungenen Reise mit meiner Tochter, einzig verbliebner Kompass – einer Reise, die keinen Eingang in meine Träume findet –, bin ich nach Stuttgart gezogen.

Ort der Einkehr. Leerstelle.

»Papa, ich möchte lieber zu Mama zurück.«

Die Worte meiner Tochter. Das Urteil des Familienrichters. Meine Anwältin, der ich nicht antworte. Die Halbierung des Kontos. Der Geruch nach Kot.

Flucht nach Möhringen, zur Nenntante. Die stets allein geblieben ist. Die mir, als Patin, hätte zur Seite gestellt sein sollen. Die ich stets ignoriert habe. Die mich stets ignoriert hat. Bis ich vor ihrer Tür stehe.

Ich arbeite an den Samstagen, häufig an Sonn- und Feiertagen. Finde die Kraft, das Fernsehgerät, Geschenk der Nenntante aus Möhringen, wieder abzuschaffen, indem ich es nachts an der Haltestelle Bopser abstelle und mich rasch entferne. In der darauf folgenden Nacht ereilt mich ein Traum, in dem mich meine frühere Geliebte wegen meiner Feigheit verspottet, derweil sie, hoch aufgerichtet, einem fremden Himmel entgegentreibt. Beim Aufwachen die Erinnerung, wie ich ihr leeres Zimmer inspiziere, im Motel, knapp hundert Kilometer vor Brüssel. Schlagartig die Erkenntnis: Sie ist gegangen. Sie ist fort.

Auch in späteren Jahren besitze ich weder PC noch Laptop, nie ein Handy. Kein Internet. Kein W-Lan. Ein Telefon mit Wählscheibe. Die wenigen Straßen und Plätze. Kleine Kreise.

Versuche, mich erneut meiner in Hamburg und Berlin begonnenen Habilitation zu widmen, sind vergeblich. Bögen mit Ansätzen, Notizen, die auf der leeren Schreibtischplatte und in jedem Winkel ungeordnet liegen blieben, bilden das Sediment meines Zimmers. Fremdheit der Ziffern und Zeichen. Staub, der sich darauf absetzt. Wissen, das war einmal ich.

Abende, Nächte mit neu entdeckten Büchern. Selten ein Blick für die dennoch in Ehren gehaltene Arbeit. Thema: ein Spezialbereich der Differentialgeometrie. Vage Nähe zur Riemannschen Vermutung. Nach wie vor die Empfindung, mit einer Reliquie das staubige Zimmer zu teilen.

Als ich vor Jahrzehnten in Rom auf einer Tagung bin, gemeinsam mit der späteren Geliebten, entdecke ich beim Schlendern eine Kapelle, angefüllt mit menschlichem Gebein. Die Kronleuchter – Knochen. Der Zierrat an den Wänden – Knochen. Bewacht vom leeren Blick lachender Schädel, deren verlorene Augen nicht von mir lassen wollen.

Träume von der im Glutball einer Explosion verlöschenden Frau. Kanne Kaffee am Morgen. Ein oder zwei Brote. Käse, Wurst, Marmelade geringer Qualität. Ausreichend oft Salat oder einen Früchtemix am chinesischen Büffet. Saft aus der Ernte eigenen Obsts, den mir die Tante in unregelmäßigen Abständen und ohne eine Nachricht vor die Haustür stellt.

Sie sieht, dass die Beutel verschwinden. Sie weiß mich vorhanden.

Die zwei, oft genug drei Stunden in dem Restaurant mit dem vertrauten Interieur und dem preiswerten Essen. Starren auf goldlackierte Kunststofflöwen. Lesen im nächsten und wieder nächsten Buch. Ausschließlich schöne Literatur, *belle et triste*. Indem ich in die erdachten Geschichten sinke, verweigere ich mich jedem Sachverhalt, der auf die Wirklichkeit hindeutet. Ich lebe im Text.

Froh, dass der schmale Durchgang von der vielbefahrenen Straße zur Wohnung im Souterrain ebenso wenig renoviert wird wie die Hälfte des Hauses, die dem nach Singapur ausgewanderten Kardiologen wohl weiterhin gehört – seit Jahren wohne ich dort unbehelligt –, laufe ich auf dem Weg zum Institut Tag für Tag die Stitzenburgstraße entlang, biege beim Bäcker in die Wächterstraße, passiere die Fahrbahn und flaniere auf dem Bürgersteig linker Hand die Danneckerstraße zur Arbeitsstelle hinunter, ohne den Blick des Flaneurs, ohne überhaupt einen Blick: für beispielsweise den Taro-Platz und dessen Schautafeln zum Gedenken an eine während des spanischen Bürgerkriegs getötete Fotografin.

Schatten eines Mathematikers – ich bin ein glücklicher Mann.

Am 27. Dezember duckt sich die Stadt Stuttgart unter einem unfreundlichen Frost. Nach Glühwein riecht Bert Schauerleut, als er mich, den »Herrn Doktor«, steif wie zumeist begrüßt.

»Sind schon oben.«

Der Hauswart, einen von zwei Tagen schläft er auf einer Couch im Keller, hat die drei Schüler eingelassen, damit sie in der für Stuttgart erstaunlichen Kälte nicht auf dem Vorplatz hätten ausharren müssen, bis ich, ihr verspäteter Lehrer, am dritten Feiertag eingetroffen wäre. Zwei Tage haben wir bereits unter dem aufgelassenen Dach mit den abgebeizten Balken im Institut verbracht.

Trotz lausiger Temperatur habe ich minutenlang am vorletzten Pfeiler vorm Durchgang zur Kanalstraße verharrt, weil mir das frisch am Beton verleimte Plakat in den Blick geraten ist.

Mit dreckigen Turnschuhen über rote Teppiche.

Ich lese die Worte, die, von Hand hastig aufs Papier ge-

26

pinselt, ineinander übergehen. Lese sie mehrfach, obwohl ich all die Jahre Anschlägen an Pfeilern oder Reklame in der Stadt keine Beachtung geschenkt habe. Lese, bis ich, kopfschüttelnd und vor Kälte klamm, einbiege in die Gasse zum vertrauten Institut.

Das Schönste, das wir erleben können, ist das Geheimnisvolle.

So lautete die Inschrift vor knapp einer Woche. So verkündet es auch das Plakat, das ich auf meinem Heimweg entdecken werde, nur wenige Meter vom sorgsam renovierten Fachwerkhaus entfernt. Quatsch, werde ich denken und einen schmutzigen Schneeball nach dem Geheimnis werfen.

Ich bedanke mich bei Bert Schauerleut und schenke ihm, verwundert über mein eigenes Tun, ein Marzipanbrot der Nenntante, das im gestrig hinterlassnen Beutel neben der eingekochten Marmelade, Apfelsinen, Clementinen und Zimtstangen gelegen hat. Niederegger Marzipan. Achtundachtzig Jahre ist sie, die Nenntante, inzwischen alt. Sie weiß mich vorhanden.

Bert Schauerleut hebt verlegen, doch sichtlich geschmeichelt die Achseln. Froh und für mich ungewohnt lächle ich dem Hauswart viel zu lange zu.

Das Knarren der Treppe, Schritt auf den Stufen, der Schlag der Tür ins Schloss. Mein Räuspern. Neuerlich das mathematische Spiel, Satz der Kombinatorik, eine weitere Aussage aus dem Reich der Zahlentheorie.

Sie rechnen. Ich warte. Es hat sich gelohnt.

Nach einiger Zeit geht die Spülung im Bad, das sich auf dem Gang befindet, der Toilettendeckel klappt hinter der Tür zur Teeküche – die leise quietscht, als sie mit einem Ruck geöffnet wird. Vier Schritte, und die Frau vom Vorplatz betritt den Seminarraum unterm Dach. Ohne Lurek, Juno oder Zacharias zu beachten, sagt sie, und es klingt, als spräche ein

27

koketter Teenager: »Guten Tag, Martin – du erinnerst dich noch an mich?«

Weil Bert Schauerleut vergessen hat, die schadhafte Birne der Deckenlampe zu ersetzen, steht Susanne Melforsch, schlanke Erscheinung, im Schatten des Gebälks. Ein Schatten, der ihr Gesicht als dunklen Fleck erscheinen lässt: jünger als ich, ich weiß es, natürlich weiß ich es.

Sichtlich nervös zermalmt sie das Kaugummi zwischen Ober- und Unterkiefer. Als sie aus dem Dämmer zögernd auf mich zukommt, wirkt sie im Licht, das von den Scheiben der Zahnarztpraxis vis-à-vis reich zurückgeworfen wird, noch um Jahre jünger.

Die knapp über den Firsten des Bohnenviertels hockende Wintersonne berührt ihre Hände, da sie nach meiner Rechten greift, um mich mit trockenem Druck, der nicht mehr enden will, im Seminarraum zu begrüßen wie einen alten Freund.

Ich bin kein alter Freund. Niemandes Freund bin ich.

Muss mich zwingen, nicht schroff zu reagieren, ihr die Hand nicht zu entziehen.

»Du bist doch … Doktor … Gödeler …?«

Der Klang der Silben erinnert an das Scharren von Lureks spröden Nägeln auf der Tafel. Bedachtsam nimmt dort der Beweis Zeile für Zeile Gestalt an.

Melodie der wenigen Worte, lang vergangene Zeit.

»Entschuldigen Sie.«

Ich entwinde ihr meine Finger, weiche einen Schritt zurück, um ihr zu bedeuten, dass mir weder an ihr noch ihrem Händedruck gelegen sein darf.

»Sie sind hier falsch. Bis nach Neujahr bleibt das Institut geschlossen. Wir arbeiten nicht öffentlich. Sie sind hier heute falsch.«

Während ich die rechte wie die linke Hand in die Taschen des Wintermantels gleiten lasse, weiß ich wieder, mattes Klingen einer Saite, wie ich nackt neben ihr liege. Ich meine, ihre Haut zu spüren, die sich nicht glatt, sondern eigenartig stumpf anfühlt.

Mir läuft, Tier im Nacken, der Schauder die Wirbel ab.

»Ich muss Sie bitten, zu gehen.«

Mit einer Gewalt, die ich hinter der Stirn zu spüren meine, will ich mich von ihr abwenden, als sich ihre Augen mit einem Mal frech aufhellen.

Derweil sie an die Tafel tritt, um mit Schwamm und Kreide in den Beweis zu schneiden, obwohl ihr niemand die Erlaubnis gibt, wird mir die Zunge zu einem Stück Holz.

»Die Induktionsverankerung. Gilt nicht für n gleich null. Und nicht für n gleich eins. Aber für n gleich zwei.«

Das kühne Licht in ihrem Blick. Der Ritt der gelben Kreide über den dunklen Grund.

Lurek, der die Frau bisher nicht beachtet hat, ebenso wenig wie Zacharias oder Juno, hält unwillkürlich inne.

Dreht sich der Person zu, die unverfroren wischt und schreibt, keine Achtung für sein Werk zeigt, und teilt dabei den Kreiderest, kaum vorhandene Splitter, in feinere Späne, die er in den Kasten unter der Tafel schneien lässt.

Indem Juno den Steg ihrer Leggins zwischen die Gesäßbacken zerrt, strafft sich der Stoff im Schritt. Zacharias ballt, links wie rechts, die Fäuste.

»Es tut mir leid. Sie müssen nach Neujahr wiederkommen.«

Ich fasse die Frau am Oberarm. Ich ziehe sie weg von der Tafel.

Ich dränge Susanne Melforsch aus der schief in der Angel hängenden Tür des überheizten Dachzimmers, Seminarraum Nr. 1, Heimstatt des Dr. Martin Gödeler, gymnasiales Rechnen, Analysis, Refugium, seit er Frau und Tochter, Mathematik, deren Schönheit, Berlin, Leben, Geliebte vor fast drei Jahrzehnten in einer anderen Wirklichkeit zurückgelassen hat.

»Gehen Sie«, sage ich.

Ich schließe die schwergängige Tür, deren böses Schnarren wie ein Einwand klingt, drücke sie mit Macht ins Schloss.

Noch hält sich das Bild der Frau im Rahmen, deren gebeugter Nacken verloren und traurig wirkt.

Widerwillig habe ich Susanne Melforsch die Teilnahme an meinem Ferienkurs gestattet, obwohl ich nicht zu sagen weiß, wieso. Schauerleuts hilflose Bitte, nachdem sie fast zwei Stunden vorm Haus in der Kanalstraße in der entseelten Kälte Stuttgarts ausgeharrt hat.

Erneute Begrüßung. Wiederholter Händedruck. Die Beschaffenheit ihrer Haut haftet mir wie Kreidestaub an den Fingerkuppen.

Ihre bloße Gegenwart, Ticken des Metronoms im Raum, insistiert mit stetem Schlag: Woher bist du gekommen, wohin bist du geraten, wer wolltest du einst sein.

Juno, Zacharias, Lurek schenken ihr keine Beachtung. Scheinen jeden Kontakt zu meiden, weichen ihr aus. Beantworten nicht eine ihrer Fragen.

Wenn sie aus ihrer manchmal verblüffenden Kenntnis der Zahlentheorie schöpft, indem sie mit einer Bemerkung auf einen Fehler hinweist, trifft sie für die Länge eines Lidschlags Zacharias' zorniger Blick.

Ihn und sie meine ich an einem Abend im Eingang des kleinen Parks neben dem meist verlassenen Taxistand nah der Ecke Etzelstraße gesehen zu haben, wie er ihr, Bittsteller, demütig geneigter Kopf, die Rose eines Verkäufers – Sri Lanka, Bangladesh – überreichen möchte.

Sie schlägt ihm die Blume aus der Hand. Zertritt den Kopf der Rose auf dem Pflaster.

Nach Neujahr werde ich krank.

Krankheit. Erinnerung an die Kindheit im nach Lavendel duftenden, eben noch kühlen, nun wärmflaschenwarmen Bett.

Meine Mutter.

Als Chemikerin bei Schering nimmt sie sich einen Tag frei, um mich, ihren Lieblingssohn, zu pflegen. Ihm, der die letzte Klasse einer Grundschule in Berlin-Schöneberg besucht, das Periodische System der chemischen Elemente auf der von ihm geliebten Schautafel an der Wand überm Bett zum wiederholten Mal zu erläutern. Atomgewicht. Die Zahl der Neutronen im Kern. Anzahl der Protonen sowie der Elektronen. Systematik der Ordnungszahlen. Hauptgruppen: Alkali- und Erdalkalimetalle – bis zu den Chalkogenen, Halogenen und den Edelgasen.

Sie sitzt neben mir auf der Bettkante, füttert mich, indem sie mir heiße Hühnersuppe einflößt. Während wir das Spiel »Reaktionsgleichung und deren Lösung« spielen, freue ich mich insgeheim, dass mein Bruder mit der Klasse am Abend zum Kinderkonzert in die Philharmonie gehen muss und ich mir von unserem Vater, sobald er aus dem Institut käme, die Polynomdivision erklären lassen kann, ohne von meinem lästig krähenden Bruder fortwährend gestört zu sein.

Sie sind früh gestorben. Unsinniger Unfall. Mein Bruder hat sich bald darauf das Leben genommen, indem er von einer Brücke gesprungen ist. Den Beginn meiner Laufbahn haben alle drei noch erlebt. Das sorgfältig renovierte Haus in

der Kanalstraße, Bohnenviertel, Charlottenplatz, glücklicher-
weise nicht mehr.

Während ich in meinem Stuttgarter Bett liege, das ich in
all den Jahren tagsüber mit Bedacht gemieden habe, und
dem Gaukel des Fiebers, den Bildern der Kindheit ohnmäch-
tig und zufrieden folge, überhöre ich zunächst das zaghafte
Pochen an der Wohnungstür, die zugleich als Haustür hinaus
auf den Durchgang zu den Höfen dient.

Kein Klingelknopf, zerbrochener Draht – inmitten des steten Summens der Motoren, dem Gesang der Hohenheimer
Straße zwischen Olgaeck und Bopser: das mehrmalige Geräusch, dieses behutsame Klopfen.

Nur angelehnt, möchte ich rufen, treten Sie ein. Notdienst
der Apotheke, den ich mithilfe meines nahezu nie genutzten
Telefons, Bakelit, Wählscheibe, vorhin angerufen habe: mit
der dringenden Bitte um ein Grippemittel, fiebersenkendes
Medikament. Ist nur angelehnt, möchte ich, kraftlos, wispern,
als sich das Türblatt Stück um Stück in den von meinem Bett
aus gut einsehbaren Korridor schiebt. Ahnung eines Flurs,
von dem die kleine Küche, das große Bad abgehen: ein ge-
fliester Raum, in dem die Schritte im Echo überdauern.

»Hallo«, sagt Juno.

Und Lurek sagt: »Hll.«

Bettdecke am Kinn, im Rücken die vom Fieberschweiß
vielfach durchsotteten Kissen, richte ich mich auf.

»Warum ist nicht abgeschlossen?«

Junos Leggins schimmern im schwachen Flurlicht hellblau
oder hellgrün, türkis?

»Apotheke … Lieferung …« Ich huste. Niese. Muss mich
schnäuzen.

»Sie haben nicht so häufig hier Besuch?«

Juno schiebt die Tür zurück in den Rahmen, ohne das

Schloss einschnappen zu lassen, tastet sich Schritt für Schritt durch die Diele und betritt mein Zimmer.

Bett, Bücherregale, der Staub, die nie geputzten Fenster, die mit dem Erdboden und dem verwilderten Garten zum nächsten Hof eben abschließen. Lurek, im Schatten ihrer Schulterblätter, widerborstige Flügel, wiederholt: »Hll, Hrr Gdlr.«

Türkis. Opaker Stoff.

»Kalt draußen, oder?«

Während ich mir ein weiteres Kissen, Spuren von Schleim und Spucke am Bezug, eilig in den Rücken schiebe, setze ich mich mühsam in der Lakenlandschaft auf, stopfe die zerknüllten Papiertaschentücher in die Lücke zwischen Bett und Wand, glätte mein fettiges Haar mit den Händen, versuche meine Pyjamajacke hastig zu richten.

»Ja. Ziemlich kalt.«

Juno kaut mit den verfärbten Vorderzähnen auf ihrer Unterlippe herum, während ich spüre, wie ein nächster Schub des Fiebers von mir Besitz nimmt.

»Sie machen selten sauber, stimmt's?«

Indem sie einen Spinnwebfaden von ihrer rechten Wange streicht, der sich von einem Regalbrett – Buchrücken, Lampenschirm – aufgrund der Bewegung im Zimmer gelöst haben muss, nuschelt Juno: »Kenn ich. Is' bei uns genauso. Ich mach mal einen Tee.«

Ungefragt hebt Lurek den Bücherstapel vom Schreibtischstuhl und setzt sich an den seit Jahren nicht mehr genutzten Arbeitsplatz.

Ich schwitze.

Ich weiß, dass meine Bettwäsche unangenehm riecht.

Ich warte auf den Abdecker, nicht auf den Apotheker.

Ich will sagen: Lass das, Lurek. Weder bin ich zu einem Wort noch zu einer Regung fähig.

Juno lässt den Kessel in der Küche pfeifen, gießt Wasser auf Teebeutel, derweil Lurek den Staub andächtig von Notizen und Arbeitsblättern fegt, bis die Zeichen und Zahlen, die mathematische Landschaft im Licht der letzten Birne des Leuchters eines fernen Vormieters wieder sichtbar wird.

»Oh«, sagt Lurek leise.

Ein Vokal aus dem Mund des verkrümmt vor der Schreibtischplatte hockenden Jungen, ein Laut, an den ich mich Tage später als dunklen Ton erinnern werde.

Juno kommt mit dem Tee aus der Küche. Sie murmelt, während sie drei Tassen mit der dampfenden Flüssigkeit füllt: »Wir haben uns Sorgen gemacht. Sind Sie denn sehr krank?«

Lurek, ohne den Blick von den Formeln zu heben und sich umzudrehen: »Srgn.«

Vorsichtig setzt sich Juno zu mir auf die Bettkante. Reicht mir eine Teetasse.

Unwillkürlich weiche ich an die Wand zurück.

Nachdem sie mir den Schweiß aus der Stirn gestrichen hat, nimmt sie einen Schluck aus dem Pott, auf dem das Rentier den Schlitten durch Porzellanschnee zieht.

»Sie haben Fieber. Ziemlich hoch.«

Juno wechselt erneut in die Küche und kehrt mit einer Schüssel und einem Handtuch zurück. Sie tunkt das Tuch ins Wasser, weicht es ein, wringt es aus, legt es mir auf Stirn und Augen.

»Sie bleiben hier liegen. Und Lurek passt auf Sie auf.«

Das undeutliche Nicken des Jungen, der nicht von meinen Notizen lässt.

»Während ich für Sie einkaufe. Herr Gödeler, haben Sie Geld?«

Mit der freien Hand weise ich auf die Schatulle, die auf einem Bord neben dem Nachttisch steht. Flankiert von den

Fotos meiner Tochter: Säugling, Kind mit einer Schultüte, stolze Klarinettistin, sämtlich Aufnahmen meiner Frau – ihr Triumph, sie mir noch geschickt zu haben.

»Sieht Ihnen ähnlich, Herr Gödeler. Die hat Ihr Gesicht.«

Juno klappt die Schatulle auf, entnimmt dem Bündel Papiergeld einen Zwanzig- und zwei Zehneuroscheine, schließt den intarsienverzierten Deckel des kleinen Kästchens. Der Mechanismus rastet ein. Sie sagt, indem sie sich mir zuwendet: »In einer halben oder dreiviertel Stunde bin ich wieder da.«

Während ich geschehen lasse, was das Mädchen mir verordnet, und Lurek ohne meine Erlaubnis die Blätter auf meinem Schreibtisch studiert – oder nur vorgibt, konzentriert darin zu lesen –, während ich ihn nicht hindere, sondern einnicke, hochschrecke, als Juno die Wohnung betritt, in jeder Hand eine Tüte, Edeka am Olgaeck, faltet sich die Welt zur Blüte aus blankem Papier.

Ich habe Tee verschüttet. Anis-Fenchel-Kümmel. Juno bringt Küchenvlies.

Sie sortiert den Einkauf in den Kühlschrank, legt Münzen neben der Schatulle aufs Bord, bringt eine weitere Schale Wasser und einen frischen Lappen.

Ihre Finger schweben über meine Wangen, als sie mir das Tuch sacht vom Gesicht hebt, gleiten, Flügelschlag des Vogels, über meine fieberheiße Haut.

Juno bezahlt den Apothekenboten mit dem Geld aus der Holzschatulle, reiht die Päckchen mit den Medikamenten auf den Nachttisch neben *Otto Forster, Analysis I*, der seit einigen Tagen dort liegt und in dem ich gelegentlich verschämt vor- und zurückblättere, wartet, bis der Bote den Motor des Mopeds auf dem Gehsteig vorm Haus anspringen lässt, setzt sich zu mir ans Bett.

Ohne die verschwitzte Wäsche, deren Geruch zu beachten, wischt sie mir mit dem kühlen Lappen den Schweiß von Stirn und Hals und Brust, hebt, ohne zu zögern, die Decke, wäscht Oberarme und Bauch, indem sie die Knöpfe meiner Pyjamajacke öffnet, fährt am Bund der fadenscheinigen Hose entlang, legt den Lappen in die Schüssel, schüttelt die Decke auf und breitet sie über mir aus.

»Wir müssen.«

Sie berührt Lurek an der Schulter.

»Sie trinken Ihren Tee. Und dürfen« – sie deutet auf *Otto Forster* – »das Buch erst wieder anschauen, wenn Ihre Temperatur gesunken ist.«

Mit der Ermahnung packt sie Lurek zart am Anorak, den er nicht abgelegt hat, und zieht ihn von den Notizen weg zur Tür.

»Angelehnt?«

Ich nicke.

»Wir kommen morgen Nachmittag, um noch mal nach Ihnen zu sehen.«

Vom Korridor aus winkt Juno mir zu.

Während ich schwach die Hand hebe, erst links, dann rechts, dann wieder links, nuschelt Lurek: »Tschss.«

Er deutet mit den Fingern auf den Schreibtisch und verzieht die Miene wie ein zu fröhlicher Clown.

Am Samstag, am frühen Abend, betritt Juno die Wohnung, indem sie die erneut nur angelehnte Tür geräuschlos öffnet. Ohne dass Lurek ihr folgt, Zacharias sie begleitet, drückt sie meine Haustür mit einem sanften Ruck zurück ins Schloss.

Die Stille, die den Raum nach dem Geräusch besetzt, meine ich, körperlich zu spüren. Deutlicher als das Pochen des Bluts an meinen Schläfenknochen, die Musik des Fiebers.

»Hallo, Herr Gödeler. Möchten Sie etwas essen?«

Ohne meine Antwort abzuwarten, bereitet Juno uns eine Vesper, die sie auf dem Nachttisch abstellt. Entkorkt eine Flasche Wein. Gießt jedem ein Glas ein. Stößt mit mir an.

Stellt das Glas auf das Bord mit den Aufnahmen meiner Tochter, betrachtet die Fotos, dreht sie zur Wand. Geht in die Küche. Kommt mit Schale und Lappen. Setzt sich zu mir auf die Bettkante. Schlägt die doppelte Decke zurück.

Wringt den Lappen aus, fährt mir über Gesicht und Stirn, Hals und Brust, knöpft die Pyjamajacke auf, wäscht den behaarten Bauch.

Schiebt das Deckbett bis hinab zu den Knien.

Öffnet den Knopf am Bund meiner Pyjamahose, legt den Lappen beiseite. Blickt mich an.

Nimmt den Lappen wieder zur Hand, seift meinen Bauch knapp unterhalb des Nabels, packt das Stück Stoff zurück ins lauwarme Wasser. Schüssel aus Email, die neben mir auf dem Nachttisch steht. Schließt den Knopf am Bund meiner Pyjamahose, zieht das Deckbett behutsam bis hoch zum Ansatz meiner Rippen. Blickt mich an.

Klappt den Deckel der Schatulle zärtlich ans blanke Mauerwerk, das seit einigen Jahren unterm Verputz überm Bord sichtbar zu werden beginnt.

Entnimmt einen Fünfzig- und einen Zwanzig-Euro-Schein, danach den letzten Zehn-Euro-Schein, legt nur zwei Münzen zurück. Erneuter Blick.

Als ich nicke, sagt sie: »Morgen ist Sonntag. Sonntags habe ich Zeit.«

Am Sonntag schiebt Juno meine Wohnungstür nicht ins Schloss. Obwohl ich die Nachlässigkeit bemerke, bringe ich keinen Einwand vor und mache das Mädchen, das trotz der

Kälte einen knappen Minirock trägt, nicht auf die bloß angelehnte Haustür aufmerksam.

Gelähmt durch eine unerträgliche Unruhe habe ich den Vormittag und den frühen Nachmittag bei offener Tür im Bett verbracht, nachdem ich reichlich Geld von meinem Konto abgehoben und den Deckel der Schatulle an den schwindenden Verputz, das Muster aus Mauerwerk gelehnt habe.

Juno betritt mein Zimmer, schlüpft aus ihrer Jacke, trägt unter einer Bluse, die wie ein geliehenes Kleidungsstück wirkt, keinen Büstenhalter, nähert sich meinem Bett.

Hebt die gesamte Summe aus der von mir fürsorglich geöffneten Schatulle, verhält beim Bord, den Fotos meiner Tochter. Huscht zurück in den Korridor, sagt auf dem Weg zur Küche: »Ich brauch einen Kaffee.«

Lurek schleicht in den Raum. Während er sich am nach wie vor ungenutzten Schreibtisch auf dem Stuhl niederlässt, den als Ablage in Anspruch zu nehmen ich mir untersagt habe, klappt die Haustür ins Schloss und Zacharias' Schritt ist überlaut im Flur zu hören. Dann steht er im Zimmer.

Juno nickt ihm zu, hockt sich mit ihrer Tasse Kaffee zu mir auf die Bettkante.

Ohne die Tasse abzusetzen, schlägt Juno die Decke zurück.

Öffnet den Pyjama, Jacke, Hose, Knopf am Bund, verbrüht mir mit der heißen Flüssigkeit Brust und Bauch, während Lurek stoßweise atmet und die Hände vor die Augen hebt.

Trotz der Schmerzen wage ich weder zu schreien noch zu stöhnen.

Zacharias zerrt mich von der Matratze des Betts auf den Boden des Zimmers. Ohne mich abzustützen, mich mit den Armen, den Händen zu schützen, lasse ich es geschehen.

Die ersten Stöße treffen meine Oberschenkel, den Blasen werfenden Bauch, die vom Kaffee verbrannte Brust.

Bevor ein nicht besonders hart geführter Tritt, den ich Juno zuschreibe, meinen Kopf herumrucken lässt, prägen sich mir mit einer Klarheit, die ich zuvor nicht gekannt habe, fotografisch genau Eindrücke meines unsortierten Zimmers ein: das Schweben alter Spinnenweben, die vom martialischen Messingleuchter, dem Kronleuchter inmitten der altrosa Putzrosette, milder Tanz, herabwehen. Die Staubnester in den Deckenecken. Die nie beendete Habil. Vertraute Bücher: stillgelegtes Leben, ewige Ordnung. Gemälde, die der an geborgter Kraft nachlassende Putz, indem er alle Bindung aufgibt, auf dem Mauerwerk entwirft. Lang verblasste Kunstdrucke: Floß der Medusa, brennende Giraffen, profanes Zeug, deren Kanten gerissen sind, die von der stellenweise vorhandenen Tapete lappen. Selten getragene Schuhe, von Flusen überzogen. Haufen schmutziger Wäsche, die ich längst zur Waschmaschine im Institut hätte bringen wollen. Pizzakartons von *Angelo*, leer und ordentlich gestapelt. Halb ausgetrunkene Bierflaschen, hinter deren grünem Glas sich Schimmelkulturen bilden, die im Frühjahr über den Rand der Flaschenöffnung hinauswandern werden, um die Wohnung in Besitz zu nehmen. Mehrmals rammt Zacharias mir die Faust in den Schritt.

Er hindert meine Knie, sich zu schließen, indem er sich vor mir aufs Laminat hockt und meine Beine mit seinen Unterschenkeln auseinanderspreizt. Weder er noch Juno sagen ein Wort. Lurek weint lautlos, ohne Tränen. Juno uriniert auf meinen seitlich weggekippten Kopf.

Gehör und Geruchssinn werden für kurze Zeit außer Funktion sein. Ich werde zwei Tage nicht schmecken können. Der Urin brennt warm in meiner aufgesprungenen Haut.

Trotz geschwollener Augenlider habe ich den Eindruck, als sähe ich in der Nähe schärfer als vorher. Indem ich mich

Zacharias', seltener Junos Schlägen ergebe, fügen sich Leben und Wirklichkeit zu einer Einheit. Der Schmerz erklärt mir die Welt.

Nach einiger Zeit stellt Zacharias die Arbeit an mir ein. Ich erinnere mich an seine Schilderung der Prügel in griechischem Polizeigewahrsam. Schüsse der türkischen Grenzpatrouille. Des Säuglings, der über den Bootsrand in den Grenzfluss gleitet und in der Nacht verschwindet wie in den Wassern des Styx.

Juno bückt sich zu mir herab, streicht mir über die Innenseiten der wunden Schenkel, bevor sie Lurek bei der Hand nimmt, dessen Schluchzen ich an der Bewegung seiner Schultern erkennen kann.

Mit ihm und Zacharias, dessen dunkler Blick zärtlich auf mir ruht, verlässt sie meine Wohnung.

Ich spüre am Luftzug, wie sie die Haustür schließen. Und übergebe mich.

INDUKTIONSVORAUSSETZUNG

Von Odysseus, dem Heerführer aus dem antiken Ithaka, heißt es in der Legende, er habe auf diejenigen, die ihn zum ersten Mal zu Gesicht bekamen, unscheinbar und linkisch gewirkt. Kaum jedoch habe er begonnen, zu einer Menschenmenge zu sprechen, Kriegern, Gefährten, Untertanen, den Bürgern seines Königreichs, sei eine Veränderung mit ihm vorgegangen. Gerade noch wie in sich gekehrt, nicht wirklich zur Welt gehörig, sei ein Leuchten von ihm ausgegangen, eine Kraft, die aus seinen Worten erwuchs und sich auf die Zuhörer übertrug.

Eben noch Zweifler, kleingeistig, ratlos, erfasst sie nun mit einer Wucht, deren Ursprung ihnen unklar bleibt, die sie dennoch mit Gewissheit spüren, die unbedingte Überzeugung, dass Odysseus nicht nur weiß, wovon er redet, dass er ihnen auch den Weg weisen wird.

Die Entschiedenheit der Sätze geht auf sie über und formt in ihnen den sicheren Entschluss, ihm zu folgen, wohin immer er sie führen und was immer er von ihnen verlangen mag. Kein Gehorsam, den sie ihm entgegenbringen. Ihr freier Wille. Entstanden im Augenblick, da er zu jedem Einzelnen von ihnen spricht.

Die Episode, die ich nicht in der Übersetzung des Homer gelesen habe, sondern auf die ich in einer Jugendversion der Ilias und der Odyssee gestoßen bin, ist für mich seit jeher zwiespältig gewesen.

Ich bewunderte Odysseus für die Gabe. Ich las die Passage wieder und wieder, weil sie verlässlich einen Schauder hervorrief, den ich genoss.

Im selben Moment fragte ich mich, ob er sich seiner Fähigkeit, über die ich zu gern verfügt hätte, bewusst gewesen ist und ob er sie ebenso bewusst hat nutzen und einsetzen können.

In meinen Augen ein Makel.

Als jemand, der andere manipuliert, hätte er ohne Zweifel gemäß eines Kalküls gehandelt, das ihn nach meinem Empfinden falsch und verschlagen sein ließe. Statt als der große Odysseus, gesegnet mit göttlicher Gabe, erschiene er mir mit einem Mal billig und eitel.

Wäre er sich seines Talents jedoch nicht bewusst gewesen, könnte man kaum von herausragendem Können sprechen. Er wäre bloßes Instrument blind in ihm waltender Kräfte.

Schlimmer noch: Erneut in die Situation gestellt, zu einer Versammlung reden zu müssen, hätte er sich seiner Begabung nie sicher sein können und wäre womöglich in eine Lage geraten, die ihn bloßgestellt und gedemütigt hätte. Eine Erfahrung, die mir in späteren Jahren nur zu vertraut war – bei Referaten an der Schule, manchmal als Dozent vor den Studenten im Hörsaal.

Ich tröstete mich mit einer Konstruktion, für deren Beleg ich im Text eifrig nach Hinweisen fahndete, die sich auch finden ließen: Odysseus kann sich auf seine Gabe nie gänzlich verlassen. Gezwungen zu zweifeln, muss er den Schritt ins Ungewisse jedes Mal von Neuem wagen. Er muss sich, alle

Kräfte ordnend, Gewalt antun, um ein weiteres Mal verlässlich die Widerstände zu brechen – die Dummheit und Trägheit der Massen, die er für sich gewinnen will.

Als ich dem jungen Staatsanwalt erstmals begegne, muss ich auf ihn linkisch gewirkt haben, schüchtern und unbeholfen. Ein Mann, der ein halbes Leben in einer staubigen Wohnung verbracht hat, zwischen Geschichten und Gerümpel, ohne Interesse an der eigenen Existenz, ohne Blick für die Welt.

Begleitet von einem Angestellten der Untersuchungshaftanstalt stehe ich im Vorraum seines soeben neu bezogenen Büros, die Größe fraglos ein Zeichen seiner Erfolge, die Tür noch ohne Namensschild.

Kaum dass er mich im Streiflicht, das die Auslegware als moorigen Grund erscheinen lässt, unschlüssig warten sieht, habe ich den deutlichen Eindruck, er wolle auf dem Absatz kehrt machen. Um die Toilette aufzusuchen, um sich ein paar Minuten zu borgen, bevor er gezwungen wäre, mir gegenüber zu sitzen. Mir, dem Frauenmörder. Den Wunsch nach gemeinsamen Ferien vortäuschend – die Tat am menschenleeren Ort. Einer jener Mathematiker, die den Abzweig in die Wirklichkeit irgendwann verpasst haben.

Obwohl angehalten, kein vorschnelles Urteil zu fällen, und obwohl er den Ärger über sich selbst als bitteren Geschmack gewiss auf der Zunge meint spüren zu können, wird er sich bei diesem ersten Zusammentreffen sicher gewesen sein, einen gescheiterten Hochleistungsakademiker vor sich zu haben, dem das Leben eines Menschen nicht mehr bedeutet als die Manipulation einer Gleichung.

Er hat sich vorbereitet. Er kennt die Aktenlage. Er arbeitet mit großer Sorgfalt. Sonst wäre er, trotz seiner Jugend, nicht derart erfolgreich.

Insofern steht sein Entschluss, sich für die Verlängerung der Untersuchungshaft gegen mich, den Verdächtigen, einzusetzen, fest, ehe er das Büro, das für Wochen der Ort unserer Begegnung sein wird, missmutig betritt.

Als er vom Gang in den Vorraum wechselt, mit einem seltsam entschlossenen Schritt, als hätte er sich eben erst entschieden, bemerke ich im Augenwinkel das Knopfdruckgrinsen meines Bewachers, dem ich, die zu sichernde Person, seit Verlassen der Haftanstalt Unbehagen bereite. Er weiß nicht, wie er mich einzuschätzen hat. Ein Lächeln spannt sein Gesicht, sodass es wie befallen von einer Krankheit wirkt.

Als hätte der Justizangestellte auf die Chance zu gehen seit unserer Ankunft dringend gehofft, verabschiedet er sich ohne Verzug vom beiläufig nickenden Staatsanwalt, der mich mit einer kaum sichtbaren Geste in sein Büro winkt.

Weil er nichts sagt, sich weder mit einer Floskel an mich wendet noch seinen Namen nennt, beschließe ich, mich ihm vorzustellen – »Guten Tag, Martin Gödeler« –, während ich zaghaft nähertrete.

Ich höre meine Stimme und glaube, einem Fremden zu lauschen.

Ohne Kontur und Festigkeit schieben sich die Worte verschämt an den Zähnen vorbei und verschwinden in den Ecken des Raums, ohne akustische Spuren zu hinterlassen.

Der junge Mann zögert, mir die Hand zu geben. Er bricht die Geste ab.

Dann bittet er mich, die Tür zu schließen, bietet mir den Stuhl vorm nagelneuen Schreibtisch an, bevor er sich in den ergonomisch gestalteten Bürosessel gleiten lässt, Thron auf der anderen, der freien Seite der Welt.

Ich bin kein großer Mann, keine imposante Erscheinung. Ungewöhnlich volles, dunkles, fast noch schwarzes Haar, buschige Augenbrauen. Das schon. Trotz sichtbarer Spuren beginnenden Alters dürfte ich, der Verdächtige, bei unserer ersten Begegnung überraschend jugendlich auf den Beamten wirken. Ein Eindruck, der sich verfestigen wird, je häufiger wir uns treffen. Ein Eindruck, der mir nicht zum Vorteil gereicht, noch selten zum Vorteil gereicht hat.

Begleitet von einem angedeuteten Nicken nennt er, der Jüngere, um Form und Höflichkeit Genüge zu tun, seinen Namen sowie Beruf und Funktion in Bezug auf die Vernehmung und erwähnt meine Rechte.

Im Nachhinein denke ich, er wird keine Veränderung an mir bemerkt haben.

Auffällig vielleicht, dass ich nach wenigen Sätzen darum bitte, das Verhör am Folgetag fortsetzen zu dürfen, mir sei nicht wohl, ich hätte Kopfschmerzen, die nie länger als einen Tag dauerten.

Kein Grund, die Bitte abzuschlagen.

Obwohl er in dem Moment allenfalls eine vage Regung verspürt haben wird, die Ahnung eines Schattens, der sich auf die Wange legt und gleich darauf verfliegt, wird ihm eine Empfindung bleiben, die er nie wird fassen können: als hätte ein Drittes den Raum zwischen uns besetzt und beanspruchte ihn von nun an mit steter Beharrlichkeit.

Auch am Folgetag nichts, das Erwähnung finden müsste. Das Referat meiner Reise von Südfrankreich nach Stuttgart. Die Aufzählung der Hotels, in denen ich übernachtet habe. Die Orte, an denen ich ein, selten zwei Tage geblieben bin. Nichts von Belang. Informationen, die ihm von seinen französischen Kollegen bald bestätigt werden.

Manchmal scheint er mich verstohlen zu beobachten.

Dann stocke ich in meiner Erzählung, hebe den Blick, mustere ihn, als wäre ich bezüglich der Einschätzung seiner

Person ebenfalls unsicher oder müsste dieses oder jenes Detail mit der Erinnerung abgleichen, ehe es mir möglich sei, den Bericht im selben Tonfall fortzusetzen: Pension, Hôtel, Village mit Kirche, Platz von Platanen gesäumt.

In ihrer Nüchternheit kann die Aufzählung den Eindruck einer Kälte bei meinem Gegenüber hinterlassen haben. Mag sein.

Als ich, Martin Gödeler, Doktor der Mathematik, summa cum laude, vormaliger Spezialist für Differentialgeometrie, am dritten Tag auf der anderen Seite der entspiegelten Glasplatte zu reden beginne, ist die Metamorphose abgeschlossen.

Der antike Heerführer setzt sich an jenem Vormittag auf dem Besucherstuhl zurecht, und der junge, kluge Staatsanwalt braucht Zeit, um zu begreifen, dass er nun das Publikum ist.

INDUKTIONSSCHRITT (2)

Zacharias, dessen dunkler Blick zärtlich auf mir ruht: vielleicht um zu ermessen, ob sein Werk gelungen ist.

Ich spüre am Luftzug, wie die Haustür geschlossen wird, und übergebe mich.

Wie lange ich auf dem Boden gelegen habe, die rechte Wange in der Lache aus Erbrochenem, weiß ich nicht. Ich krieche ins Bad, stelle fest, dass die Verbrennungen harmloser sind als gedacht, finde eine Salbe, die ich auch in den Folgetagen verwende, eine Entscheidung, zu der mir der Arzt, den ich bald aufsuche, gratulieren wird. Ich habe das Gefühl, mein Hoden sei auf die Größe zweier Kegelkugeln geschwollen. Ich übergebe mich erneut in das seit Monaten nicht gereinigte Toilettenbecken, schaffe es, mich an der gefliesten Wand aufzurichten, taste mich zum Handwaschbecken, beglückwünsche mich, den Spiegel vor Jahren zerschlagen zu haben, studiere die schillernde Maserung des Belags aus Seife und Schmutz, der das Porzellan des Beckens ziert.

Brechendes Lichts an Einschlüssen in milchig-trüben Seifenpartikeln, winzige Inseln einstmals glänzenden Emails – auch hier: die Schönheit des über Jahre gewachsenen Sediments.

Ich spucke Blut, öffne Kalt- wie Warmwasserhahn, die

47

mich während der Jahrzehnte nie im Stich gelassen haben, wasche mir, derweil ich, geborgen in der Wärme des Wassers, eine Dankbarkeit empfinde, die ohne Vergleich ist, die gröbsten Spuren der Schläge und Tritte aus dem Gesicht.

Ich schleppe mich zum Bett, zerre die Decke über den Körper, der sich anfühlt, als gehörte er in Teilen nicht mehr zu mir, und schlafe achtzehn Stunden.

Ich bestelle bei *Angelo* eine Pizza und zwei Liter Bier, bedanke mich, dass er die Summe stundet, nehme die Lieferung in Empfang, esse die Hälfte der Pizza, ohne mich zu erbrechen, schlafe weitere sechzehn Stunden, suche einen Arzt auf, verzichte, entgegen seinem Rat, auf die Anzeige bei der Polizei, ignoriere das Schulterzucken, die Frage: »Flüchtlinge? Oder die Zigeuner vom Bahnhof?«, informiere Bert Schauerleut, dass ich dem Unterricht zunächst fernbleiben muss, meide den Chinesen, ernähre mich von Pizza, gelegentlich Obst und Früchten aus einem afrikanischen, vielleicht asiatischen Geschäft nah der Haltestelle Bopser und beginne, die Wohnung aufzuräumen.

Anfangs fällt es mir schwer, mich zu bewegen. Mein wunder Körper ist mir fernes Signal im Meer mühsamer Tage. Nach etwa zwei Wochen öffne ich am Samstagmorgen das Fenster.

Der Wind hebt den letzten Staub vom Bücherregal, den feinen Film von den Borden. Ich dusche und ziehe mich an.

Draußen ein frostklarer Himmel. Obwohl ich oft unsicher bin, ob geschehen ist, was ich manchmal meine, im Fieber nur geträumt zu haben, lasse ich die Tür nicht mehr angelehnt. Während ich im Kühlschrank nach Resten suche, die ich nicht finde, und mich in der Wohnung umschaue, beschließe ich, wegzuwerfen, was entbehrlich ist: die Bücher, Regale, Kunstdrucke, einen Teil des lästigen Mobiliars.

Der Staub auf dem Schreibtisch, den ich von der tagelangen Reinigung bisher verschont habe, liegt dennoch dünner als während der vergangenen Jahre. Ein nächster Luftzug weht vom Fenster her durch den freundlich wirkenden Raum und hebt das graue Siegel von den Notizen.

Beim Bäcker an der Ecke kaufe ich Marmelade, Brot und Kaffee und, nach Jahrzehnten, eine Tageszeitung. Ich frühstücke, ohne ein Wort in der Zeitung zu lesen, und lege mich für zwei, drei Stunden noch einmal ins Bett.

Nachmittags bestelle ich bei *Angelo* die nächste Pizza nebst Bier.

In der beginnenden Dämmerung wische ich den Boden, scheuere das Laminat mehrmals hintereinander, danach die Dielen im Flur. Einige verkorkte Flaschen, die mir unterm Bett entgangen sind, die ich hinter einem lose befestigten Schalbrett mühsam hervorklauben muss, schütte ich zufrieden in den Abguss.

Am Abend duftet die Wohnung nach einem scharfen Reinigungsmittel, das ich im Institut in einer Abstellkammer gefunden habe. Das Bettzeug riecht frisch gewaschen. Die Waschmaschine im Keller der Kanalstraße habe ich mehrfach befüllt, ohne Bert Schauerleut oder jemand anderem zu begegnen.

Nachdem ich die letzte Ladung Wäsche im Institut abgeholt habe, backe ich den Rest der Pizza, Quattro Stagioni, auf, trinke noch eine Flasche Bier, verriegle meine Wohnungstür, schiebe die Notizen meiner Habilitation auf dem Schreibtisch an den Rand, zögere, packe sie ins sonst leere Schubfach, das ich mit dem bislang nie genutzten Schlüssel, der trotz Flugrost gängig ist, sorgsam verschließe. Lege den Schlüssel in die Schatulle, in der ich kein Geld mehr aufbewahre, setze mich an den Schreibtisch, schlage, fremdes

Gefühl, die Zeitungsseiten auseinander, lese Artikel über Innen- und Außenpolitik, ohne Kenntnis der Namen, des zugehörigen Personals, der verhandelten Sachverhalte. Nachdem ich am Sonntag ausgeschlafen habe, bringe ich die Zeitung zum Müll.

Als ich über den Hof zurückkomme, wartet Susanne Melforsch vor der Tür. Mit einer Tüte Wecken und einem Blumenstrauß.

Während ich die Augen schließe, sie wieder öffne – Haustür, Himmel, Susanne und der Blumenstrauß –, murmelt sie: »Hab die Adresse vom Hauswart. Der ist ja nett. Du siehst schlimm aus.«

»Gehen Sie. Bitte.«

Sie packt Blumen und Wecken auf das bemooste Mäuerchen, dreht sich still um und verschwindet. Aus dem Gesteck ragt eine bordeauxrote Rose, die ich in einer mit Wasser frisch gefüllten Bierflasche auf die Nachtkommode stelle. Den übrigen Strauß überlasse ich vor der Haustür dem Verfall.

Während der folgenden Tage gelingt es mir kaum, aus dem Bett aufzustehen. Zu duschen, die Zähne zu putzen, mich zu rasieren. Nachts träume ich von Zacharias, von Juno. Verlasse die Wohnung so selten wie möglich. Beladen mit übergroßen Tüten vom Edeka am Olgaeck meine ich, sie am Abend jenseits der Fahrbahn zu erkennen. Die Ampel gebietet mir, tückisches Rot, zu warten.

Schon außer Atem, bevor ich mich in Bewegung setze, haste ich vor der heftig hupenden Karossenkohorte über den Asphalt und achte nicht auf die reißende Tüte. Verlorene Eier, platzende Milch. Klirrendes Glas, Gewürzgurken. Aus einem Riss der Bierdose schießt der spindeldürre Strahl in den wolken- wie abgassatten Himmel.

Mir den Rücken kehrend verschwindet Juno in einer Durchfahrt zwischen einem Lidl und dem rot ausgeleuchteten Eintritt, *Da Capo*, Videokabinen, 3000 Titel im Angebot. Das Sortiment, so der Slogan, darf man berühren, auch anfassen, aber nicht ausprobieren.

Der Hof, den ich im Moment betrete, als Juno im Rahmen einer sich öffnenden Gittertür zum Garagengelass wartet, den Rest einer Zigarette austritt, verbietet das Abladen von Müll und Abfall. Signal, das Passant wie Anrainer ohne Mühe verstehen: *Halal*-Gastronomie. Krähen laben sich weidlich am riechenden Rest.

Das dünne Rosé durchweichter Leggins scheint die stete Feuchtigkeit aus der Luft zu extrahieren. *Sex* – das Logo auf moosgefasstem Waschbeton. Die Stufen zur Blumenstraße: gesäumt vom angetauten Schnee, braunem Besatz.

Neben Juno schiebt sich ein zwei Meter messender Mann, mittleres Alter, grauer Schnauz, Zimmermannshose, den Latz zieren zwei Reißverschlüsse, die Zähne des einen klaffen auseinander, an dem Mädchen vorbei, schenkt mir den matten Blick des Gewiefteren, legt Juno drei Finger auf den Steiß, Finger, deren Kraft und Umfang ihm Ausweis seiner Tätigkeit sind, dazu die beiden Fingerstummel, das Singen der Säge ein feines Geräusch, der Mann schubst den zierlichen Körper in den Garagentrakt und schließt die Gittertür.

Ich sehe, wie das Warnblinklicht auf einen Codegeber antwortet, der Laut des elektronischen Dieners, das Bild eines mächtigen Mannes, der mit einem Mädchen in einen geräumigen Van steigt.

Mit den unversehrten Tüten, den Resten meines Einkaufs, mache ich mich auf den Weg zurück zu meiner Wohnung, krieche ins Bett.

Am folgenden Tag melde ich mich pünktlich zum Unterricht am Institut. Weder Juno noch Lurek oder Zacharias sitzen unter den Nachhilfeschülern, denen das Abitur zu verweigern wäre, nur Susanne Melforsch hockt in der hintersten Ecke.

Ich denke an trockene Blütenblätter, die eine bordeauxrote Rose auf dem blauen Einband von *Otto Forster, Analysis I* und der leeren Nachttischplatte im Verlauf der vergangenen Tage symmetrisch angeordnet hat, zu einem zärtlichen Muster, das zu berühren ich mich tagsüber scheue. Nachts fahren die Fingerkuppen über das poröse Material, kosten die Sehnsucht.

»Guten Tag«, sage ich. »Legen Sie Ihre Handys beiseite. Sie schreiben bald Ihre ersten Klausuren. Wir sollten beginnen.«

Wenig später lädt mich Susanne Melforsch zu Pasta und Wein ins *La Piazza*. Mir fehlt die Kraft, ihr abzusagen. Nachdem wir gegessen, getrunken, gezahlt haben, schlendern wir bis zum Tanzmodengeschäft nächst der Haltestelle am Olgaeck, stellen uns, nach Sekunden zögerlichen Ungeschicks, an die Ampel, deren Licht in das Schneetreiben greift. Als die Bahn sich nähert – früher als ich kann Susanne Melforsch die Nummer der Linie 15 erkennen –, presst sie tonlos zwischen geschlossenen Zähnen hervor: »Es tut mir leid wegen damals. Es tut mir wirklich leid.«

Ehe sie über die Fahrbahn huscht, sich durch die bremsenden Autos schlängelt, in die von einem dunkelhäutigen Zwerg blockierte Tür des Zugwaggons springt und mir durch das Fenster der Stadtbahn Richtung Ruhbank zaghaft zuwinkt.

Wenn wir über unsere Gefühle sprechen, empfinden wir sie nicht mehr. Nur wenn wir nicht denken, fühlen wir. Gefühle sind dem Denken unzugänglich.

In meinem schmalen Flur, von dem das große Bad, die kleine Küche und das Zimmer abgehen, steht sie vor mir. Kein Slip, kein String, allein die Korsage, die ihre Brüste flach gegen den Brustkorb presst.

Die Strümpfe ein Nebel, der sich im geringen Licht als Schatten auf ihre Oberschenkel legt. Gestrafft von Gummibünden bleiben sie am unsichtbaren Übergang der – wegen ihrer im Schuh hochgestellten Ferse länger wirkenden – Beine zum kaum breiteren Becken in Fasson. Kein Faltenschlag, kein Rutschen. In der unsicheren Beleuchtung rahmt die durchsichtige Seide die Spur der rötlichblond schimmernden Scham.

»Mir wird kalt«, sagt Susanne Melforsch.

»Ich kann nicht«, sage ich.

Mit dem ersten Schritt bricht der spitze Absatz ihres rechten Buffalo zwei, drei Zentimeter in eine schadhafte Diele meines Korridors.

»Bitte geh«, sage ich.

»Ich möchte aber bleiben.« Die seltsam nachdenklich wirkende Erwiderung, derweil sie den Schuh umsichtig aus dem Holz der Diele zieht, lässt mich vor Begierde beben. Ich balle die Fäuste, dass sich die Nägel in die Ballen graben. Ich sage: »Geh.«

Ein weiterer Schritt, sie schüttelt den Kopf. Streift ihre Schuhe von den Füßen.

Während sie mich in gleichem Maß erregt, wie sie mich rührt – nicht mehr jung, das vage Licht kann den Umstand kaum kaschieren –, und die Wucht der Empfindung mich schwindeln macht, weiß ich, dass es unmöglich ist, in die Zeit zurückzufinden, die gleichförmig, tot und still und unbedingt sicher war.

Ich greife nach ihrem Mantel, dränge mich an ihr vorbei,

raffe die Sachen, die sie im Bad abgestellt hat, mit drei, vier Handgriffen zusammen, stopfe sie in die zum Trocknen aufgehängte Plastiktüte, die ich Susanne Melforsch anschließend in die Hand drücke, weise ihr die Tür.

Bevor es mir gelingt, das Schloss zu entriegeln, die Klinke herunterzudrücken, Susanne Melforsch sacht, aber nachdrücklich, und trotz der spärlichen Bekleidung, hinaus in den Durchgang zwischen die Häuser zu schieben, lässt sie die Plastiktüte fallen, überwindet den Abstand zwischen uns, indem sie unsicher auf mich zutritt, murmelt: »Du musst auch bedenken, dass«, ergreift meine linke Hand, legt sie auf ihre rechte Brust, die unter der verrutschten Korsage sichtbar geworden ist, und versucht, mich zu küssen.

Ich wiederhole: »Bitte verlassen Sie meine Wohnung.«

Wir verlieren das Gleichgewicht, rutschen an der Wand des Flurs, Puppen aus Holz, in die Hocke.

Den Kopf starr im Nacken flüstere ich: »Bitte gehen Sie.«

Susanne Melforsch sieht mich an.

Die Kuppen ihrer Daumen, kühl und kraftlos, drücken auf meinen Kehlkopf. Dann legt sie ihre Hände behutsam um meinen Hals.

LEMMA

Anfang August treffen weitere Befunde des Labors in Nizza
bei der Stuttgarter Behörde ein. Zwar ist der überwiegende
Anteil der Spermienspuren an der in den Gorges du Verdon
gefundenen Jeans von Susanne Melforsch zweifelsfrei Martin
Gödeler zuzuordnen. Zudem findet sich jedoch, wenngleich
in geringerem Maß, das Eiweiß einer anderen, jüngeren
Person am Leder eines Gürtels, der mit mehreren Schlaufen
der Jeans mal lose, mal fest vernäht ist. Das Blut auf dem
hellgrauen Sweatshirt, einem Kapuzenpullover, ist überwie-
gend von ihr, in Spuren von Martin Gödeler, meist frisch, teils
älteren Datums.

Hinzu kommen Funde in der Mülltonne auf dem Hof der
Pension. Handschellen, rostig. Reitgerte, gebrochen. Beutel
mit Baumarkt-Utensilien – Ketten. Schmiedearbeit, verzinkt:
wie oft zum Sichern von Fahrrädern verwendet.

Außerdem eine schwarze Katze, die durch den sauberen
Schnitt einer Axt geköpft worden ist. Nur ihr Torso liegt in
der nach Aas stinkenden Tonne, die die örtliche Müllabfuhr
in Castellane stehen gelassen hat.

Mit Ausnahme einer offenbar über Wochen verwendeten Rasierklinge, die Dr. Gödeler benutzt hat, findet sich
auf keinem der sichergestellten Gegenstände eine verwert-
bare Spur: kein Fingerabdruck, kein Blut, kein Sekret, keine

DNA. Auch nicht von Martin Gödeler oder Susanne Melforsch.

Zeitgleich trifft die Recherche seines Reisewegs zurück nach Deutschland ein. Martin Gödeler hat sich Zeit gelassen.

Unterkünfte sind aufgelistet, Restaurantbesuche, zwei Museen. Jedes Getränk, das er in einem Café bestellt hat, wird in dem akribischen Brevier erwähnt und mit dem Doppel des Belegs beglaubigt. Der Erkenntnisgewinn ist gering. Trotz umfangreicher Befragung finden sich keine Zeugen, die Martin Gödeler und Susanne Melforsch am 11., 12., 13. oder 14. Juli in den Gorges du Verdon, in Castellane oder der Umgebung zusammen gesehen haben. Und der Betreiber der Pension habe beim Begleichen der Rechnung kaum mehr als drei Worte mit dem höflichen und keineswegs nervösen Dr. Gödeler gewechselt und dessen Abreise nicht bemerkt.

Kein Fortschritt.

Weder wird die Vermisste in der Verdonschlucht gefunden noch meldet sie sich, trotz aller Aufrufe der französischen wie der deutschen Behörden. Ihr Handy – seit Mitte Juli kein Anruf, keine SMS, anscheinend ohne Akku. Nichts deutet darauf hin, dass sie noch lebt. Nichts belegt ihr Sterben, ihren Tod.

Die Polizei in der Provence denkt an den Einsatz professioneller Taucher, die zunächst nicht bewilligt werden. Der Haftrichter in Stuttgart stimmt nur unter Vorbehalt einer Verlängerung der Untersuchungshaft zu und lässt Dr. Martin Gödeler erneut nach Stuttgart-Stammheim überstellen.

Wenig später beginnt die Auswertung der tagebuchartigen Notizhefte. Ungefähr zeitgleich liegen die angeforderten Akten verschiedener Meldeämter, der Polizei und weiterer Hamburger Behörden, der Klinik, des Billstedter Gymnasiums wie auch der Universität der Hansestadt der Staatsanwaltschaft Stuttgart vor.

Susanne Melforsch wird am 23. Oktober, zwei Tage vor dem prognostizierten Geburtstermin, so die Auskunft der Klinik, in Hamburg-Billstedt geboren: noch vor Erreichen des Kreißsaals und im Tierkreiszeichen der Waage.

Obwohl sie in den gesicherten Tagebüchern vielfach betont, nichts, aber auch gar nichts auf Horoskope zu geben, finden sich gehäuft Notizen, die das Diktum erwähnen, im Luftzeichen Geborene seien harmoniebedürftig und entscheidungsunfähig. Die Analyse eines linguistisch geschulten Psychologen der Polizei unterstellt eine schwache Persönlichkeit, die gerade deswegen zum Extrem tendiert.

Als Susanne Melforsch verschwindet, lässt sie einen einundzwanzigjährigen Sohn zurück, der bei der Befragung einen deutlich jüngeren, äußerst unsicheren Eindruck macht, und einen Ehemann, einen hochrangigen Juristen, Partner in einer Großkanzlei, die Firmen in internationalen Belangen vertritt. Einen Mann, der rund um die Uhr arbeitet und mehr Geld verdient, als er je wird ausgeben können.

Bei einer weiteren Befragung, zunächst ohne den Vater, wirkt der Sohn in sich gekehrt, fast abwesend. Die Antworten sind einsilbig, die Auskünfte spärlich.

Er lebe, so der vernehmende Beamte, in einer Welt der Maschinen, von deren Logik er sich behütet fühle und denen er traue.

Als Student im sechsten Semester Technische Informatik habe er den Bachelor früh, noch im fünften Semester, mit Auszeichnung abgeschlossen. Über seine Mutter zu sprechen, weigere er sich.

Befragt nach dem Familienleben, habe er die stets eingehaltenen Essenszeiten betont und wie schmackhaft die Mahlzeiten gewesen seien. »Gemundet«, habe er gesagt, als läse er nach wie vor die Märchen der Gebrüder Grimm.

Auf die Frage, ob er seine Mutter vermisse, habe er keinerlei Regung gezeigt.

Ähnlich habe der Vater reagiert. Der Ehemann, den sie ohne Vorankündigung in der großen Maisonettewohnung in Berlin-Charlottenburg zurückgelassen habe, um – wie in einer knappen Notiz erklärt – »zu reisen«, frage sich immerhin, ob sein permanentes Drängen auf penible Ordnung Susanne, die Gattin, veranlasst haben könnte, ihn und den Sohn zu verlassen. Er werde ihr die Kreditkarte nicht sperren. Er wünsche ihr Glück.

In keinem Abschnitt der vorliegenden tagebuchartigen Notizhefte werden Sohn oder Ehemann mit einem Wort erwähnt. Nirgends ein Hinweis aufs gemeinsame Familienleben, auf die Jahrzehnte zu dritt.

Ergiebiger, so der Hamburger Polizist, sei die Befragung einer »besten Freundin aus frühester Kindheit« gewesen, mit der Frau Melforsch häufig von Stuttgart aus telefoniert habe. Die Freundin habe die Begegnung mit einem jungen Mathematiker hervorgehoben – die zudem in den Heften mehrfach Erwähnung finde und die während der Gymnasialzeit stattgefunden haben müsse.

Der Mathematiker, so die Nachfrage in der Personalstelle der Universität, Herr Gödeler, habe sich in der fraglichen Zeit im Zuge eines Stipendiums während mehrerer Monate in Hamburg aufgehalten und habe auch den Oberstufenkurs des Billstedter Gymnasiums besucht, um den Schülern, wohl wenige Wochen vorm Abitur, einen Eindruck vom Mathematikstudium zu vermitteln.

Die Schilderung der Freundin, die Frau Melforsch seit dem Kindergarten kenne, nennt der Beamte »blumig, trotzdem

aussagestark«. Das Transkript habe er von einer Polizeischü-
lerin zusammenfassen und straffen lassen – »die ihre Auf-
gabe unter Umständen etwas zu narrativ«, so der Polizist, an-
gegangen sei.

Zeitmangel ... *Abriss* ... *unkorrigiert*, so die Stichworte des
Hamburger Beamten. Trotzdem habe die Freundin aus früher Kindheit die Version ohne Einwand autorisiert.

Mit kollegialen Grüßen.

GEGENPROBE

Susanne Melforsch wächst nahe Hamburg-Billstedt auf, nicht in den Quartieren mit bald maroden Hochhäusern, sondern in einem Reihenhaus am Rand des später verrufenen Stadtteils. Sie ist schlank, blond, groß und sich ihrer Wirkung auf die Jungen ihres Jahrgangs nicht bewusst. Sie leidet unter einem Phänomen, das noch nicht als *Soziale Angst* beschrieben ist, und gehört als Außenseiterin verlässlich nie zu den Cliquen, die die Regeln des alltäglichen Spiels grausam bestimmen. Als Leistungskurse belegt sie Mathematik und Kunst.

Mathematik, weil die Antworten eindeutig sind. Kunst, weil sie die Lehrer durch ihre praktischen Arbeiten von sich einnimmt.

Als kurz vorm Abitur ein junger Mathematiker in ihrem Kurs einen Vortrag hält, an zwei aufeinanderfolgenden Tagen: über das Studium, die Chancen nach dem Abschluss, den Beruf, kauft sie am dritten Tag eine Flasche Rotwein, klingelt an der Tür des Appartements, Gästehaus der Universität, dessen Adresse sie ohne Mühe herausgefunden hat, indem sie dem Mathematiker nach dem zweiten Vortrag heimlich gefolgt ist, weiß, als er ihr öffnet, nichts zu sagen, reicht ihm stumm die Flasche, die er ungeöffnet auf dem Boden der Diele abstellt, hört, wie sich die Tür hinter ihr mit einem kaum vernehmbaren Klicken schließt, ergreift seine rechte

Hand und legt mit einer Geste, die sie Jahre später im Film *Babel*, Déja-vu eines Traums, wiedererkennen wird, die geöffnete Hand des jungen Mannes auf den Stoff ihrer hellen Bluse, unter der sie keinen Büstenhalter trägt.

Sie ignoriert dessen Ehering, presst die Finger wortlos und mit leichtem Druck gegen ihre linke Brust und schließt die Augen.

Sie schlafen miteinander. Schweigen miteinander. Leeren die Flasche Bordeaux.

Weder ist Susanne Melforsch am Abend, als sie heimgeht, betrunken, noch ist sie am Morgen, als sie aufwacht, verkatert. Weder stellt sie infrage, die Schule am Folgetag zu schwänzen, noch zögert sie, mit dem Rotwein selber Sorte am Abend erneut an die Tür des Appartements zu klopfen.

Diesmal entkorkt der junge Mann die Flasche, bevor sie miteinander schlafen. Diesmal lächelt er, als er Susanne Melforsch die Wohnungstür öffnet. Diesmal lassen sie sich zwischen den Laken des frisch bezogenen, nicht sonderlich breiten Betts von einer schüchternen Kühnheit leiten. Diesmal lassen sie sich Zeit, ohne mehr als acht Sätze während der gemeinsamen Stunden miteinander geredet zu haben. Am achten Tag reist der junge Mathematiker aus Hamburg ab.

Susanne Melforsch schreibt ihm drei Briefe, die sie nicht abschickt, obwohl sie die zutreffende Anschrift auf den Umschlägen vermerkt. Sie verwahrt die Briefe fortan in ihren Tagebüchern. Wenn sie ein neues Notizheft beginnt, wandern die Briefe und folgen dem Fortgang der Schrift bis zum unbeschriebnen Bruchrand. Briefe, aus denen hervorgeht, wonach Susanne Melforsch gesucht haben muss, als sie die Spur Martin Gödelers in Stuttgart wieder aufnimmt.

Noch im Wintersemester, unmittelbar nach dem Abitur, beginnt sie, Mathematik zu studieren, und bricht das Studium, ohne einen Schein erlangt zu haben, weder in Linearer Algebra noch in Analysis I oder II noch in ihrem Nebenfach Physik, erfolglos wieder ab.

Sie besucht einen Vortrag des aufstrebenden Jungmathematikers Gödeler. Die Ankündigung des Referats »Zur Behandlung mathematischer Singularitäten« findet sich ebenso bei den Briefen wie ein datiertes Ticket des Hamburger Nahverkehrs. Mühelos ermittelt das Labor des Landeskriminalamts Monat, Tag und Jahr des entwerteten Billets.

Die Devotionalien, persönliches Sakrament der einstigen Mathematikstudentin und teils von der Freundin verwahrt, komplettiert ein leicht vergilbtes Notenblatt, auf dem sich kalligrafierte Integralzeichen befinden, eingepasst in die Notenlinien, jedes dem je folgenden identisch.

Susanne Melforsch wechselt nach drei weiteren nutzlos verbrachten Semestern ins Jurastudium nach Berlin. Sie lernt ihren künftigen Mann kennen, stattliche Erscheinung, Frohnatur, Mittelpunkt einer Clique von Betriebswirtschaftlern und Juristen – das Königspaar einer Gesellschaft, deren größerer Teil einer studentischen Verbindung angehört.

Sie zeugen ein Kind.

Susanne beendet ihr Studium noch vor dem ersten Staatsexamen. Sie hegt den festen Vorsatz, das Studium erneut aufzunehmen, sobald genügend Zeit wäre. Sie vermeidet die Exmatrikulation so lange wie möglich.

Der Bezug einer Maisonettewohnung in Charlottenburg. Nach der Geburt des Sohns schlafen sie und ihr Mann noch acht Mal miteinander. Darüber gibt der Abriss eines Kalenderblatts, der dem Notenblatt mit den fein geschwungenen Integralen angeheftet ist, datumsgenau Auskunft. Mehr als zwei Jahrzehnte wird Susanne Melforsch neben ihrem Mann in einem Doppelbett liegen, ohne dass sie einander willentlich berühren. Sie wird sich fragen, ob ihr Mann derart viel Arbeit hat – oder ein *deuxième bureau* unterhält. Sie wird sich geborgen fühlen, obgleich sie den Geruch ihres Mannes nur noch schwer erträgt.

Sie wird den Moment, nach dem Abitur des Sohns mit ihrem Mann zu reden, verpassen. Sie wird eines Morgens, ihr Mann ist lange aufgebrochen, um früh geschäftlich nach Turin zu fliegen, die Beine seitlich aus dem Bett gleiten lassen. Sie wird sich umschauen und die Pflanzen auf der ausladenden Terrasse, von der aus eine Leiter aufs Dach führt, bei einer Tasse Kaffee und trotz der sich ankündigenden Kühle barfuß und ohne Eile gießen.

Ihr Sohn wird einen Ferienkurs der Universität besuchen. Ohne zu frühstücken, wird sie die Wohnung verlassen.

Mithilfe ihres Smartphones, eins der neuesten Modelle, wird sie Martin Gödeler als in Stuttgart ansässig ermitteln. Am Bahnhof in Berlin wird Susanne Melforsch eine Flasche Wein kaufen, Bordeaux.

Den Rotwein wird sie während der Bahnfahrt, derweil der Mut sie verlässt, in wenigen Stunden leeren. Ihren Rausch wird sie in Frankfurt, im Intercity-Hotel ausnüchtern.

Acht Tage wird sie benötigen, um die zweieinhalb Zimmer zur Zwischenmiete in Stuttgart zu finden. Mit dem Hauptmieter wird sie sich rasch einigen. Dass ihre Kreditkarte nicht gesperrt worden ist, wird ihr entgehen. Vielleicht empfindet sie den Umstand auch als selbstverständlich.

Sie schreibt ihrem Mann und dem Sohn weder eine Karte noch einen Brief noch ruft sie die beiden an.

Sie schreibt ihnen eine SMS: »Geht mir gut. Brauche Auszeit. Bitte unternehmt nichts.«

Dass ihr Hauptmieter eine Zeitlang in Frankreich verbringen wird, hat Susanne Melforsch registriert, ohne darüber nachzudenken. Dass von den anderthalb weiteren Zimmern eines nicht genutzt zu sein scheint und abgeschlossen ist, hat sie hingenommen, ohne sich nach dem Grund zu erkundigen. Ihren jugendlichen Mitbewohner wird sie erst einige Zeit nach dem Einzug überhaupt bemerken. In den folgenden Tagen vermeidet sie es, ihm zu begegnen. Sie hat den Eindruck, auch ihm liege nichts an ihrer Bekanntschaft.

Nach gut einer Woche, vielleicht zehn Tagen, fühlt sie sich in der Lage, das Nachhilfeinstitut, bei dem Dr. Martin Gödeler, so der Interneteintrag, angestellt sein soll, gegen zehn Uhr vormittags aufzusuchen, ohne zu wissen, was sie dort unternehmen will. Sie trifft auf einen Hausmeister, der sich mit »Guten Tag, Schauerleut« vorstellt, dann lacht und verlegen hinzufügt: »Harburg. Kein Schwabe. Tut mir leid.«

»Sie sind …?«

»Das Faktotum.«

»Wo sind …?«

»Die Schüler? In der Schule. Es ist …«, Blick auf eine Taschenuhr, »fünfzehn Minuten nach zehn. Am Vormittag.«

»Aber die …?«

»Lehrer? Haben vormittags frei.«

Oktober. Es regnet. Susanne Melforsch beginnt, vor Kälte zu zittern.

»Grog?«, murmelt Bert Schauerleut, während er die jämmerlich aussehende Gestalt, die vor ihm in der Nässe steht, mitleidig betrachtet.

Susanne Melforsch zuckt die Schultern und folgt ihm in sein Gelass.

Sie trinkt einen Grog. Einen zweiten. Sie isst ein paar Nüsse, die alt aussehen und staubig schmecken. Sie erkundigt sich nach Dr. Martin Gödeler.

Sie sieht das Nicken von Schauerleut.

»Ach der ... wohnt hier um die Ecke. Hohenheimer ...«

Er kramt nach der Nummer.

»Darf ich Ihnen ja so gar nicht geben. Kennen Sie ihn?«

Er versucht, den Blick nicht auf der großen, so klein und zerbrechlich wirkenden Frau ruhen zu lassen. Er denkt an seine Frau, die ihn vor einer Ewigkeit in Hamburg-Harburg verlassen hat.

»Frauen ...«, flüstert Bert Schauerleut.

Susanne Melforsch starrt ihn irritiert an. »Danke. Ich muss gehen.«

Sie findet die Klingel und das Klingelschild. Entdeckt eine Nische auf dem Hof. Trotz Nässe und Kälte harrt sie aus, bis Gödeler die Wohnung verlässt, um zur Arbeit zu gehen.

Vielleicht ist sie für Sekunden eingenickt, erschöpft von der Kraft und dem Mut, die sie hat aufbringen müssen, benebelt vom Alkohol, von dem sie meint, er wärme ihren Körper noch nach Stunden, obwohl sie Zehen und Finger vor Kälte kaum spürt.

Egal, jetzt bin ich mal hier. Egal, wie klamm sich Jeans, Anorak, Pullover auch anfühlen. Egal. Bin ja gekommen, um. Vielleicht ist sie unaufmerksam gewesen, in ihre Gedanken versponnen. Sie bemerkt Martin Gödeler erst, als er die Höfe in Richtung Stitzenburgstraße verlässt, erblickt ihn nur noch von hinten. Obwohl sie bloß den Rücken des leicht gebeugten, nicht sonderlich großen Mannes um die Hausecke biegen sieht, weiß sie mit Gewissheit, ihn erkannt zu haben.

Während sie sich der Haustür, Klingel und Klingelschild, nähert – unklar, was sie hier eigentlich zu tun gedenkt –, die kältesteifen Finger emsig aneinander reibt ohne ein Gefühl aufkommender Wärme, kennt sie keinen Weg.

Sinnlos und wütend drückt sie den Klingelknopf, kein Ton.

Sie stampft mit dem Fuß auf, schlägt mit der Faust gegen die Wohnungstür: Da gibt's nur dies Holz, mein Gott, diesen brüchig-faserigen Anstrich, dieses alte, verdammte Holz, das mich von dieser, da bin ich doch!, Wohnung trennt. Da gibt es keinen Hausflur nich'. Da ist nur diese Wohnung, ganz unten. Das weiß sie doch, da ist sie sich sicher. Wirft sich mit ihrem schlanken Gewicht gegen Gödelers Haustür.

Deren betagtes Schloss nachgibt, der Schnapper gleitet aus der Blockierung, müde Verriegelung mit reichlich Spiel, sodass Susanne Melforsch, die nun erst ihre zwei, drei Tränen, Wutwasser, auf den Wangen spürt, mit ihrem rührend mageren, von Schauerleuts Grog beflügelten Körper in Gödelers Korridor kippt. Verdammte Amme, denkt Susanne. Und tritt mit beiden Beinen die Tür hastig ins Schloss.

Danach sieht sie, was sie nicht hätte sehen wollen, erkennt, dass Dr. Gödeler in einem Gewölbe haust, dessen Ornamente: Tropfstein, Stalaktiten, Stalagmiten, ausgebildet in Jahren, ungut riechen.

Susanne Melforsch taumelt durch den Flur auf die Höfe. Stopft die verbrauchte Tür behutsam zurück in den Rahmen. Spuckt auf der Hohenheimer Straße aus. Ohne recht zu begreifen, was ihr soeben widerfahren ist, was sie gesehen hat, irrt sie zwei Stunden durch Stuttgart, bevor sie, nach einem Kaffee und einem Schoko-Croissant, insoweit zu klaren Gedanken kommt, dass es ihr gelingt, den Rückweg zu ihrer Wohnung zu finden.

Nun fast in Hast fährt sie in ihre nach wie vor provisorische Stuttgarter Bleibe, die einzurichten sie sich keine Mühe gegeben hat. Denkt flüchtig an ihren Sohn, ihren Gatten. Hört schon vor der Wohnungstür die Stimme von Béla Réthy aus dem TV-Gerät des jugendlichen Mitmieters oder -beherbergten.

Schließt überstürzt die Tür auf. Betritt, ohne zu zögern, das Zimmer des jungen Mitbewohners. Der, nur mit Bademantel und Boxershorts bekleidet, auf seinem eigenartig ausladenden Bett lümmelt – Stoffhimmel, Brokat, das wäre denkbar – und der Fernsehübertragung eines Pokalspiels der Stuttgarter Kickers folgt. Die, prominent kommentiert, gepresst wie immer: Béla Réthy, über den Bildschirm karriolt.

Susanne Melforsch streift die Schuhe von den Füßen, steigt in das Baldachinbett des jungen Mannes, schmiegt sich in dessen Arme, vergräbt ihr Gesicht im Frotteebademantel, beginnt, während er ihr, verstört, fahrig, übers schneenasse Haar streicht, zu weinen.

Nach etwa fünf Minuten fragt der junge Mann: »Wie heißt du?«

»Susanne«, sagt Susanne.

»Ich heiße Zacharias. Ich habe eine Duldung. Ich komme aus Herat.«

Er hält sie fest, drückt sie an sich, er stellt den Kommentar von Béla Réthy zum Spiel der Stuttgarter Kickers stumm, während das Schluchzen Susanne schüttelt, als gäbe es kein Morgen und kein Gestern und nicht mal Tag und Nacht und Gegenwart.

INDUKTIONSSCHRITT (3)

Den Kopf starr im Nacken flüstere ich: »Nein, gehen Sie.«

Susanne Melforsch sieht mich an. Dann legt sie ihre spürbar kühlen Hände behutsam um meinen Hals. Die Kuppen ihrer Daumen drücken auf meinen Kehlkopf.

Sie zieht meinen Kopf zu sich heran. Ihr Kuss rutscht an meinen Lippen vorbei, gleitet, im wiederholten Versuch, vom Mundwinkel zum Kinn. Es kostet mich Mühe, ihrem so sanften wie entschlossenen Griff Hals und Nacken zu entwinden. Unwürdig ist das Wort, das hinter meinem Stirnbein nistet.

Auf den Dielen des Flurs zu einem Ringkampf gezwungen zu sein, als dessen Finale ich ihre erstaunlich kräftigen Finger auseinanderbiege, sodass sie, in Strümpfen, hohen Absatzschuhen, vor mir kniend zu wimmern beginnt, weil ich ihr Schmerz zufüge, dieses Gerangel ist ein Vorgang, dessen Wahrscheinlichkeit stattzufinden gegen null tendiert.

Gern hätte ich mich erkundigt: Was bilden Sie sich ein? Gern hätte ich ihr ins Gesicht geschlagen. Gern hätte ich mein Gesicht zwischen ihre Schenkel gedrängt. Ich schiebe sie von mir, drücke ihr die Plastiktüte mit ihrer Kleidung in die Hand.

Obwohl ich, trotz der vagen Ausleuchtung des Korridors, in ihren Augen eine Trauer ohne Maß zu erkennen meine, richte ich mich an der flüchtig verputzten Flurwand auf,

ziehe Susanne Melforsch in einen, ihren Buffalos geschuldeten, wenig stabilen Stand und sage: »Gehen Sie nach Hause.«

»Aber ...«

Susanne Melforsch läuft eine sämige Flüssigkeit aus dem
linken Nasenloch.

Die Flüssigkeit rutscht Richtung Mund, verteilt sich überm
Lippengrund, nässt dort den roten Glanz der frischen Farbe.

Ich schubse sie durch das letzte Teilstück des Eingangsbe-
reichs, zur zügig geöffneten Tür hinaus und übers Mäuerchen
hinweg, auf dem ihr von der Kälte konservierter Blumenstrauß gleichmütig vor sich hin welkt.

»Du begehst eine Dummheit, Martin.«

Wieder rinnt ihr Flüssigkeit aus dem linken Nasenloch.

Ihr Hirn hat ein Loch, nuschelt der Dämon, der sich im
Frontallappen meines Schädels breitgemacht hat. Du bist
dran schuld, du allein – du Ansammlung verkorkster Kohlen-
stoffketten, verkommener Triglyceride.

Ich schlage die Tür vor ihrem fliegenden Blick in den Rahmen. Ich kauere mich am Boden zusammen. Ich weine, obgleich kein Tränenfluss mich warm erlöst. Kein Meer in mir,
kein Ufer. Und keine gerade Linie an keinem Horizont.

War Odysseus für mich eine imponierende Figur, ein Held,
dessen Gabe – die Rede – sich nur mittelbar zeigte, so schien
mir die List, die Idee zum Bau des hölzernen Pferdes, das den
Griechen zum Sieg verhalf, ein lächerlicher Einfall. Einfälti-
ger noch kamen mir die Bewohner Trojas vor, die den Koloss
hinter die schützenden Mauern ihrer Stadt schafften und so
ihren Untergang ohne Not besiegelten. Ein hölzernes Pferd.
Die Strafe, die Odysseus ereilte, erschien mir maßlos und
rachsüchtig. Das Werk besessener Götter – nicht unähnlich
dem jugendlichen Staatsanwalt, dem ich seit Tagen und Wo-

chen gegenübersitze: unbeirrt im Bestreben, meine Untersuchungshaft großzügig auszudehnen. So, wie auch die Haftstrafe, die er im Plädoyer für mich beantragen wird, reichlich bemessen sein dürfte.

Er misstraut mir. In seinen Augen wohnt die Ahnung, etwas stimme nicht mit mir. Er sieht das hölzerne Pferd. Er ist, trotz Metamorphose, klüger als die trojanischen Krieger. Er wartet, er lauert. Harrt aus, bis ein Riss es ihm erlaubt, in mein Geständnis zu dringen, dass es zerfällt.

Noch einmal greift der Frost nach dem im Winter oft diesigen Stuttgarter Talkessel, ein Ort, an dem die Hässlichkeit Schwabens so trostreich zur Geltung kommt. Keine Verpflichtung für mich, es den Arbeitsbienen, die morgens aus ihren beheizten Waben entlang der Hügel aufsurren, erschrocken gleichzutun.

Der Nebel schafft keine Linderung, als ich am frühen Mittag des nächsten Tages die Wohnungstür vorsichtig öffne, zögernd den Durchgang zur Hohenheimer Straße und zu den Höfen nach beiden Seiten hinunterschaue, gewahr, beim Anblick der in einer Nische kauernden, annähernd erfrorenen Susanne schreckhaft zurückzustoßen in meinen heizwarmen Korridor und die Tür in den Rahmen zu schieben – als hätte ich keine Gestalt an der Hauswand wahrgenommen, keine Frau mit erfrorenen Fingern, raureifbesetzten Wimpern, zerbrechlichem Blick.

Leer der Durchgang, nicht einmal Müll. Vertraut das Singen des Verkehrs auf der Magistrale Richtung Degerloch.

Nach einem langen und ruhigen Frühstück entschließe ich mich, vor Beginn der Arbeitsstunden im Institut, Lurek aufzusuchen, von dem ich immerhin weiß, wo er wohnt. Mit ihm will ich anfangen.

Ich öffne die Schublade meines traurigen Schreibtischs, hebe das erste Kapitel der nie abgeschlossenen Habilitation aus dem Fach und verstaue den Stapel des an den Kanten gelben Papiers in der alten Aktentasche, die ich beim Aufräumen der Wohnung gefunden und gesäubert habe. Ich blicke mich um – im neuen Gewand ist der Raum nicht mehr mein Zimmer. Ohne Staub und Spinnweben ist das Gelass im Souterrain nicht mehr mein Heim, meine Zuflucht in Stuttgart. Ohne Ort berühre ich, nach Jahren, wieder den Strahl der Zeit.

Eine gute Empfindung, die Aktentasche anzuheben, ich fühle mich ausgeruht. Deutlich zu lang gezögert. Die Nachforschung mit Lurek zu beginnen, erscheint mir vielversprechend. Ich muss die Fahrbahn und die Schienen orthogonal zum Verlauf überqueren, keine zweihundert Meter der Neigung gen Charlottenplatz folgen, hangabwärts, hangabwärts, in den Durchgang einbiegen, der meinem aufs Haar ähnelt, hier jedoch das Haus umrunden, bis die Rückfront erreicht ist, um dort an der Tür zu klingeln, noch einmal laut zu klopfen. Einer Tür, bei der an einen Kellereingang erinnert zu werden der Besucher unwillkürlich genötigt ist und die doch allein dem Zutritt zum Parterre dient.

Trotz weitgehender Taubheit der Großmutter, trotz Lureks Gewohnheit – ich habe ihn durchs Fenster zur Stube beobachten können –, sich gegen Geräusche der Welt durch schalenförmige Kopfhörer abzuschirmen, die er während des Unterrichts sorgfältig in einer Box aus stoßfestem Plastik aufbewahrt, wird mir geöffnet.

Ich betrete den Korridor, einen Schlauch, von dem rechter Hand das Bad abgeht, dahinter die separate Toilette, am Kopfende des Flurs die kleine Küche, daneben die Stube, ein liegendes L, Fenster zur Hohenheimer, der Lärm bricht sich an der Schwerhörigkeit der neunzigjährigen Bewohnerin, der ich regelmäßig bei Edeka am Olgaeck begegne. Linker Hand zum Hof hin das winzige Zimmer von Lurek, auf den ersten Blick eine Sammlung elektronischer Geräte sowie großer Mengen Bücher und Kladden zur Mathematik.

»Ch mg Zhln, Hrr Gdlr, Zhln nd Bwsn.«

Die Großmutter tritt aus der Küchentür, nickt mir, ohne Erstaunen, zu, krächzt einen schwäbischen Gruß, den ich zwischen dem Pfeifen und Rumpeln eines Kessels auf dem Feuer nicht verstehe und verschwindet wieder in einer Wolke aus Wasserdampf, während sie die Küchentür hinter sich ins Schloss zerrt.

Ich, Martin Gödeler, erkenne mich nicht wieder, als ich auf Lurek zutrete, der ein Tool namens »Mathematica« auf seinem ersichtlich neuen und teuren Laptop installiert, während er den verkrauteten Hang hinaufschaut, zu einem Weg, dem ich bei meinen seltenen Spaziergängen oft den Vorzug gegeben habe, ein zu vielleicht drei Vierteln ungepflasterter Pfad: Am Reichelenberg.

Ich betrachte den neu erworbenen Laptop, die Verpackung des Tools, betrachte das ausrangierte Modell mit riesigem Bildschirm auf der zugerümpelten Arbeitsplatte – weg damit, nur weg –, ich mache mich nicht bemerkbar, indem ich an die geöffnete Zimmertür geklopft oder Lurek angesprochen hätte, ich bin mit drei Schritten bei ihm.

Als ich ihm die Hörmuscheln von Haar und Schläfen zerre, fährt Lurek herum, zuckt ängstlich zusammen, presst »Hll, Hrr Gdlr« hervor, klappt den Deckel des Laptops hinter sich zu, als könnte er das Gerät vor mir verstecken, wiederholt »Hll, gtn Tg«, während er die Ellenbogen über seinem Kopf verschränkt, als fürchtete er, ich wollte ihn prügeln. Die Augen geschlossen, verbirgt er das Gesicht in verblüffend behaarten Unterarmen. Die spitzen Ellenbogen weisen in meine Richtung. Lurek zittert.

»Warum?«

»Ch mg …«

»Red richtig mit mir.«

Im Widerspiegel des ausrangierten Bildschirms sehe ich mich ausholen, sehe Lurek durch den Spalt der kaum ge-öffneten Arme zu mir herauflinsen, in sicherer Erwartung meines Schlags.

»Ich mag Zahlen, Herr Gödeler. Ich mag nämlich Zahlen.«

»Das hast du mir schon mal, im Seminar, gesagt.«

»Ich mag Formeln. Und Beweisen.«

»Wer hat sich das ausgedacht?«

»Ch drf … Ich darf …«

»Du darfst nicht drüber reden?« Ich hebe die Kopfhörer in seinen Blick. »Wer?«

Als ich eine der Hörschalen aus dem Gelenk zu drehen beginne, tritt Wasser in Lureks Augen.

»Zchrs … Zacki. Und Juno … Hbn mr …«

»Haben dir verboten? Mit jemandem zu reden?«

Er nickt. Während er schluchzt.

Eifrig pickt sein Schädel am Hals auf und nieder. Die Arme hängen seitlich an ihm herunter. Ohne Nutzen scheinen sie mit seinem Schreibtischstuhl eins zu werden. Ungelenke Auswüchse einer vergessnen Spezies in einem Höhlengelass an der Hohenheimer Straße.

Ich lege den Lärmschutz, *active silence*, auf einem Stapel Bü-cher ab, der bis an die Kante von Lureks Arbeitsfläche reicht. Ich öffne meine Aktentasche. Ich hole das Kapitel meiner Habilitation daraus hervor.

Ich höre das erwartete »Oh«. Ich sehe Lureks Hände vom durchgesessenen Stuhl aus zu mir nach vorn ins Zimmer wandern. Ich ziehe den Stapel Papier an meine Brust. Ich sehe mich im stumpfen Bildschirm, Röhrengerät, den Kopf schütteln. Ich sage: »Erst ...«

»Frl Mlfrsch ... Ch ... Ich weiß, dass Fräulein Melforsch mit Zacki gelebt hat.«

»Wie?«

»Sie haben zusamm' gewohnt. Ich schwöre.«

Er blickt hinaus auf den Korridor. Er scheint zu lauschen.

»Ich schwöre ... bei Oma.«

Er zögert. »Manchmal ist Zacki bei den Taxis abends am Park, beim Bopser.« Er zögert erneut.

»Weil Juno da ... weil Juno ...«

»Warum sprichst du nicht immer so?«

In den Augen eine Sehnsucht, die ohne Grenzen ist, zieht Lurek die Achseln bis an die Ohren. Während ich das erste Kapitel behutsam auf die verschmierte Tastatur lege, Keyboard des abgehalfterten Rechners, eines PCs, eines Turms mit 3,5-Zoll-Laufwerk und einem Peripheriegerät für das Brennen von CDs und das Lesen von USB-Sticks, packe ich ihn am Haaransatz und zerre sein Gesicht näher an meines.

»Du erzählst weder Juno noch Zacharias von meinem Besuch. Du erzählst ... niemandem davon. Oder ich komme wieder.«

Automatisches Nicken als Antwort, während er, längst bin ich vergessen, voller Ehrfurcht das Deckblatt des ersten Kapitels mit vorsichtigen Fingern anfasst, es unter der vom Rost kaum berührten, riesigen Büroklammer hervorzieht, um es behutsam beiseite zu legen.

»Das ist schön«, sagt er leise.

Fährt mit den Fingerkuppen über die mathematische Struktur, mit der ich das Kapitel beginne und die so fern ist, so fern, wie die Geburt einer Sonne.

»Ich mag Zahlen.« Lurek flüstert. »Ich mag die Zahlen. Sehr.«

Ohne Bezug auf die Wirklichkeit ist keine Verständigung möglich.

Eine Wohnung im City-Hochhaus, die mörderisch nach Meerschwein riecht.

»Wolln Sie mich ficken, Herr Gödeler? Ich bin minderjährig. Wollen Sie alles anfassen, Herr Gödeler? Auch meine Muschi?«

»Sie sind richtig süß, Herr Gödeler. Das war kein Kunde, das ist mein Vater. Arbeitet im Norden, in Emden. Da kommen wir her, Herr Gödeler. Auf einer Werft als Schweißer. Wolln Sie mich richtig ficken?«

»Sie sind wie ein Kind, Herr Gödeler. Warum? Weil meine Mama eben ... einen andern Stecher hat. So ein richtiges Tier, Herr Gödeler. Einen echten Russki. Mama steht eben drauf.«

»Das Geld? Längst aufgeteilt, Herr Gödeler, lange ausgegeben.«

»Sie sind schon ein Schatz, Herr Gödeler. Ehrlich.«

»Zacki ist geizig, Herr Gödeler. Der hat seins vielleicht sogar noch. Ich kann auch anal, Herr Gödeler. Zacki ist wie ein Schwabe. Der passt hier richtig gut her.«

»Ich kann es Ihnen auch mit ...«

»Aber das kostet, Herr Gödeler. Hundertachtzig. Ist teuer geworden.«

»Sie wollen nicht, Herr Gödeler? Was wolln sie dann hier? Was wolln Sie in meiner Wohnung?«

»Wann der Russki wiederkommt? Übermorgen. Wo mein Vater ist? Am Meer. Meine Mutter? Bahnhof, denk ich. Besäuft sich mit den Pennern im Park. Die Sonne scheint mittags, Mama besäuft sich. Außer, wenn der Russki ... Sie wissen schon, Herr Gödeler. Mich? Von mir lässt er die Finger. Hat eine Tochter in Nowosibirsk. Oder Almaty, keine Ahnung. Lkw fährt das Tier. Stuttgart, Emden – überall. Glauben Sie mir, Herr Gödeler, für meine Mama ist das der Lotto-Bingo-Hauptgewinn. Hundertdreißig?«

»Sie sind so verklemmt, Herr Gödeler. Aber ich finde Sie richtig nice. Zacki? Der kommt aus dem Hindukusch. Der schenkt mir Rosen und so einen Scheiß. Der kennt Gedichte, Herr Gödeler. Von Goethe und Rilke. Der hat einen Knall. Der hätte das ganze Geld für mich. Steht auf Romantik, Herr Gödeler. Kanaker aus dem Arschloch der Welt, strange – oder, Herr Gödeler? Hundertzwanzig, Herr Gödeler? Fragen Sie Frau, Sie wissen schon. Diese blöde Tussi. Die ist an allem schuld.«

»Zacharias? Der ist zu gut, Herr Gödeler. Hat mit ihr zu-samm' gewohnt. Zufall, Herr Gödeler. Hundertzehn, Herr Gödeler? Sie können auch pissen, Herr Gödeler. Auf meine Brüste, Herr Gödeler. Hundert, last offer. Sie wissen, ich kann das. Jetzt …? Ist der Zacki abgetaucht. Schiss. Logisch, Herr Gödeler. Sie müssen verschwinden, ich brauch einen Schuss. Ja, in die Büchse, Herr Gödeler. Ja, deshalb fick ich eigentlich auch nie …«

Wird der Sprache Vorrang gegenüber der Wirklichkeit eingeräumt, verliert sie ihre beschreibende Kraft und gerinnt zur Prämisse à priori: Im Anfang war das Wort.

Ich stehe, ich warte. Vor mir hockt Zacharias, verborgen in einem Gebüsch.

Nach den Besuchen bei Lurek und Juno habe ich drei Tage gewartet. Dann habe ich mich beurlauben lassen. Burnout, sagt der Arzt. Ich glaube ihm nicht. Wer nicht gebrannt hat, kennt keinen Burnout. Jetzt brenne ich. Ich brenne – weil ich wissen will.

Zacharias war verschwunden. Susanne Melforsch ist verschwunden. Erst er, nun sie. Dann sehn wir mal weiter. Ein Häkchen hinter Lurek. Und eines hinter Juno. Ich nähere mich meinem Ziel.

Ich habe mein Konto angeschaut. Astronomisch. Das Gehalt – monatlicher Eingang. Ausgang: gering. Der Aufwuchs: stetig. Weil ich nicht konsumiere. Ich esse. Ich trinke. Gas. Strom. Die Miete. Der Kardiologe in Singapur muss mich vergessen haben.

Ich bin in ein Fitnesscenter gegangen. Mein Körper ist schwach. Die Haut ist bleich. Die Brüste und Oberarme der Männer, die mit mir das Fitnesscenter besuchen, weisen kunstvolle Zeichnungen auf. Die Tinte lebt in ihrem Körper. Sobald sie beginnen, Gewichte zu stemmen, bewegen sich die bunten Bilder. Ich hocke auf dem Rand meiner mächtigen Badewanne nach einem ausgiebigen Bad und kürze die Fußnägelüberstände so weit als irgend möglich.

Training: täglich, oft zweimal. Ich schlafe gut in dieser Wohnung, die mir fremd geworden ist. Ich habe das Restaurant gewechselt. Nach dem sparsam gehaltenen Mittagessen besuche ich die Bibliothek, einen Würfel hinter dem Bahnhof. Ich lese ausschließlich Bücher, die Grundlagen der Wirklichkeit betreffen.

Zeitungen, Zeitschriften meide ich. Keine Romane mehr.

Jeder Versuch der Darstellung eines Sachverhalts rekurriert zwingend auf einen Begriff von Wahrheit, den wir als gültig voraussetzen. Mit der Annahme nicht kompatibler Wirklichkeiten endet jede Verständigung, wir erklären einander den Krieg. Wer die notwendige Existenz objektiver Wahrheit in Abrede stellt, spricht der Vernichtung das Wort.

Ich stehe. Ich warte. Vor mir hockt Zacharias, verborgen in einem Gebüsch.

Unterhalb von ihm, in der Grünanlage – niemand befüllt nachts die farbigen Glascontainer, die Taxihalte am Straßenrand ist, wie so häufig, unbesetzt – küsst Juno einen jungen Anzugträger, auf dessen gescheiteltem Haar, das trotz seiner Jugend schon schütter wird, sich im Licht der Laterne Schneekristalle zu irisierenden Tropfen wandeln, die, beleuchtet vom matten Schein, der Kopfhaut entgegenwandern, um sich mit den Ikonen aufsteigender Erinnerung – die Tochter auf der Schaukel, die Ehefrau im Bett – zu verbinden, in diesem winzigen Park, der wegen des viel zu zeitigen Winterwetters leer ist, umarmen sich Juno und der Mann, als wären sie ein liebendes Paar, das sich soeben im *La Piazza* kennen gelernt hat, zur Bahnstation Bopser gelaufen ist, vorbei am Olgaeck, vorbei an der Dobelstraße, eingehüllt in das Schneetreiben, das eben einsetzt, so wirken Juno und der Mann – vielleicht, denkt der Passant, der ihnen gefolgt sein könnte, niemand ist ihnen gefolgt, vielleicht, denkt dieser virtuelle Passant: damit der Abschied noch einige Augenblicke hinausgezögert wird.

Der Passant, der, obwohl nicht vorhanden, nun stehen geblieben wäre, aus Neugier, um zu schauen, was das Paar in der alles durchweichenden Nässe der Anlage unternimmt, irrt, wenn er unterstellt, der hangabwärts sich hinziehende Grünzug sei eine zufällige Findung von Juno für diesen jungen Mann.

Anders als ich, der ich seit mehreren Abenden hier auf Juno warte. Versteckt in einem Gesträuch lauere, gewärmt von eigens gekaufter Thermalunterwäsche. Anders als ich, der ich meine zu wissen, dass Juno die Grünanlage in solchen Nächten nutzen kann: ohne Gefahr, von jemandem, der seinen Hund ausführt, plötzlich gestört zu sein. Ohne Gefahr, von Joggern aufgescheucht zu werden. Ohne Gefahr, den beabsichtigten Vollzug brüsk unterbrechen zu müssen.

Zacharias ist kein Passant. Ist ihr gefolgt. Hat sie, ein Schlenker durch Schick- und Danneckerstraße, mühelos überholen können. Mehrmals hat sich Juno vom Mann mit dem schütteren Haar an eine Hauswand drängen und leidenschaftlich küssen lassen.

Mit mir harrt Zacharias des Geschehens, das mir wie ihm Gewissheit schaffen soll: Was Juno mir gegenüber vollmundig verkündet hat, wird ihm, dem jungen Mann aus Teheran, aus Herat in Afghanistan, ungute Ahnung sein.

Erneuter Kuss.

Juno öffnet den Mantel des Mannes. Ein Knopf, ein zweiter, ein weiterer. Im schwachen Licht einer Laterne schließt der Mann im Anzug die Augen. Trotz Schnee und Nässe lässt sich Juno vor ihm auf die Bank nieder: um seine Hose im Schritt zu reiben, um seine Gürtelschnalle zu öffnen, um innezuhalten und zu warten, um aufzublicken, bis der Mann gewahr wird, dass ein Vorgang, den fortgeführt er sich vorgestellt hat, überraschend endet.

Er blickt zu ihr hinunter. Sie nimmt seine Hand, die rechte, von ihrem Haar und führt sie in die Gesäßtasche seiner Hose. Er öffnet wortlos den Reißverschluss. Er klappt die Börse willig auf. Drängt sein vom Stoff der Hose wie der Unterhose noch verhülltes Geschlecht ihrem beleuchteten Antlitz entgegen. Fingert zwei grüne Scheine und, als Juno den Kopf, eine Andeutung, schüttelt, noch einen weiteren aus dem im Licht der Laterne glänzenden Lederetui. Verstaut die Börse hastig in seinem Mantel. Ohne Eile schiebt Juno die Scheine in ihre Hose aus Latex und Leder mit Samtbesatz. Der Mann legt beide Hände auf ihren Hinterkopf.

Jetzt hupt ein Auto Ecke Etzelstraße. Zacharias schält sich aus den Büschen.

Jetzt sehe ich die aufspringende Klinge des Messers, das er vergeblich im Ärmel seiner Jacke zu verbergen sucht.

Jetzt treffen sich unsere Blicke, weil ich mich unwillkürlich geduckt, im Gebüsch geraschelt habe. Jetzt murmelt Zacharias: »Herr Gödeler, was machen Sie …?« Jetzt öffnet der Mann mit dem schütteren Haar irritiert die Augen. Jetzt hat Juno die Zähne seines verhakten Reißverschlusses auseinander genestelt.

Jetzt bemerkt der Herr im Anzug einen Jungen mit Messer.

Einen Jungen, der Anstalten macht, von der Böschung aus Naturstein oberhalb der Bank auf den Gehweg des Parks zu springen: keine anderthalb Meter von ihm und Juno entfernt.

»Ich werde dich töten, du Arschsau.«

Zacharias federt den Sprung in den Knien ab.

»Nein.« Und: »Bitte.«

Der Mann ist durch den brüsken Bruch im abgesprochenen Ablauf wie gelähmt. Ich rutsche aus meinem verbauten Versteck. Stolpere, falle, rolle über ein nasses Rasenstück, bis zum Rand der Einfassung.

»Hilfe«, flüstert der Mann.

Er zerrt das Portemonnaie aus seinem Mantel und wirft die restlichen Scheine zwischen Juno und Zacharias und mir, der ich auf der Mauer hocke wie die besagte Wanze und dumm die Beine baumeln lasse, auf den Kies, hoppelt, die Hände zotteln den Hosenbund auf die Hüften zurück, seitwärts dem Ausgang der Grünanlage zu.

Carola-Blume-Weg. Neben mir liegt ein Haufen halbgefrorenen Hundekots. Der Mann verschwindet zum Taxihalt, huscht an den Glascontainern vorbei, passiert den großen Briefkasten, hopst Richtung Etzelstraße.

»Ihr Fotzen«, sagt Juno. »Ihr selten blöden Fotzen. Das war ein Stammkunde.«

Während sie sich nach den Scheinen bückt, fügt sie müde hinzu: »Premium.«

Sie schiebt die Scheine in die Tasche.

»Wenn ihr Wichser wenigstens wüsstet, was das für mich bedeutet.«

Derweil sie ihre Kleidung richtet, gleite ich von der niedrigen Mauer und trete auf Zacharias zu, der Augen nur für Juno hat, der mit seinem Messer verloren auf dem Kiesweg steht, der nicht vor und zurück weiß.

»Warum?«, frage ich Zacharias. »Wieso … habt ihr mich zusammengeschlagen? Ihr hattet doch das Geld?«

Der Junge wendet sich mir zu, eine Bewegung, langsam, als geschähe sie unter Wasser.

Er zögert, ob er mir das Messer an Kinn und Kehle setzen soll.

»Sie sagt, Sie hätten sie angefasst. Nicht nur einmal, mehrere Male. Sie sagt, Sie seien eine richtige Sau.«

Er holt den Rotz aus dem Rachen hoch und schleudert ihn erst mir, dann Juno vor die Füße.

Er wirft das aufgeklappte Messer weit von sich in die Grünanlage. Ich aber werde es trotzdem finden, ich werde es behalten. Er sieht Juno an.

Er sagt: »Du bist eine Schlampe. Ich liebe dich nicht mehr.«

Sie zeigt ihm einen Vogel. Er wendet sich ab. Verfällt in Trab. Nach wenigen Schritten rennt er den Berg hinauf zum Wald.

Nacht, Villen, Bäume. Teehaus und Schillereiche.

»Und?« Juno fährt sich mit gespreizten Fingern durch die nassen Haare. »Wissen Sie nun Bescheid, Herr Gödeler?«

Sie geht auf mich zu. Berührt mich. Wischt mit der Hand durch mein Gesicht. Sie sagt: »Sie sind ein Kind, Herr Gödeler – Herr Doktor der Mathematik, Sie sind ein Säugling.«

Während sie langsam zur nach wie vor unbesetzten Taxihalte hinaufsteigt, um anschließend in die Danneckerstraße einzubiegen und sich auf den Weg zu machen, ins City-Hochhaus, in eine Wohnung, die sie mit ihrer Mutter und deren Liebhaber teilt und einer Familie von momentan acht Meerschweinchen, deren Geruch allen Zimmern einen starken Charakter einschreibt – Tapeten, Möbel, Teppiche: »Ich hasse diese Viecher.«

Juno, bevor sie mit ihrer Fixe ins Badezimmer verschwunden ist. »Ich hasse sie mehr als den Russki.«

Während das Mädchen die mageren Schultern müde in den Anorak windet und im splitterigen Nebel schon unscharfe Konturen zeigt, höre ich mich so leise, dass sie mich nicht verstehen kann, wispern: »Ich könnte dir helfen, Juno.«

Keine Antwort.

Schnee und Regen besetzen in trauriger Eintracht die Welt.

Am folgenden Vormittag bringe ich Lurek das verbliebene Fragment meiner Habilitation, indem ich es im Hausbriefkasten der Großmutter versenke.

Ich werde mich gleich morgen bei Schauerleut erkundigen, wo Zacharias und Susanne Melforsch, das emsige Gespenst, in Stuttgart wohnen.

Ich werde sie zur Rede stellen, Stuttgart hinter mir lassen.

Ich werde meine Gedanken in einem Heft notieren und meine Tochter besuchen.

Ich werde …

GEGENPROBE

Susanne Melforsch, die die drei Briefe an den aufstrebenden Mathematiker und baldigen Doktor Martin Gödeler nie abschicken, aber wieder und wieder lesen wird, begegnet ihm ein vorletztes Mal während eines Kongresses.

Das Treffen, das sie herbeiführt, indem sie einen Hotelangestellten besticht und sich so einen Zweitschlüssel zum Zimmer des Mathematikers besorgt, findet während einer Tagung in Göttingen statt. Sie hat lange nachgedacht, all ihren Mut zusammengenommen, eine Flasche Bordeaux gekauft und sich nicht auf das Bett, sondern an den Schreibtisch der geräumigen Suite gesetzt und gewartet. Es wäre ihr unpassend vorgekommen, sich nackt auf die Laken zu legen.

Nur die Flasche entkorkt sie, trinkt ein halbes Glas, lässt den Rotwein atmen. .

Zwar kennt sie die Gewohnheiten des Mathematikers, der als vielversprechend gefeiert wird, nicht, aber sie hat Glück. Weil er am folgenden Tag einen Vortrag zu halten hat – »Ansätze zum Beweis der Riemannschen Vermutung, seit Hilbert dem Problem 1900 eigene Prominenz eingeräumt hat«, ein Titel, den Susanne Melforsch für wenig gelungen hält –, geht Gödeler, wie von ihr erhofft, früh auf sein Zimmer.

Er öffnet die Tür, sieht die Wartende, er sagt: »Hallo, Susanne.«

Er weiß meinen Namen. Noch immer. Er kennt mich.

Susanne Melforsch gießt Rotwein in Gläser. Sie stoßen an, sie trinken.

Sie leeren die Flasche. Sie schweigen.

Martin Gödeler bestellt eine zweite und eine dritte beim Zimmerservice. Er sagt, als der Garçon aus der Hotelbar wieder verschwunden ist: »Ich freu mich sehr, dass Sie da sind.«

»Ich freue mich ebenfalls.«

Erstaunt registriert Susanne Melforsch, wie schwer ihre Zunge geworden ist. Bestaunt den blassen Reif am Ringfinger der rechten wie der linken Hand des Mathematikers.

»Möchten Sie …«

Martin Gödeler zögert.

Auch er merkt, dass der Wein den Sekt des späten Nachmittags in der Wirkung verstärkt und sein Denken blockiert.

»Möchtest du bleiben?«, fragt er, indem er sich bemüht, nicht versehentlich aufzustoßen oder gar zu lallen.

Susanne Melforsch nickt. Sie beginnt sich zu entkleiden. Über die Begegnung hat sie oft nachgedacht.

Sie hat sich vorgenommen, Martin Gödeler eine Nacht zu bescheren, die er nicht wird vergessen können. Trotz Trunkenheit weicht sie von ihrem Plan nicht ab, spürt seine Verblüffung. Trotz Trunkenheit wähnt sie sich sicher, ihn fortan nach Belieben wiedersehen zu dürfen.

Trotz aller Benommenheit merkt sie sich den Satz, den er ihr beim Abschied mit dem Ringfinger der rechten, vielleicht der linken Hand auf ihren bloßen Bauch schreibt: Wir sind füreinander bestimmt.

Vier Wochen wird sie nichts von Martin Gödeler hören.

Mit Beginn der fünften Woche fährt Susanne Melforsch nach Berlin, lässt sich von einem Taxi zu seiner Wohnung im Westend bringen, eine Adresse, die ihr lange bekannt ist, wartet die Abfahrt des Wagens ab, übersteigt den Jagdzaun und betritt die großzügige Erdgeschosswohnung vom Garten her, indem sie die nur angelehnte Terrassentür vorsichtig aufdrückt.

Erneut hat sie Glück. Er ist allein zu Haus.

Er läuft in dem trotz bodentiefer Fenster seltsam verschatteten Raum auf und ab, bohrt in der Nase, schnäuzt sich, anscheinend ohne die Besucherin zu bemerken.

Sie ignoriert das Kinderbett aus hellem Holz, den monumentalen Wickeltisch mit der breiten Auflage, den Steiffbären im getupften Kleid.

»Hallo, Martin.«

Susanne Melforsch hofft vergeblich auf eine Erwiderung.

Sie tritt zwei weitere Schritte ins Zimmer. Leise fügt sie hinzu: »Guten Tag. Herr Gödeler.«

Sie meint, die eigenen Worte spräche eine andere. Sie setzt sich auf die Lehne eines Sessels.

Gödeler, kein großer Mann, keine imposante Erscheinung, starrt sie an.

»Wir …«, Susanne Melforsch hat eine Flasche Bordeaux mitgebracht, die sie nicht aus der Plastiktüte zu heben wagt, »wir hatten uns etwas versprochen. In Göttingen. Im Hotel.«

Martin Gödeler weicht einen Schritt zur Seite aus, als hätte ihn die Besucherin unvermittelt festhalten wollen, Bewegung wie ein Tanzschritt. Der Mathematiker ist jung und schlank und durchtrainiert, er wiegt seinen schönen Kopf versonnen von der einen zur anderen Seite, er mustert Susanne Melforsch, ein seltenes Insekt, das er, reisender Naturforscher, schlicht nicht einzuordnen weiß. Er sagt: »Sie sollten verschwinden. Ich rufe die Polizei.«

Er blinzelt, als einem Sonnenstrahl der Weg durch die dichten Zweige wuchtiger Eiben gelingt.

»Aber nichts für ungut. Sie haben mir geholfen.«

Er fasst sich an die Schläfe. Holt Stift und Papier aus der Tasche. Beginnt, indem er sich abwendet, auf dem Bord einer Vitrine rasch ein paar Zeilen zu notieren. Wedelt derweil mit der linken Hand nach rückwärts, um Susanne Melforsch zum Gehen zu veranlassen.

»In der Tat, Sie haben mir … Ich kenne den nächsten Schritt.«

Wie ein Schatten, dem das Urbild für immer verloren gegangen ist, gleitet Susanne Melforsch aus der Terrassentür.

Auf dem Weg zum U-Bahnhof Neu-Westend stellt sie die Flasche Bordeaux mitsamt der Plastiktüte in einen Abfalleimer aus schmucklosem Waschbeton.

In den ersten Jahren als Mutter vergisst Susanne Melforsch, Doktor Gödelers Werdegang zu verfolgen. Gegenüber ihrem Gatten besteht sie dennoch darauf, den gemeinsamen Sohn Martin zu nennen. Fünf, sechs, sieben, vielleicht acht Jahre verliert sie Gödelers Laufbahn gänzlich aus den Augen und geht in ihrer Rolle als Mutter von Martin auf.

Ihrem Mann, der nicht mit ihr schläft, der lange arbeitet und spät nach Hause kommt, versucht sie, eine gute Gattin zu sein, ihrem Sohn eine gute Mutter.

Schon damals meint sie manchmal zu spüren, wie fremd das Kind ihr ist. Schon damals ertappt sie sich in stillen Momenten tagträumend bei der Vorstellung einer anderen Familie. Was mit Martin Gödeler nach Abbruch von dessen Karriere geschieht, entgeht ihr.

Sie trägt ihm nichts nach. Sie ist ihm nicht gram. Er verschwindet wie ein Spuk.

Als sie merkt, wie ihr Sohn ihr entgleitet, mit seinem Computer zu verschmelzen droht, und akzeptieren muss, dass sie ihrem Mann bloß als Garant für das Gefühl dient, daheim zu sein, schließt sie sich einer gleichaltrigen Frau an, einer Freundin aus der Gymnasialschulzeit.

Einige Jahre zuvor hat die Frau ihren Mann und ihre beiden Kinder bei einem Bootsunglück verloren.

Ohne Eltern oder Schwiegereltern, ohne Geschwister oder Cousins ist sie von der einen Affäre zur nächsten und übernächsten Liebschaft geglitten, zwischen sich und der Welt ein Gewebe aus Taft.

Wenige Wochen vor Weihnachten sitzt Susanne Melforsch erschöpft am Tresen einer leeren Kneipe und will ein Glas Rotwein bestellen, als eine Stimme neben ihr sagt: »Nicht doch – Susanne? Ich bin's, Sybille. Weißt du noch?«

Susannes rechte Hand gerät in den festen Griff von zehn unberingten Fingern. Sybille dreht sich zum Barkeeper.

»Zwo Bier!«

»Ey, Mädels, seid ihr Zwillinge?«

»Siam.« Sybille grinst.

Der Kerl mit den Kronen aus blinkendem Edelstahl lacht.

Nach Stunden des Redens und Zuhören ist vereinbart, sich wiederzusehen. Nach drei oder vier weiteren Treffen – Bier, Reden, Zuhören, Susanne Melforsch hat das Gefühl, jemand habe sie unverhofft aus ihrem Acrylpanzer geschnitten –, wird der erste nächtliche Besuch einer Diskothek geplant. Nach sieben oder acht durchtanzten Nächten überredet Sybille, Freundin aus fernster Gymnasialzeit, die noch immer perplexe, sich morgens staunend im Spiegel betrachtende und verwundert die Haare nach rückwärts werfende Susanne zu einer Reise über Weihnachten.

»Siam.« Sybille grinst.

»Wohin sonst.« Susanne lächelt ein Lächeln, das ihr seit Beginn ihres Studiums nicht mehr möglich gewesen ist.

Susannes Mann willigt ohne Murren ein. Während der Weihnachtsferien will er seinem Sohn in den französischen Alpen das Schneeschuhwandern beibringen.

Verlockt durch die neue Graphikkarte, lässt sich Martin, der Filius, verblüffend bereitwillig dazu herbei. Zu viert begehen sie Heiligabend, eine Bescherung, die Susanne als Gabe erscheint – unsichtbar neben den lässlichen Geschenken unterm Baum, die sie kaum wahrnimmt. Am ersten Weihnachtsfeiertag landet sie mit Sybille auf Phuket.

Früh am Morgen – wenige Stunden zuvor sind sie, selig und betrunken, auf die Futons in einer Hütte am Strand gekrabbelt – weckt Susanne ein Geräusch, das sie nicht einzuordnen weiß.

Sie sieht aus der Tür. Das Meer ist verschwunden. Sie rüttelt Sybille aus dem Tiefschlaf. Sie sagt: »Etwas stimmt nicht. Lass uns hoch, in den Ort gehen. Nimm nur das Nötigste mit.«

»Warum?«, fragt Sybille. »Wozu?« Und rappelt sich auf.

Sie laufen los, nicht schnell, nicht langsam. Einige Gäste schlendern hinunter zum Strand. Andere stehen vor den Hütten, zögern. Dann kommt das Wasser.

Als Susanne und Sybille aus einem Strudel auftauchen, unwillkürlich haben sie sich bei den Händen gefasst, fehlen Sybille drei Finger der anderen Hand. Ein Ohr und ein Teil der Wange sind von der Kante eines Blechdachs, das vor ihnen friedlich im Wasser treibt, abgeschnitten worden.

»Dort ist eine Erhebung«, sagt Susanne.

»Ich will nicht mehr«, sagt Sybille.

»Du musst. Ich bin bei dir.«

»Lass mich bitte los.«

Sybille streift sich den Beutel mit ihren Papieren über den Kopf, verheddert sich, muss daran reißen, presst ihn der Freundin an die Brust.

»Lass mich«, sagt Sybille. »Bitte, lass mich los.« Die Worte kaum verständlich, das Blut aus dem Gesicht füllt ihre Mundhöhle.

Fünf unversehrte Finger entgleiten Susannes nachlassendem Griff. Sybille hört auf, das Wasser zu treten. Sinkt, sachter Sog, unter das Blechdach, das sie vorm Blick der Freundin wie ein leuchtendes Tuch verbirgt.

Noch am Abend desselben Tags fliegt Susanne, die ohne Verletzung geblieben ist, keine Prellung, kein Kratzer, keine Infektion durch verseuchtes Wasser, nach Bangkok, wird in einem Militärkrankenhaus erstversorgt, verschweigt den Tod der Freundin, weil sich keine Gelegenheit zur Auskunft ergibt, und kehrt nach Berlin zurück. Den Beutel wird Susanne von nun an bei sich tragen.

Als ihr beseelter Mann und ihr gelangweilter Sohn – der sich während der noch verbleibenden Schulferien kaum im Wohnzimmer blicken lässt, weil der Einbau der neuen Graphikkarte all seine Findigkeit fordert – vom Montblancmassiv in die Charlottenburger Maisonettewohnung zurückkehren, antwortet Susanne auf die zerstreut vorgetragene Erkundigung, wie es in Thailand gewesen sei, man habe sich zerstritten und getrennt.

»Das tut mir leid«, murmelt ihr Mann.

»Geil«, sagt ihr Sohn am Abend seines letzten Ferientags. »Ist extrem geil, die Graphik. Ehrlich mega.«

Nur ein paar Tage später geht Susanne Melforsch in die Bar, in der sie Sybille getroffen hat.

»Wo ist dein Zwilling?«, fragt sie der Kerl mit den Edelstahlkronen.

»Siam?«

»Wo sonst?« Der Kerl lächelt.

Susanne hört sich beiläufig fragen: »Hättest du Lust, mit mir …?«

»Die Laken pflügen?«

Jetzt grinst er. Warmherzig. So empfindet es Susanne.

Er zuckt die Schultern. »Tut mir leid. Ich bin, na ja, vom anderen Ufer. Sonst, Baby, sonst sofort.«

In der Folgezeit fragt niemand Susanne nach Sybille, weder Verwandte noch Polizei. Gebucht hat nahezu alles, Unterkunft, Guide, Ausflugsprogramme, ihre Freundin. Allein auf dem Ticket, Hin- und Rückflug, bezahlt von ihrem Mann, steht ihr Name, Susanne Melforsch.

Es erfolgt keine Einladung zu einer Beerdigung. Weder entdeckt Susanne in der Tagespresse eine Traueranzeige, noch können die Angestellten auf Friedhöfen der näheren Umgebung, bei denen sie sich vorsichtig erkundigt, mit dem Namen von Sybille etwas anfangen. Keine Spur. Nichts bleibt. Nur ein viel benutzter Brustbeutel mit persönlichen Papieren, den Susanne hütet wie eine Reliquie.

Auch als sie die Beine eines Tages seitlich aus dem Bett gleiten lässt, wird sie nach dem Beutel in ihrem Nachttischschubfach greifen und ihn sich behutsam wie stets um den Hals hängen: im Nachthemd und bevor sie sich umschauen und die Pflanzen auf der Terrasse trotz der schon spürbaren Kühle barfuß und ohne Eile ausreichend gießen wird.

In der ersten Zeit nach den Tagen in Thailand lebt Susanne Melforsch wie unter Glas. Sie erfüllt ihre häuslichen Pflichten, schmiert ihrem Sohn die Brote für den kommenden Schultag, ist ihrem Mann gegenüber aufmerksam und achtet darauf, seinen Wünschen an Wohnung und Haushalt zu genügen, ohne jedoch ein Gefühl für Welt und Wirklichkeit zu bekommen. Ihre Umgebung existiert hinter einer Wand aus

Watte, die gefütterten Handschuhe, mit denen sie die Gegenstände tagein, tagaus berührt, lassen sich unmöglich von den Fingern streifen.

Ich bin, denkt Susanne, ein Insekt, das an zierlichen Fäden taumelt oder tanzt. Und meinen Herrn und Meister bekomme ich nie zu Gesicht.

Nach einiger Zeit, sie könnte nicht sagen, wie lange der Zustand gewährt hat, beginnt sich die Empfindung zu verlieren. Das Wasser aus dem Hahn ist wieder heiß oder kalt, der Morgen ist wieder sonnig oder verhangen, der Geschmack des Käses lässt sich erneut mit mild oder würzig charakterisieren, die Muskeln an Schenkeln und Armen schmerzen nach dem Sport.

Sie berührt sich und erlebt das lustvolle Ziehen des Unterleibs, als wäre es eine Entdeckung beginnender Jugend.

Sie wagt es, mit dem Auto zu fahren, kurze Strecken, dann längere, ihrem Mann, der den Wagen selten benutzt, fällt erst spät die veränderte Parkposition auf dem gemieteten Stellplatz auf, noch später der Kratzer am Außenspiegel. »Ich dachte, du hasst es, Auto zu fahren«, ist alles, was er sagt.

Susanne Melforsch merkt, wie sie innerlich lächelt.

Dann holt sie das reparierte Rad aus einer nächstgelegenen Werkstatt, das sie vorgestern mit der Betonung besonderer Dringlichkeit und der Zusage eines erhöhten Stundensatzes abgegeben hat, und radelt, es ist Juli, einer der letzten Tage vor Beginn der Schulferien, zur Nacktbadestelle am nahen Teufelssee

Während des Sommers schwimmt sie, treibt Sport, fängt endlich an, die Romane zu lesen, die sich auf ihrem Nachttisch stapeln. In den vergangenen Jahren kam ihr die Schrift vor wie ein Code, dessen Bedeutung sich ihr schon nach wenigen Zeilen entzog.

Im August ist sie froh, dass ihr Mann nur zwei Wochen mit ihr und dem Sohn verreisen möchte. Über die Tage auf Lanzarote und Gran Canaria könnte sie im Nachhinein beim besten Willen nicht Auskunft geben. Bewundernd betrachtet sie ihren gebräunten Körper im Spiegel. Und denkt: Ich hätte Lust auf mich. Ich könnte mich begehren.

Im September betritt sie das Immatrikulationsbüro der Freien Universität und muss ernüchtert feststellen, dass ihr nicht allein wichtige Unterlagen für das erneute Jurastudium fehlen, sondern die Einschreibefrist für das Wintersemester längst abgelaufen ist.

Sie weint auf dem Klo gegenüber der Mensa, sie trinkt einen Kaffee, der bitter schmeckt und solidarischen Zwecken dient, sie fährt mit dem Auto, das zu parken keine Mühe gewesen ist, zum Schlachtensee. Setzt sich ans Ufer, isst ein Eis, ein weiteres, – und denkt, zum ersten Mal seit mehr als einem Jahrzehnt, wieder an Mathematik.

Im frühen Oktober besucht sie den Vorkurs Mathematik für Physiker. Stellt nach zwei Tagen ernüchtert fest, dass sie ohne das geringste Verständnis dem Beweis auf der Tafel folgt, meldet sich noch selben Tag für einen Volkshochschulkurs an – »Grundlagen der Zahlentheorie« – und überredet ihren Mann, ihr einen Nachhilfelehrer zu bezahlen.

Er zuckt die Schultern und willigt ein. Nicht ohne zu fragen: »Warum zeichnest du nicht lieber? In Kunst bist du doch immer gut gewesen …«

Knapp zwei Jahre dauert es, bis Susanne Melforsch den Eindruck hat, eine einfache Abiturklausur, Grundkurs, mit Glück bestehen zu können.

Sie wechselt den Nachhilfelehrer, intensiviert den Besuch der Vorlesungen an der Freien wie der Technischen Universität, widmet sich verstärkt der Zahlentheorie, einigen ihrer

Auffälligkeiten, und hat das Gefühl, sich für deren diskrete Schönheit zu öffnen.

Das Kalligrafieren elegant geschwungener Summenzeichen stellt sie nach einer Stunde wieder ein.

Wenige Wochen, nachdem sie sich von einem alten Mann die Grundlagen der Numerologie und vor allem der Kabbala hat nahebringen zu lassen – aufgrund der sieben Lettern, ungerade Anzahl, ihres schönen Vornamens: Susanne, sei sie für eine solche Beschäftigung geradezu prädestiniert –, denkt Susanne Melforsch zum ersten Mal seit einer empfundenen Ewigkeit wieder an Martin Gödeler, daran, wie er sie der Wohnung im Westend verwiesen hat.

Sie stellt ihrem Sohn das Essen warm und schreibt ihm eine Nachricht. Sie legt die dreißig Minuten Fußweg weder eilig noch sonderlich langsam zurück, schüttelt bei dem Gedanken an die fast nachbarschaftliche Nähe mehrmals den Kopf, stellt wenig verwundert fest, dass Gödeler die Parterrewohnung, Villa mit Garten, bodentiefe Fenster, nicht mehr bewohnt, erhält zur Auskunft, man kenne den Namen Gödeler leider nicht. Sie kauft einen halben Liter Bordeaux, leert die Flasche in einem Zug und fotografiert, auf ihrem Weg zum U-Bahnhof Neu-Westend, sämtliche Abfalleimer aus schmucklosem Waschbeton.

Als sie am späten Nachmittag die Tür zur Maisonettewohnung, Charlottenburg, allerbeste Lage, leise aufschließt, sitzt ihr Sohn wie gewöhnlich vor seinem PC.

Sie spürt den Rotwein: weiche Wolke lang verloren geglaubter Bilder, stellt sich unter die terrakottagekachelte Dusche und nüchtert ihren Schwips aus, bevor ihr Mann, wie üblich spät am Abend, von der Arbeit kommt.

NEBENBETRACHTUNG

Die für mich eindringlichste Station der Irrfahrten des Odysseus war nicht nur in meiner Jugend, bei der ersten naiven Lektüre, die Begegnung mit dem Kyklop Polyphem, auch während meiner Studienzeit bestätigt sich der Eindruck.

Aus einer Laune heraus besuchen Gunde, meine spätere Frau, die als Nebenfach Philosophie gewählt hat, und ich noch zu Beginn unseres Studiums ein Seminar zur Dialektik der Aufklärung.

Der Dozent, dessen Namen ich bald vergessen habe, eventuell Werner Sewing, hat das Eingangskapitel, den einführenden und grundlegend theoretischen Teil des Buchs rasch abgehandelt. »Viele von Ihnen studieren Mathematik. Oder Physik. Ich freue mich darüber. Dennoch wird Ihnen die Kritik der Autoren an der instrumentellen Vernunft wenig behagen. Und ein bisschen abgehoben ist der Text ja schon.«

Ich grübele über das »Dennoch« nach, das mir falsch gesetzt vorkommt, während er zügig zur Irrfahrt des listenreichen Odysseus überleitet, um anhand der Episode bei den Kyklopen mit Genuss zu erläutern, wie der schlaue Odysseus, Inkarnation des aufgeklärten Geistes, erneut der mythischen Angst anheimfällt.

Indem er betont, nicht Niemand, sondern Odysseus zu sein, gesteht er ein zu fürchten, durch bloße Bezeichnung als

Niemand zu niemandem zu werden. Dafür nimmt er am Ende den Tod der Gefährten in Kauf.

Während ich dem Staatsanwalt gegenüber Platz nehme – eingespieltes Ritual: Tee oder Kaffee je nach Wunsch, den die Sekretärin, eine verblüffend junge Frau, uns auf einem Silbertablett, Sterling, mit Milch, Zucker, Keksen und Schokolade serviert –, erinnere ich mich an Gundes Schönheit. Jedes Mal wählt sie in dem nicht sonderlich großen, eigenartig langgezogenen Seminarraum im Telefunkenhochhaus einen der Stühle nächst dem Fenster, den Kopf beinahe parallel zur ewig nicht mehr gereinigten Doppelscheibe, der Schmutz lässt die Helligkeit, irrlichterndes Spektakel, im Glas zerfallen, sodass das Linoleum noch um einiges unsteter wirkt: fleckig grau das Moor zu unseren Füßen. Gunde schwebt in unbedingter Aufmerksamkeit, die ihr keine Bewegung erlaubt, über dem durch den Bodenbelag sich nagenden Stahlbeton.

When I think of all the good times that I've wasted having good times.

Odysseus, ein schmaler Mann, ersteht aus dem entspiegelten, bruchsicheren Glas des Schreibtischs meines Staatsanwalts, als wäre die Saat eines Drachenzahns im amorphen Amalgam aus doppelt oxidiertem Silizium und Metallbeigaben aufgegangen. Ich habe mir angewöhnt, den jungen Mann in seiner Funktion mit Possessivpronomen zu denken: Ich bin sein Mörder – er ist mein Staatsanwalt.

Als jugendlicher Leser kam mir die Einfalt des Kyklopen unvorstellbar vor, die List des Odysseus albern. Niemand kann derart dumm sein, zwischen Ding und Name, Person und Indefinitpronomen nicht unterscheiden zu können.

Auch im Seminar leuchtet mir die Behauptung, Polyphem

sei wegen des einen Auges der Eindimensionalität seines Denkens ausweglos überantwortet, nicht ein, selbst wenn ich die Prämisse zu akzeptieren versuche – und sei es nur, um Gunde nicht zu verärgern.

Bloß vor solch einem Hintergrund scheint es wahrscheinlich, dass der Geblendete den flüchtenden Odysseus, der sich im Vlies des unruhigen Widders verkrallt, am Ausgang seiner Höhle nicht entdeckt.

Trotzdem kann ich mich weder im Seminar noch als Jugendlicher des Eindrucks erwehren, der schwachen Phantasie eines Erzählers folgen zu müssen, dem die Einfälle ausgegangen sind.

Alle Verhältnismäßigkeit wird mutwillig ignoriert. Ausgerechnet Odysseus, der Mensch wie Monster durch seine Rede in Bann schlagen kann, ist ein solch flacher Einfall zugeschrieben – *mein Name sei Niemand*. Eingebung eines Kindes, das sich versteckt wähnt, wenn es die Hand vor Augen hebt und, indem es Zaubersprüche murmelt, der Sprache Macht über die Wirklichkeit einräumt.

Mag sein, dass ich den jungen Staatsanwalt genötigt habe, meiner Darstellung zu folgen. Dennoch denke ich manchmal, er weiß, wer ich bin.

Vielleicht bin ich es, der zum Wahn neigt, indem er sich seiner selbst andauernd versichern muss.

Er hingegen spielt mit mir.

Sitzt vor mir. Trinkt Kaffee. Er hat mich erkannt.

LEMMA

Nach mehreren Eingaben, so die entsprechende Mail an einem Montagmorgen, habe die Polizeipräfektur von Marseille dem Einsatz der angeforderten Marinetaucher zugestimmt. Die Maßnahme habe sich gelohnt.

Auch die Funde im Müll der Pension in Castellane: Handschellen, rostig, Gerte, gebrochen, Beutel mit Baumarkt-Utensilien, Ketten, Schmiedearbeit, verzinkt, zudem der Torso der schwarzen Katze, geköpft durch den sauberen Schnitt einer speziellen Axt, dieses obskure Sammelsurium sei durch die französischen Behörden zweifelsfrei zugeordnet worden: Eine Sekte betreibe, so der angefügte Bericht, sowohl an der Peripherie von Marseille als auch im abgelegenen Hinterland der Gorges du Verdon eine an Voodoobräuchen orientierte Praxis – teils sexuell konnotierte Rituale, deren als Fetisch intendiertes Beiwerk immer wieder mit akribischer Sorgfalt in weit verstreute Müllbehälter der Umgegend verbracht wird.

Salutations distinguées!

Keine gesonderte Beachtung erfährt der in dem Bericht nur in einem Nebensatz erwähnte Umstand, dass in der Pillendose, die bei den Toilettenartikeln der Madame Melforsch gefunden worden sei, neben diversen Kopfschmerztabletten, handelsübliche Präparate, Spuren eines Medikaments nachgewiesen worden seien, das Frauen in den USA oft zur Steigerung der Fruchtbarkeit verschrieben werde und das in Europa ausschließlich über bestimmte Internetforen zu beziehen sei.

Die Staatsanwaltschaft Stuttgart korrigiert einige Hypothesen der Ermittlung, beginnt, die wasserdicht verpackten und in einem Campingbeutel verwahrten weiteren acht tagebuchähnlichen Notizhefte der Susanne Melforsch, die am Zufluss des Lac de Sainte-Croix von einem Marinetaucher in einer Felsnische entdeckt worden sind, zügig auszuwerten. Da sich zudem Frauenkleidung, die Blutspuren aufweist, in dem Beutel findet, fühlt sich der junge Staatsanwalt in seinem Drängen endlich ernst genommen, zumal der Richter die vorläufige Haft gegen Dr. Martin Gödeler nunmehr ausdrücklich bestätigt.

»Herr Rothe, Sie sehen mich beschämt. Ich gratuliere.«

Während sich der Staatsanwalt mühsam zu einem Lächeln zwingt, denkt er, wie so oft: Wann lernt das arrogante Stück bloß mal meinen Namen.

Dann setzt er sich an den großen, leeren Schreibtisch und listet die bisherigen Erkenntnisse sorgfältig auf.

INDUKTIONSSCHRITT (4)

Nachdem ich festgestellt habe, dass mir mein Universalschlüssel des Instituts zwar Zugang zum Sekretariat gewährt, nicht aber zum Büro der Leitung – die sich nach wie vor im Sabbatical befindet –, dem Raum, in dem die Akten der Schüler, der »Kunden«, aufbewahrt werden, klopfe ich im Keller bei Bert Schauerleut. Er öffnet mit einer halbgeleerten Bierflasche in der Linken und glotzt mich aus glasigen Augäpfeln an.

»Oh. Der Herr Doktor. Seltener Besuch.«

Ich dränge mich an ihm vorbei, noch bevor er mich in sein Gelass gebeten hat – ein Käfig, kein Kanarienvogel, ein Topf mit einer Yucca, keine Blätter –, und lasse mich, während er mir wortlos ein eisiges Bier aus dem monströsen Kühlschrank anbietet, dessen stetes Rauschen dem Kellerraum den Charakter einer unterirdischen Bahnstation verleiht, unaufgefordert in die Couch fallen, deren beiger Cordbezug kahl und verwaschen wirkt.

»Was führt Sie hierher, Herr Doktor?«

Schauerleut entkorkt ein weiteres Bier an der Kante eines Spültischs aus Stein, derweil ich mich umschaue und spüre, wie die Kälte der Flüssigkeit in meine Hand einwandert.

»Was machen Sie hier eigentlich an all den Tagen?«

Schauerleut betrachtet mich mit schwimmendem Blick.

»Ich löse Schachaufgaben.«

Mit dem Daumen schnippt er den Kronkorken in einen Mülleimer ohne Deckel.

»Ich finde es gut, Herr Doktor, dass Sie den Zakarihah nicht verpfiffen haben.«

»Bitte, lassen Sie das ›Herr Doktor‹ …«

Ich leere den Rest der Flasche in einem Zug. Schauerleut reicht mir eine nächste, die er schon geöffnet hat. Eisstarr Magen und Gedärm.

»Sie wollen wissen, wo der Zakarihah hin ist?«

Schauerleut stellt die geleerte Flasche in einem Pfandgutkasten ab.

»Sie werden den Zaki nicht noch verpfeifen?«

Ich trinke. Ich nicke nachdrücklich.

»Versprochen?«

Ich merke, wie ich erneut den biergedämpften Kopf bewege. Seltsam, so ein Schädel, größer als sonst.

»Ich will nur mit ihm reden. Weil er das Geld …«

»Ich weiß doch, Herr Doktor. Ich weiß.«

»Machen Sie Ehre, Herr Gödeler. Ich entschuldige mich. Machen Sie Ehre. Vergessen Sie, was war. Die Juno, die hat mir gesagt, Herr Gödeler, Sie hätten sie angefasst. Andauernd. Immer wieder. Ich hab die geliebt, Herr Gödeler. Dann fickt die fremde Männer. Ist alles so krank hier, Herr Gödeler. Machen Sie Ehre, Sie sind okay. Aber alles ist so krank hier. Die Leute, Herr Gödeler, die haben hier alles. Aber die komm' im Kopf nicht klar. Die sind wie Frau Susanne, Herr Gödeler, die sind einfach einsam. Die hat so eine Sehnsucht, Herr Gödeler, zwischen den Beinen, die Frau Susanne. Machen Sie Ehre, Herr Gödeler. Weil man immer Plakate sieht. Und Internet, Herr Gödeler. Da ficken Frauen mit Pferden, warum? Warum machen die das, Herr Gödeler? Susanne liebt Sie, Herr Gödeler. Die hat sich das für Sie ausgedacht. Die ist in Ihrer Wohnung gewesen. Das ist keine Wohnung, Herr Gödeler. Das ist eine Höhle, wie ein Grab. Weil da keine Frau ist, Herr Gödeler. Schmutzig ist da, Herr Gödeler. Da haben Sie Juno angefasst. Warum, Herr Gödeler? Sie waren ein Ass in der Mathematik. Warum sind Sie kein Doktor geblieben? Sind Sie krank, Herr Gödeler? Gucken Sie oft Internet? Frauen ficken mit Hunden und Pferden. Was ist mit Ihnen, Herr Gödeler? Ich habe die Juno richtig geliebt. Susanne ist seltsam, aber nett. Ich hab ihr den Lurek für Mathe besorgt. Damit Sie denken, wir könnten das: in Mathe krass gut sein. Die hat sich das *alles* ausgedacht. Die hat's, Herr Gödeler, für Sie getan. Uns hat sie dafür Geld gegeben. Mir und dem Lurek. Damit wir Ihnen vorspielen solln, wir wärn so richtig, bingo, clever. So richtig fett auf Mathe, ehrlich. Juno, die wollte … wollte unbedingt dabei sein. Und dann ha'm Sie die angefasst. Sind Sie kaputt, Herr Gödeler? Machen Sie Ehre, Herr Gödeler. Bleiben Sie bei Frau Susanne. Die hat so eine Sehnsucht, Herr Gödeler. Und immer Streit mit Juno. Die habe ich geliebt.«

Ich trete auf Zacharias zu, der einen Schritt zurückweicht.

»Was ich machen werde? Ich geh nach Australien, Herr Gödeler. Da ist jetzt meine Familie. Die Frauen ficken mit Tieren und Hunden. Familie, Herr Gödeler. Vielleicht sind da die Menschen auch nicht so krank wie hier.«

Ich packe Zacharias am Arm, der sich von mir losreißt.

»Das Geld? Das Geld ist weg, Herr Gödeler. Ausgegeben, einfach weg. Ist nix mehr da, Herr Gödeler. Machen Sie Ehre, Herr Gödeler. Geben Sie keine Anzeige. Ich will nur nach Australien. Das Geld ist einfach weg.«

Während Zacharias ohne Unterlass redet, stehen wir im

Vorraum des einstmals kommunistischen Waldheims *Clara Zetkin*, in dem er untergekommen ist.

Jetzt, im Winter, sind die wenigen Gastzimmer nicht belegt und er schläft allein in einem Schlafsaal für zwanzig Personen.

Schauerleut hat ihn hier untergebracht, Schauerleut, der sich mir auf dem Weg durch die Weinberge, im Fond eines Taxis, als Trotzkist offenbart hat, als Mann, der die Weltrevolution noch nicht verloren gibt.

Ich habe darauf nichts erwidert, habe das Geld für den Taxifahrer bereitgehalten, habe ein großzügiges Trinkgeld einkalkuliert und gehofft, in dem einstmals kommunistischen Waldheim, das von der Naturfreundegruppierung »Ostalb« bis auf weiteres verwaltet wird, auf Zacharias zu treffen, um ihn zur Rede zu stellen.

Ohne eine Vorstellung, was dann geschehen und was ich möglicherweise mit ihm oder gegen ihn unternehmen werde, und mit dem festen Vorsatz, mein Versprechen gegenüber dem Trotzkisten Schauerleut nicht zu brechen, blicke ich in die vorüberziehenden Weinreben, dann die Bäume, Fichten und Buchen, und warte, dass das Taxi, das ein ägyptischer Medizinstudent mit einer Eleganz über die schmalen Asphalt- und Schotterwege kutschiert, als wäre er damit seit Geburt verwachsen, das Waldheim erreicht.

Schauerleut redet von der Revolution. Der angehende ägyptische Mediziner gibt vor, den Verkehrsdurchsagen mit ungeteilter Aufmerksamkeit zu folgen. Mir ist übel. In den Weinbergen muss ich gegen das Unwohlsein ankämpfen. Als wir auf dem Vorplatz halten, bin ich erleichtert.

Schauerleut, der meinen Zustand nun erst bemerkt, bietet mir seine Hilfe an. Ich lehne dankend ab. Und zahle den medizinischen Taxifahrer aus Port Said.

Eine Revolution, auch dort. Nichts, das mich berühren würde. Er gibt mir zum Abschied frohgemut die Hand. Das Trinkgeld ist üppig.

Schauerleut hält eine Schwingtür zum Schankraum auf. Er bedeutet mir, ihm zu folgen. Ich sehe keine Notwendigkeit, mich auf den letzten Metern zu beeilen.

Das Gebäude wirkt heruntergekommen. Feldsteine bis zum ersten Stockwerk. Darüber Holz, der Anstrich blättert. Das Dach ist zur Mitte hin eingesunken, ein Schornstein mit Moos überzogen. Die Giebelwand verschwindet unterm Efeu. Ich folge Schauerleut.

Als wäre eine mir unbekannte Verabredung getroffen worden, kommt Zacharias, kaum betrete ich den Vorraum, aus dem Durchgang zu den Toiletten. Erst fährt er, bloße Andeutung, zusammen. Dann strafft sich sein Körper. Obwohl weder der Weg in den Saal noch der zu einem durch blasse Fluchtwegpiktogramme ausgewiesenen Hinterausgang versperrt wäre, geht er zögernd auf mich zu.

Schauerleut hat die Theke erreicht, beugt sich nachlässig über den Tresen, angelt mit geübtem Griff ein Bier aus einem Kühlfach, öffnet die Flasche, indem er die Zahnung des Korkens gegen die Messingleiste des Schanktischs drückt und mit dem Ballen der anderen Hand auf den Metallverschluss, die Krone der Dunkelbierflasche, schlägt.

Das Geräusch der Kohlensäure. Hinter einer halb geöffneten Schiebetür murmelt eine Versammlung im offenbar größeren Saal. Kommunisten, Sozialisten. An allen Wänden des Vorraums zeugen, dicht bei dicht, Devotionalien von vergangenen Kampagnen. Frieden, Frauen, Antikernkraft: Die Ereignisse reichen so weit zurück, dass sie, trügerische Schemen, durchwebt von den Fragmenten ebenso ferner Vorlesungen, Analysis I, Analysis III, Funktionalanalysis, unvermittelt vor mir erstehen. Die Ausrisse alter Zeitungen sind, hinter Glas und im Rahmen, seit Jahren vergilbt.

Ohne Aufforderung beginnt Zacharias zu reden. Schauerleut trinkt Dunkelbier. Die Parteiversammlung wispert durch die geöffnete Ziehharmonikatür.

Als Zacharias nach ausführlicher Rechtfertigung erneut ansetzt: »Herr Gödeler, machen Sie …«, schlage ich ihm die Faust kräftig vor die Brust. Obwohl ich mich mit Macht bemühe, ihm mit der andren Hand hart ins Gesicht zu schlagen, kommt mir Zacharias, an Körperkraft überlegen, zuvor, indem er meine Hände an den Gelenken umklammert.

»Warum machen Sie das, Herr Gödeler, warum schlagen Sie mich?«

Mit einer Verzögerung, die mir im Nachhinein sonderbar erscheint, lässt Schauerleut, der am Tresen lehnt, die Dunkelbierflasche fallen, die auf dem gefliesten Boden des Waldheims zerplatzt, eine Bierbombe aus Glas.

Die Flüssigkeit spritzt an der Theke hoch. Die Scherben springen singend über den Boden aus gelblichem Stein. Schauerleut entfährt ein Geräusch, als wäre er, nicht der Junge, von mir geschlagen worden.

Zacharias wiederholt: »Warum schlagen Sie mich, Herr Gödeler?«

Die Ziehharmonikaschiebetür zum Saal wird gegen die Wände zurückgefahren. Die Mitglieder der Versammlung stehen vereint im Vorraum.

Es sind vielleicht zehn, eventuell zwölf. Alle alt, die Hälfte Frauen. Sie scheinen sich von Luft zu nähren, so spindeldürr sind ihre Arme, die Spinnenfinger fahren durch die Leere des Raums. Ihre Lippen formulieren Vorwürfe, sagen aufgeregt Worte, die gegen mich gerichtet sind, ich nutze die Gelegenheit und trete Zacharias vor das Schienbein.

Der Schmerz, der ihn überrascht haben muss, lässt ihn seinen Griff um meine Handgelenke lösen. Schauerleut ist hinzugeeilt, der Schritt wenig entschlossen.

Unsicher verhält er ein, zwei Meter neben mir. Nuschelt: »Herr Doktor, aber Herr Doktor.« Wohl bis hinein in den Saal riecht es nach süßem Dunkelbier. Ich trete Zacharias mit aller Wucht auf den Fuß.

Nun sind die Versammelten heran. Umringt von gerahmter Erinnerung an allen Wänden des Waldheims versuchen einige der Dürren mich zu umfassen.

Andere drängen sich zwischen mich und Zacharias, der nicht zurückschlägt. Bert Schauerleut schaut hilflos. Vielleicht denkt er an die Revolution, vielleicht nur ans Dunkelbier.

Die Dürren nennen mich »dummes Arschloch«. Sie zerren an mir und sie zotteln an mir. Es ist ihnen, ein Ethos, untersagt, mich zu verprügeln. Ich blicke auf die Plakate. Weil meine Hände von den mich Umwogenden festgehalten, meine Arme von Frauen und Männern umklammert werden, die nach Mottenkugeln duften, spucke ich einer außergewöhnlich dünnen Frau zwischen die Augen.

Noch immer werde ich nicht geschlagen. Noch immer halte ich mich aufrecht. Noch immer murmelt Bert Schauerleut: »Herr Doktor, aber Herr Doktor.«

Noch immer sagt eine Stimme in meinem Innern die Anschrift von Susanne Melforsch auf, die mir der Hauswart Schauerleut, bevor wir sein Kellergelass vor einer knappen Stunde hinter uns gelassen haben, auf einen Zettel geschrieben hat, den ich wohlverwahrt in meiner Hosentasche weiß, das Mantra einer ehernen Gewissheit, der Rhythmus einer lieblichen Parole, der mir das Blut wilder durch die Arterien pulsen lässt. Den Blick im rechten Winkel gegen den Vorraum des Waldheims gerichtet, fühle ich mich frei.

Nachdem ich meinen rechten Arm, gekräftigt durch die Besuche im Fitnessstudio in Kornwestheim, zu mir herangezogen habe, beiße ich einem der Männer, die an mir ziehen, in die Hand. Knochen und Haut und der Geschmack einer vergorenen Flüssigkeit. Als er die Umklammerung um meinen Unterarm lockert, dazu einen Schrei ausstößt, überwindet der Hauswart Schauerleut sein Zaudern und hebt mich mit einem gut gezielten Haken auf die Leber von den Füßen.

Als ich auf den Fliesen zu Bewusstsein komme, fehlen mir Sekunden. Ich denke: Endlich, Leo Trotzki, endlich ist es geschafft.

GEGENPROBE

Als gäbe es kein Morgen und kein Gestern und nicht mal Tag und Nacht und Gegenwart.

Nachdem Susanne Melforsch mehr als eine halbe Stunde in Zacharias' großem Bett – Stoffhimmel, ein Brokatbaldachin, das wäre denkbar – geweint hat und hilflos von ihm getröstet worden ist und derweil er versucht hat, dem stummen Spiel der Stuttgarter Kickers zu folgen, erhebt sie sich aus den Kissen, wischt sich die Augen am Bademantel des jungen Mannes trocken, murmelt: »Sorry, es tut mir leid, aber ...« und lädt ihn in ein nahes Restaurant ein, persisch, teuer und ausnehmend gut.

Fortan werden sie füreinander kochen. Er wird ihr von seiner Flucht erzählen, mal die eine, mal die andere Geschichte. Und sie trösten, wenn sie traurig ist.

Er wird sie im Arm halten und streicheln. Nie werden sie miteinander schlafen, nie wird er die scheue Umarmung, bevor sie sich vom Bett erhebt, erwidern. Sie wird Lurek kennen lernen, seinen engsten Freund, eigen, seltsam, der sich in der Welt der Zahlen und Computerprogramme bewegt. Sie wird von Juno hören, einem Mädchen, das ebenso wie Lurek selten zur Schule geht. Beiden ist er auf seinen Streifzügen durch die Stadt in einem Café am Olgaeck begegnet. Sie wird erfahren, dass er in Juno verliebt ist, ihr mehrmals eine rote Rose geschenkt hat, bevorzugte Farbe: Bordeaux. Sie wird versuchen, ihm Juno auszureden, sie werden sich streiten. Später wird sie ihm eines Tages folgen und die Rose, die er von seinem mageren Geld für Juno gekauft hat, auf dem Gehweg zertreten. Er wird es ihr nachsehen.

Sie wird ihm gesagt haben, Juno nehme Drogen und prostituiere sich und er sei blind in seiner blöden Liebe. Und er wird ihr sagen: »Ihr seid so krank. Alles ist so krank in euerm Deutschland.« Er wird ihr nicht glauben.

Nur einen Tag später werden sie einander verziehen und sich wieder vertragen haben, werden einander weiterhin bekochen und fortan …

Nachdem Susanne Melforsch die Arbeitszeiten Martin Gödelers ohne Mühe hat eruieren können, kehrt sie noch zwei Mal in dessen Wohnung zurück.

Sie weiß nun, wie sich der Türschnapper aus der Verriegelung drücken lässt, nie ist die Wohnung Martin Gödelers tagsüber abgeschlossen.

Das erste Mal bleibt sie acht Minuten, dann erträgt sie den Anblick des Zimmers nicht mehr. Den Abfall, die Spinnweben, den Staub. Sie flüchtet, bevor ihr die Tränen den Blick verschwimmen lassen, rasch hinaus auf die Straße.

Was hat er … Wie konnte … Warum bin ich hier.

Sie erwägt, ihren Mann anzurufen. Ihm alles zu gestehen.

Sie erwägt, sich von einer besten Freundin aus Kindheitstagen, bei der sie sich seit Tagen nicht mehr gemeldet hat, ausgiebig trösten zu lassen. Sie plant, sich mit Zacharias zu betrinken, sich mit ihm unter dem Brokathimmel zu verlieren.

Sie besucht Bert Schauerleut, den Hauswart des Nachhilfeinstituts, sie befragt ihn nach Gödeler – »ein guter Lehrer, von allen gemocht und anerkannt. Ein sehr zurückgezogener Mann«, die Stimme senkt sich zum Flüstern. »Wenn Sie mich fragen, ich glaube, der Doktor schreibt seit Jahren, seit Jahrzehnten, an etwas Ungeheurem, das Wissenschaft und Menschheit völlig verändern wird.«

Bei ihrem zweiten, eigentlich dritten Besuch in Dr. Gödelers Wohnung setzt sich Susanne Melforsch, da alle Flächen belegt sind: mit Geschirr, schmutziger Kleidung, staubigen Stapeln Papier, zerfledderten Büchern, die keinen Platz in wandhohen Regalen finden, hockt sich auf den Fußboden. Der Linoleumbelag klebt, als sie sich abstützt, an ihren Handflächen, unter dem Bett liegen leere Flaschen, jetzt erst bemerkt sie den Geruch nach altem Schweiß, vielleicht Urin, der aus Laken und Bettdecke zu ihr herweht und ihre Nasenschleimhaut besetzt hält, nachdem sie die Wohnung längst verlassen hat.

Susanne Melforsch schließt die Augen. Öffnet die Lider. Ignoriert den Geruch und schaut sich um.

Alles unverändert. Keine Chance, das Offenkundige auszublenden: Dr. Martin Gödeler, einst als herausragender Mathematiker gefeiert, lebt im Müll.

Und sie, die ihn verehrt hat, kauert auf dem Boden seiner Stuttgarter Gruft im Souterrain.

Sie lässt den Eindruck auf sich wirken. Verschließt die Augen kein weiteres Mal. Verbietet es sich zu lüften. Untersagt es sich, den Haufen losen Papiers vom Stuhl vor Gödelers Schreibtisch zu fegen. Erhebt sich, lässt alle Vorsicht walten, als sie das Arrangement auf der Arbeitsplatte ausgiebig mustert. Auch hier die Fläche versiegelt von einer Schicht aus Staub, die einem Tuch gleicht.

Unwillkürlich fühlt sich die Besucherin, die sich, als sie an den Schreibtisch tritt, wie eine Diebin vorkommt, an einen

Altar erinnert, den Schrein, den sie vor Kurzem im asiatischen Lokal hinter einem Vorhang aus Kunstperlenschnüren bemerkt hat.

Die Fläche erscheint ihr seit endloser Zeit unberührt, verschont von zufällig angehäufter Hinterlassenschaft. Links an der entfernten Ecke des Schreibtischs die Lampe, der grüne Schirm ohne Birne: auf deren welkem Glas konservierte Spuren von Fingern, die auf der Suche nach einem intakten Leuchtfaden nicht fündig geworden sind.

Am breiten Kopfende Schalen mit Stiften, kaum unterscheidbar im Sediment der Jahre, rechts drei Lagen Papier: weiß, kariert, ein Gitter aus rötlichen Quadratmillimetern. Als sie die unversehrte Oberfläche der grauen Schicht mit dem Fingernagel bricht – keine Notiz, keine Ziffer, keine Formel, nichts. Links ein Stapel Bücher, einige aufgeschlagen, die Rücken mancher durch die Last der auf ihnen stetig ruhenden Mathematik erkennbar gebrochen. In der Mitte des Tischs der Ausdruck der begonnenen Habilitation, Kante auf Kante, das Deckblatt verriete das Thema, hätte sich nicht der Vorhang verronnener Jahre als Einband darüber gelegt.

Die Ordnung achtend hebt Susanne den Stapel behutsam an. Lässt das letzte Blatt, indem sie den Druck der Finger vorsichtig verlagert, auf den Boden des Zimmers segeln und senkt die um eine Seite gekürzte Arbeit passgenau in den Rahmen aus Erinnerung und Zeit.

Sie verlässt die Wohnung, drückt die Tür in den Rahmen, setzt sich in ein Café und überfliegt die Zeilen auf dem entwendeten Blatt.

Weder versteht sie den Inhalt noch kennt sie die Zeichen auf dem Papier, das am Rand eine Lochleiste aufweist.

Trotzdem kann sie mühelos erkennen, dass die Seite aus einer Sammlung kaum verbundener Notate besteht, skizzierte

Gedankenfragmente, die im letzten Viertel wie Stichworte wirken und am Ende versiegen.

Martin Gödeler, Doktor der Mathematik. Artefakt seines Scheiterns. Monument eines sich plötzlich schließenden Geists.

Nach dem dritten schwarzen Tee, Darjeeling, Zitrone und Zucker, fasst Susanne Melforsch einen Plan, der ihr im ersten Moment genial, im nächsten aberwitzig vorkommt und den sie dennoch sofort in die Tat umzusetzen beginnt.

Niemand wird mit Anfang fünfzig unverhofft ein bedeutender Mathematiker. Niemand, der die Karriere vor Jahren verschleudert und verschludert hat.

Keinem Gehirn wird es gelingen, die ursprüngliche Geschmeidigkeit zurückzugewinnen, Jahrzehnte ohne Übung zu suspendieren, zumal in einem Zimmer aus verlorenen Zetteln und Dreck.

Mit einer Nüchternheit, die ihr brutal vorkommt, zu der sie sich dennoch zwingt, derer sie sich angesichts ihrer Gefühle für Martin Gödeler schämt und die sie trotzdem für notwendig hält, begreift Susanne Melforsch, was ihr zu tun bleibt.

In Lurek meint sie die Begabung, in Zacharias die nötige Raffinesse gefunden zu haben.

Sie redet mit Zacharias, sie bietet ihm Geld. Sie belastet die Kreditkarte ihres Mannes ohne Schuldgefühl.

Sie erläutert dem jungen Mann aus Herat, Afghanistan, ihr Vorhaben und dessen Umsetzung. Sie gesteht ihm zu, zu entscheiden, ob Juno eingeweiht werden soll. Sie ahnt, dass er von Juno nicht wird lassen wollen. Besteht darauf, dass Lurek Zentrum des Vorhabens sein müsse.

Sie verabreden die Etappen des Plans. Stimmen das Vorgehen sorgfältig ab. Verhandeln den Betrag, die Summe, die Susanne Melforsch zu zahlen bereit ist.

Rekapitulieren das Konstrukt. Legen die Raten der Geld-übergabe fest. Weihen Lurek nur so weit als nötig ein. Zeigen ihm die Abschnitte im Lehrbuch, damit er sich ausreichend vorbereitet: um – unverhofft entdeckt – als Genie zu gelten.

»Es gibt bei uns ein Sprichwort.«

Zacharias grinst, während er die grünen und roten, die bei-den violetten Scheine der Vorauszahlung glättet und in ein Couvert schiebt.

»Der durstige Wanderer sieht, was er sehen möchte.«

»Ah«, sagt Susanne Melforsch.

Als Zacharias sich vorbehält, die Durchführung des Unter-fangens ohne sie, die Auftraggeberin, in Angriff zu nehmen, bleibt sie ihm die Antwort schuldig.

Als sie das erste Mal, unangemeldet, am Unterricht teilneh-men möchte, wird ihr von einem großen, rauchenden Mäd-chen beschieden, die Streber seien mit dem Herrn Gödeler oben, unterm Dach. Sie alle hier habe man weggeschickt, kei-ner komme da rein. »Die wo dabei sind, schließen sich ein. Mal ehrlich, das kann dauern …«

Unverrichteter Dinge kehrt Susanne um. Verärgert be-schließt sie, sich nie mehr abwimmeln zu lassen.

Was bilden sich die Gören ein. Die ich bezahle.

INDUKTIONSSCHRITT (5)

Obwohl nichts auf Handwerker oder die Müllabfuhr hinweist, steht die Haustür offen, sodass ich den Treppenflur betreten kann, ohne auf mich aufmerksam zu machen.

Ich steige bis in den zweiten Stock – der Name des Mieters, den Schauerleut mir genannt hat: ein Filzstiftkrakel links neben dem Rahmen. Keine Klingel, ich klopfe.

Als hätte sie dicht hinterm Türblatt auf mein Kommen gewartet, öffnet Susanne Melforsch ohne Verzug die Tür.

Sie sagt nichts, vermeidet jede Berührung, greift weder nach meiner Hand noch setzt sie an, mich, wie's inzwischen Sitte ist, bei der Begrüßung zu umarmen.

Mit kaum merklicher Bewegung weicht sie im Flur zur Seite, ein Korridor, der wirkt wie gebohnert, um mir zu bedeuten, ich möge eintreten.

Sie nickt mir zu. Sie schließt die Tür der Wohnung. Sie sagt: »Dort hinten, im letzten Zimmer, hat Zacharias gewohnt.« Ihre Stimme ist so leise, als bestünde sie aus Licht. Sie fragt: »Möchtest du einen Tee? Oder einen Kaffee?« Mit einer behutsamen Bewegung der rechten Hand weist sie mich an, doch bitte weiterzugehen, in den Raum, den sie seit letztem Herbst bewohne, nachdem sie Stuttgart erreicht und mich gefunden habe.

Ich sage: »Tee. Grün oder schwarz.«

Sie sagt: »Bitte setz dich.« Sie sagt: »Einen Augenblick.«

Ich höre sie in der Küche hantieren. Höre das Rumpeln des Wasserkochers. Setze mich nicht, sondern trete durch eine augenscheinlich selten benutzte Schiebetür in einen Wintergarten und schaue durch dessen von Holzgitterstäben gebrochene Fensterscheiben hinaus auf einen Fabrikhof.

Garagen, eine Klempnerei, ein Versandhandel für Büroartikel, der sich über drei Etagen eines Fabrikgebäudes erstreckt. Zu ebener Erde ein Geschäft, das sowohl gebräuchliche als auch exotische, mir jedenfalls unbekannte Küchenkräuter zu verkaufen scheint. Kästen und große Tontöpfe und -schalen. Darin, trotz der kaum passenden Jahreszeit, Thymian und Basilikum, Salbei und ein Strauch mit blühendem Lavendel.

Ich schließe die Lider, reibe mir die Augen, beim zweiten Blick offenbart sich der Grund für das botanische Wunder: Heizstrahler, klein und unauffällig, aber in großer Zahl.

Susanne Melforsch betritt das Zimmer, sie reicht mir die Tasse mit dampfendem Tee. Im Pott, den ein Nikolaus mit Mütze, Sack und Rute ziert, schwimmt der nach Pfefferminz duftende Beutel.

»Grün«, sagt Susanne. Hebt die Schultern.

Abgelenkt vom Garten im Stuttgarter Fabrikhof nicke ich, nehme die Tasse und stelle sie auf einem ausrangierten Nähmaschinentisch ab.

»Ich gehe kurz ins Bad.« Susanne berührt mich sacht an der Schulter.

Noch ehe ich mich ihr hätte zuwenden können, hat sie den Raum verlassen. Ich lausche ihren Schritten, das Geräusch der Sohlen in durchbrochenen Strümpfen im lichten Korridor.

Ich nippe am Tee. Sie kommt nicht wieder. Ich nehme den zweiten behutsamen Schluck. Weder der Laut einer Spülung noch eines Wasserhahns.

Ich husche zurück in den Wintergarten. Ich stelle die Tasse mit dem unförmig wirkenden Nikolaus aufs Fensterbrett und öffne das einzig zu öffnende Fenster.

Es schwingt mir entgegen. Ich fange es auf. Verkeile den Flügel mit einem Stück Pappe. Lehne mich weit in den Hof.

Kein Mensch, nur die Pflanzen. Milde Wärme der Batterie der Heizstrahler, ein thermischer Wind steigt an den Wänden des Hinterhofs empor.

Trägt mir den Duft zu, der Kräuter, des Blühens, der südlichen Pflanzen im sterbenden Winter, des blühenden Lavendelstrauchs in seiner violetten Pracht.

Ich horche zum Korridor, zum Bad, ich beuge mich vor und schließe die Augen, ich sehe mich, Jahre sind seither vergangen, auf dem Flughafen Berlin-Tegel, ich führe meine Tochter, deren Finger feucht sind, an der rechten Hand.

Ich höre sie neben mir unsicher fragen: »Papa, wann kommt denn Mama?« Ich höre mich antworten: »Bald.«

Ich sehe mich nach einer Anzeige für die folgenden Abflüge suchen. Sehe mich wie einen fremden Mann, der ein Mädchen an der Hand hält, der seine Tochter auf dem Weg zwischen Schule und Hort abgepasst, eindringlich zu ihr gesagt hat: »Hallo, mein Schatz, wir machen einen Ausflug. Es wird dir gefallen.«

Der Mann wirkt entschlossen. Das Mädchen freut sich. Es fragt: »Wohin?«

»Eine Überraschung«, erwidert der Mann und stoppt ein Taxi. »Nach Tegel.« Dem fragenden Gesicht des Fahrers genügt der Hinweis: »Nein. Kein Gepäck.«

Die Unruhe nimmt vom Mann mit Mädchen Besitz, als er die Taxifahrt bezahlt hat und das Terminal betritt.

Wohin? Welches Ziel? Welche der vielen Destinationen? Was könnte seiner Tochter gefallen? Wohin ist es ihm erlaubt zu fliegen, ohne gesonderte Papiere, nur mit dem Reisepass? In dem seine Tochter vermerkt ist, natürlich. In dem sie vermerkt war, schon vor der Heirat. In dem sie als seine Tochter, trotz jenes anderen Namens, amtlich ausgewiesen ist.

»Fliegen wir mit dem Flugzeug, Papa? Ist das nicht weit? Wann kommt Mama?«

»Nicht so weit. Wir können dort baden.«

»Und Mama?«

»Muss noch arbeiten. Kommt aber morgen nach.«

Das Mädchen zögert. Es überlegt.

»Wo ist der Koffer?«

»Schon aufgegeben.«

»Gut, dass ich morgen schon Ferien habe.«

»Ja«, sagt der Mann, »das ist gut.«

Erneut zögert das Mädchen.

»Habt ihr euch wieder vertragen? Mama und du?«

»Ja.«

Der Mann lächelt, obgleich er sich anstrengen muss.

»Ja. Als du im Schullandheim warst.«

»Hast du bei uns zu Hause geschlafen?«

»Nein. Ich musste arbeiten.«

»Wieder in Hamburg?«

»In Hamburg.«

Kein Zaudern, denkt der Mann. Kein hilfloses Hin und Her. Ich muss mich schnell entscheiden.

Im Taxi hat seine Tochter geschwiegen. Hat still und zufrieden gewirkt. Hat sich auf der Fahrt die Stadt angeschaut. Hat auf die Frage des Taxifahrers, wie alt sie sei, keine Antwort gegeben.

»Papa, dauernd fragen die mich, wie alt ich bin und kniepschen mich in die Backe.«

»Die Wange.«

»Ist doch egal. Warum?«

Einen Moment muss der Mann lächeln. Dann denkt er wieder: Wohin?

»Nehmen wir meinen Schulrucksack mit in den Urlaub?«

»Klar«, sagt der Mann. »Natürlich. Schulrucksack, klar.«

Und dann sieht er die hochgewachsene, blonde, sehr jung wirkende Frau in der Gruppe, die in der Schlange vorm Schalter zum Flug nach Nizza steht. Und vergeblich wartet, dass am Check-in das Personal mit Abfertigung und Gepäckaufgabe nach Südfrankreich beginnt.

Es ist kein Problem gewesen, noch Tickets für Vater und Tochter nach Nizza zu lösen. Keine Fragen des Mädchens, das sich am Kiosk neben dem Counter nach Belieben hat Kaugummis kaufen können – »damit deine Ohren beim Start und bei der Landung nicht knacken«.

»Weiß ich doch«, sagt die Tochter. »Wie bei Teneriffa.«

»Ja.« Die dünnen Tränen spürt der Mann unvorbereitet in den Winkeln seiner Augen, Sand von den Stränden der Kanaren. »Wie bei Teneriffa …«

Ohne Schwierigkeit haben sie eingecheckt, die Sicherheitskontrolle passiert, als Vorletzte das Flugzeug bestiegen, den Schulrucksack in der Ablage verstaut, »du könntest, wenn wir fliegen …«

»Nein!« Das leise Knatschen des Kaugummis.

»Und bitte keine Blasen.«

»Weiß ich doch«, sagt die Tochter.

Sie presst das Gesicht an die Plastikscheibe der Maschine und lässt eine rosa Blase platzen, ohne dass das Kaugummi am Flugzeugfenster klebt.

»Fliegen wir unter den Wolken? Oder in den Wolken? Oder oben drüber?«

»Oben drüber«, sagt der Mann, während er in der fast unüberschaubar großen Gruppe junger Leute, die sämtliche Plätze schräg vor ihm bis in den Bug der Boeing dicht bei dicht belegt haben, nach den auffallend hellen Haaren der schlanken, jungen Frau sucht.

Wie alt, denkt der Mann, müsste sie jetzt sein, die Abiturientin aus Hamburg? Älter? Deutlich älter?

Wie an der Schnur gezogen wird der Mann der Blonden und deren Freunden gefolgt sein. Die Fragen seiner Tochter wird er beiläufig beantwortet haben, ihr gelegentliches Quengeln mit einem Eis besänftigen. Blickkontakt mit der Blonden wird er vermieden, Zweifel, ob sie es tatsächlich sei, beiseite gewischt, alle Gedanken an Gunde, seine Frau, ignoriert haben. Möglichen Sorgen ihrerseits meint er, durch die Nachricht auf dem Anrufbeantworter genügend vorgebeugt zu haben.

Im Bus, der am frühen Abend von Nizza nach Moustiers-Sainte-Marie fährt, sitzen der Mann und seine Tochter, die an seiner Schulter eingeschlafen ist, auf der letzten Bank hinter zwei jungen Männern der Gruppe, deren Unterhaltung er die Vorhaben und Pläne der Clique ablauschen kann. Ähnlich wie während des Flugs wird dem Mann auf der Busfahrt übel. In den Serpentinen fürchtet er, sich übergeben zu müssen, kann den Impuls unterdrücken. Vorn, unweit des Busfahrers, leuchtet das blonde Haar der hochgewachsenen, jungen Frau – sie, denkt er, sie hat bei ihrer ersten Begegnung im Gästehaus der Uni seine rechte Hand mit jener Geste ergriffen, die er, Déjà-vu eines Traums, Jahre später im Film *Babel* meint wiederzuerkennen.

Mann und Mädchen übernachten im nobelsten Hotel von Moustiers-Sainte-Marie. Die Tochter, begeistert vom üppigen Essen, Sauna, geheiztem Swimmingpool, vergisst ihr Fragen nach Gunde, der Mutter. Die Clique nächtigt auf einem Campingplatz, einem *Camping du ville*. Für einen Moment spürt der Mann den beinahe unbezwingbaren Drang, zu prüfen, ob die Blonde das Zelt mit einem der jungen Männer teilt.

Nachdem er eingeschlafen ist, träumt er vom *Maison Cantonnière*, vom Canyon du Verdon und dem Plateau hoch über der Schlucht, auf dem sich die Clique aus Berlin, so war dem Gespräch im Bus zu entnehmen, für den Nachmittag verabredet hat, um nach einer nächsten Übernachtung hinab in die Gorges zu steigen, der Strömung des Flusses entgegenzulaufen, den Canyon zu durchqueren.

Im Traum sieht sich der Mann mit seiner Tochter, die auf seiner Schulter reitet, bis zu den Achseln im Wasser, in Sichtweite der Blonden, die sich umblickt. Ein Überhang im Licht der Sonne, gekrönt von südlichem Bewuchs. Der schmale Streifen angeschwemmten Eilands, die großen losen Kiesel, Saum aus Sand. Zur einen Hälfte Helligkeit, zur anderen, hin zum stillen Fluss, nächtlich anmutender Schatten. Vorn, vage vor der nächsten Biegung, Bildnis der hochgewachsenen Schönheit, kein Hindernis hält sie auf. Den Vater drückt die Last der Tochter am Hals, im Nacken – alle Kraft rafft er zusammen, verliert sie, lockende Gestalt, dennoch an der nächsten, der übernächsten Kehre, er gibt auf.

Am darauf folgenden, gleißenden Mittag, Vater und Tochter haben das Haus des Kantoniere mit einem Taxi mühelos erreicht, noch als sie zum Plateau hinuntersteigen, schwelgt das Mädchen in der glücklichen Erinnerung an das Frühstücksbuffet im Hotel von Moustiers-Sainte-Marie –, am folgenden Mittag sehe ich den Mann, seine Tochter ist im Schatten eines Lorbeerbaums eingeschlafen, ihr Kopf ruht auf dem Schulrucksack, die Erschöpfung, die bei Erreichen des Plateaus von ihr Besitz genommen hat, zeichnet den Rand ihrer Augen –, erkenne ich den jugendlich wirkenden Mann, wie er die Gruppe, vierzig, fünfzig Meter von ihm entfernt, angestrengt beobachtet.

Niemand nimmt von ihm Notiz. Kein Kamm. Nicht geduscht. Die Zahnbürsten, die das Hotel ihnen überlassen hat, nur für die Tochter verwendet.

Während ich meinen Oberkörper aus dem Fenster des Stuttgarter Wintergartens in den Fabrikhof beuge und der thermische Wind, der an der Fassade entlangstreicht, mir den Duft des blühenden Lavendels zuträgt, sehe ich den Mann, der sich fragt, ob er unter den Achseln stark nach Schweiß oder aus dem Mund nach den zersetzten Essensresten des Frühstücks riecht, spüre, wie er – das erste Mal nach dem überstürzten Aufbruch – die Reise in Zweifel zieht. Ich sehe ihn seine Tochter betrachten, deren feines Haar schweißnass an Stirn und Schläfen klebt, sehe ihn wiederholt die junge, hochgewachsene Frau mustern, die Geschirr in einem Bach wäscht, die sich entkleidet, um sich nackt ins kalte Wasser zu legen, rötlichblond Scham- und Achselhaar, der Mann lauscht dem Lachen der Gruppe, hört die Zuversicht, das Abenteuer zu bestehen, horcht auf hingeworfene Worte, Sätze, die sagen: Was soll uns die Zukunft, der Zwang, den Unterhalt verdienen zu müssen, was kann uns der Druck, in der Gesellschaft zu bestehen, was soll uns das Sediment einer Zivilisation, über die wir uns erheben. Leicht jede Geste, unbeschwert, mühelos jede Bewegung. Jeder Schritt Tanz – umeinander, um das begehrte, ferne Geschlecht. In allem ihre betörende Gewissheit: Nichts kann uns aufhalten.

Als der Mann zu der Überzeugung gelangt, die Blonde im Bach sei keinesfalls die Abiturientin, die er in Hamburg kennen gelernt hat, die ihm bis ins Berliner Westend, bis in die

Wohnung gefolgt ist, wird seine Tochter wach, sagt, indem sie sich aufsetzt, die Augen reibt: »Papa, ich möchte lieber zu Mama zurück.«

Ich höre den Riegel an der Tür des Bads. Schließe das Fenster des Wintergartens und durchquere das Zimmer. Den abgekühlten Tee in der Nikolaustasse auf dem rissigen Fensterbrett, von dem die Farbe sich löst, lasse ich stehen.

Der fortschreitende Nachmittag hat das Licht der flachen Wintersonne aus dem Flur verschwinden lassen, sodass der dämmrige Korridor dem meiner Souterrainwohnung beim Bopser zu ähneln beginnt.

Susanne Melforsch hat sich geschminkt, dezent, gekonnt, ich bin verblüfft. Sich selbst kaum gleich, schließt sie die Badtür in ihrem Rücken und bewegt sich mit vorsichtigen Schritten durch den Flur auf mich zu. Kein Slip, kein String, allein die Korsage, die ihre Brüste flach gegen den Brustkorb presst. Die Strümpfe ein Nebel, der sich in der geringen Helligkeit des Flurs als Schatten auf ihre Schenkel legt. Kein Faltenschlag. Der spitze Absatz der Buffalos, das Beben der Begierde. Ich öffne die Fäuste, deren Nägel sich in die Ballen gegraben haben. Ein nächster Schritt, sie streift die Schuhe von den Füßen.

Obwohl mich die Wucht der Erregung für Augenblicke schwindeln macht, gehe ich auf sie zu. Wir berühren einander, wir küssen uns. In meinem Innern beginnt eine Reise.

Ich meine, der Geruch des Lavendels sei uns in den Flur gefolgt, ebenso wie die Helligkeit eines frühen Mittags am Einstieg zu den Gorges du Verdon.

Susanne und ich umfassen einander. Zwischen unsere Körper passt kein Licht, keine Vergangenheit, weder Zeit noch Zukunft.

ZWISCHENERGEBNIS

Indem er einen Brieföffner benutzt, schmal und spitz, leuchtendes Messing, arrangiert der resigniert wirkende Staatsanwalt Kekskrümel auf der Glasplatte zu einem kantigen Quadrat.

»Alles spricht gegen Sie, Herr Gödeler.«

Akkuratesse. Beharrlichkeit. Kein Fortschritt im fortgesetzten Verhör. Ohne den Blick zu heben, fährt er fort: »Sie sind kein dummer Mann. Sie müssen gewusst haben, was auf Sie zukommt. Sie kehren zurück nach Stuttgart. Warum?«

Ich sehe ihn die Lider wie unter einer Last heben. Ich sehe ihn mich mustern. Er erwartet keine Antwort, als er weiter zu mir spricht.

»Da Sie zurückgekommen sind, haben Sie den Gedanken an Flucht nicht in Erwägung gezogen. Da Sie nichts zu Ihrer Entlastung anführen, scheint nichts zu Ihrer Entlastung zu existieren. Trotzdem sitzen Sie mir seit Wochen gegenüber. Und reden. Ohne etwas zu sagen. Warum?«

So ratlos und in sich zusammengesunken, wie er vor mir auf dem ergonomischen Stuhl hockt, empfinde ich Mitleid mit ihm. Derart jung. Schild und Schwert des Gesetzes.

Als Odysseus, Bettler in Lumpen, nach Ithaka zurückkehrt, erkennt ihn allein sein Hund.

Kaum dass er am Hof eingetroffen ist, muss er feststellen, dass Penelope, seine Gemahlin, die sich während der Jahre seiner Abwesenheit nur mit Mühe dem Werben der Freier hat widersetzen können – der König ist tot, es lebe der König –, einen Wettbewerb hat ausrichten lassen.

Zwölf Äxte sind in einer Reihe in den Boden gerammt, schnurgerade.

Streitäxte, mit einer der scharfen Schneide gegenüberliegenden Öse. So habe ich mir die Waffen als Junge vorgestellt.

Wer den Bogen des Odysseus derart wird spannen können, dass der Pfeil, wie gezogen am gekippten Lot, die zwölf Ösen passiert, erringt die Gunst der Königin, gewinnt Penelope.

Keine List mehr. Kein Reden. Keine verwinkelten Wege – der Bogen des Odysseus.

Verschmolzen mit der gespannten Sehne, singendes Sirren des Pfeils.

Die Freier treten an. Einer nach dem anderen. Sie versagen. Ihr Drängen wird nicht geringer. Auch Telemach, Odysseus' Sohn, stellt sich dem Wettkampf.

Acht Ösen durchquert sein Pfeil, bevor er mit hellem Klang vom Metall der neunten Axt prallt und zu Boden fällt.

Die Freier lächeln. Der Sohn hat die Mutter nicht vor ihrem Schicksal bewahren können, trotz seiner den Schranzen überlegenen Kraft.

Obwohl nicht statthaft in der Gemeinschaft der Edlen, lässt man den zerlumpten Bettler, der zaghaft die Bitte vorträgt, gewähren.

Ulk. Schauspiel. Reicht ihm den Bogen, den allein Odysseus, schmal von Statur, zu spannen in der Lage gewesen ist.

Ich bin die sirrende Sehne der mächtigen Waffe gewesen, ich, kindlicher Leser, bin der Pfeil, der die Ösen passiert, habe

List und Betörung in jenem Augenblick abgestreift, als ich das Werkzeug an mich nehme.

Als radierte er alles Gewesene aus, richtet Odysseus die Buhlen einen um den nächsten, entzieht Penelope, seine Gattin, der beschämenden Wahl, entscheidet den Wettkampf für sich.

»Alles spricht gegen Sie«, sagt der junge Staatsanwalt, zerteilt die Kekskrümel auf seinem Tisch mit dem schlanken Brieföffner, der im Licht der sinkenden Sonne glänzt, und fragt mich, warum ich zurück nach Stuttgart, nach Schwaben gekommen sei.

Ich lächle und hebe die Schultern.

Die Mathematik – ebenso wie die formale Logik weniger eine Wissenschaft als eine Sprache sowie, trotz Immanuel Kant, möglicherweise eher der Sphäre der analytischen und, im Gegensatz (zum Beispiel) zur Physik, nicht dem Reich der synthetischen Sätze zuzuordnen, da sie in ihren Aussagen, streng genommen, zwar ohne Erkenntnisgewinn, aber wahr ist –, die Mathematik kennt drei Beweisverfahren: den direkten und den indirekten Beweis (Beweis qua Widerspruch) sowie die vollständige Induktion.

Für die Beweise – und somit für die Mathematik insgesamt – gelten Prämissen, die als grundlegende, nicht hintergehbare und letztlich als evident markierte Voraussetzungen bezeichnet werden können: oder auch als Axiome, auf deren Fundament das Gebäude ruht.

Zwei der zentralen Prämissen seien genannt.

Zum einen das Postulat, dass die Mathematik – und damit die menschliche Wahrnehmung der wirklichen Welt – von einer zweiwertigen Logik bestimmt ist. Mit anderen Worten: Zu einem bestimmten Zeitpunkt existiert etwas, es ist, oder es ist nicht.

Diese Evidenz folgt der menschlichen Intuition, dass im fixierten Moment ein Sachverhalt in der Welt nur entweder sein kann oder nicht sein kann. Auch ein Gedankenexperiment wie »Schrödingers Katze« ändert daran nichts. Tertium non datur.

Eine Schwierigkeit ergibt sich mit der Grundlagenkrise der Mathematik Anfang des 20. Jahrhunderts, zunächst mit dem Auftreten logischer Antinomien, auf die Bertrand Russell hingewiesen, schließlich mit den Unvollständigkeitssätzen, die Kurt Gödel 1931 formuliert hat. Sie besagen, dass ein ausreichend komplexes System – wie die Mathematik – Sätze generiert, die sowohl wahr als auch falsch sind. In der Praxis mathematischer Beweise bleibt das Problem ohne Bedeutung – nicht entscheidbare, mithin selbstbezügliche Aussagen werden definitorisch ausgeschlossen.

Kompakter formuliert: Die menschliche Wahrnehmung der Wirklichkeit – und der ihr inhärenten Wirkmechanismen – sowie deren Verarbeitung im Denken sind einer zweiwertigen Logik isomorph. Eine Aussage ist wahr oder sie ist falsch. Eine dritte Möglichkeit ist für das menschliche Gehirn, im Kontext sinnvoller Aussagen, nicht denkbar.

Eine Aussage muss für alle denkbaren Fälle und damit für jeden möglichen Fall gelten. Findet sich ein Gegenbeispiel, ist die Aussage nicht wahr, sondern falsch. Wenn deshalb eine Aussage als wahr angenommen, jedoch durch eine endliche Anzahl von Schritten zu einem Widerspruch geführt wird, ist notwendig das Gegenteil, die kontradiktorische Aussage, wahr.

Ein Beweis, der sich eines solchen Vorgehens bedient, macht sich den Satz vom Widerspruch und den Satz des ausgeschlossenen Dritten zunutze und wird als indirekter Beweis – reductio ad absurdum – bezeichnet.

Den Beweis, der von einer wahren Aussage ausgeht und in einer endlichen Folge von Schritten, deren jeder mathematisch korrekt, also gültig sein muss, zum zu beweisenden Satz führt, nennt man direkten Beweis.

Beide Beweisverfahren sind deduktiv, führen vom Allgemeinen zum Besonderen – hier: zu Beweisenden. Sie bedienen sich einer endlichen Anzahl von Schritten und sind insofern exakt und exakt nachvollziehbar.

Induktive Verfahren führen, wie in der Naturwissenschaft, vom Besonderen zum Allgemeinen: ein logisch unzulässiger Weg – das Beispiel hat keine Belegkraft, allenfalls illustrierenden Charakter. Nur die beliebige Wiederholbarkeit eines behaupteten Zusammenhangs, bei identischen Bedingungen und mit identischem Ergebnis, gilt als gültig bis zur Falsifizierung, die prinzipiell möglich sein muss.

Die vollständige Induktion, dritte Möglichkeit eines mathematischen Beweises, anwendbar nur auf Aussagen, die mathematisch diskret formuliert werden können, versucht das Manko zu beheben, indem sie auf alle vorhandenen Fälle, und damit auf abzählbar unendlich viele, durch einen Trick zugreift – der, in gewisser Hinsicht, eine Spekulation auf die Zukunft darstellt, einer Zukunft, die keiner kennt.

Da die Mathematik jedoch in der Sphäre der Logik operiert, nicht in der Sphäre der Kausalität, ist ihr eine Betrachtung in der Zeit nicht adäquat. Das Erfassen abzählbar unendlich vieler Fälle erfolgt daher durch den Beweis eines beliebigen Schritts: $n \longrightarrow n+1$.

Gilt die Aussage nachweisbar für den ersten Fall und kann der Induktionsschritt logisch äquivalent vollzogen werden, ist der Beweis erbracht.

In der Durchführung dieses einen beliebigen Schritts offenbart sich die Eleganz der vollständigen Induktion.

INDUKTIONSVERANKERUNG
(BEGINN)

Mitte Oktober, zu Beginn der Vorlesungszeit, betrete ich den Hörsaal H 1058 im Hauptgebäude der Technischen Universität.

Ich bin achtzehn Jahre alt, habe mein Abitur mit mittlerem Erfolg bestanden und bin während des Sommers bei meinen Eltern aus- und in eine winzige Wohnung – Zimmer, Küche, kein Bad – eingezogen, im Hinterhof desselben Mietshauses, eines wenig gepflegten Gründerzeitbaus.

Zwei Wochen vor Beginn der Vorkurse hätte ich fast mit einer Mitschülerin aus Grundschultagen geschlafen, die ich in der Tanzschule zufällig wieder getroffen habe. Die sich von meiner tänzerischen Fähigkeit beim langsamen Walzer, beim Foxtrott, bei Rumba, Samba, Cha Cha Cha zu meiner Verblüffung beeindrucken ließ.

Ich bin nicht groß, sehe weder blendend aus noch bin ich besonders sportlich. Aber ich kann tanzen. Ich besitze eine Begabung, die mir lange verborgen war, bis ich mich überwunden habe und mich, ohne es jemandem zu erzählen, weder Eltern noch Klassenkameraden, in einer Tanzschule, fern unserer Wohnung und des Gymnasiums, angemeldet habe.

Ich spüre die Berührung meiner Partnerin, erfühle im Moment, was ich zu tun habe.

Ich empfinde die Nähe nicht nur als angenehm, sondern als entspannend. Keine Nervosität. Die Wärme des menschlichen Körpers.

Der sich, so sieht die Regel es vor und so verhält es sich bei jener Mitschülerin aus einer versunkenen Grundschulzeit, an mich schmiegt, sich mir und der Bewegung hingibt, sich führen lässt, mich kaum korrigiert, eins wird mit mir, während wir durch den Wellenberg gleiten, den die Musik im großen, schönen Saal mit gedämpftem Licht, Kronleuchtern ohne Birnen, dem Boden aus Parkett, den schweren grünen Samtvorhängen vor allen Fenstern erzeugt.

Nach dem Abschlussball, eher eine profane Party, uns ein rauschendes Ereignis, gehen wir zu mir, weil das Mädchen bei ihren Eltern wohnt.

Aufgrund der Alkoholmenge, die dazu führt, dass ich mich vor dem Mädchen erbreche, endet der Abend abrupt. Beschämt wegen meines Versagens, gelähmt, weil ich mich übergebe, ohne es verhindern zu können, peinlich berührt, als das Mädchen mir Reste des Erbrochenen von Hemd und Hose reibt und ich den Erguss ohne Vollzug warm am Oberschenkel spüre, knie ich, nachdem das Mädchen meine Wohnung wortlos verlassen hat, für eine Stunde vor dem Klo auf dem Treppenabsatz – Außentoilette, nicht abschließbar – und entleere meine Innereien in die beschmutzte Schüssel.

Das Mädchen, dessen Atem nach Sellerie gerochen hat, will sich in den Tagen danach nicht mit mir verabreden und lässt sich am Telefon fortan verleugnen.

Die folgende Woche verbringe ich im Bett. Matratze auf ochsenblutbraunem Dielenboden des nur nachmittags sonnigen Raums. Einfache Scheiben, der Kitt bröckelt bei jeder Berührung aufs farblose Fensterbrett.

Das Zimmer verlasse ich kaum, ernähre mich von Zwieback und Kamillentee. Meine Eltern sind im Urlaub. Mein jüngerer Bruder ist auf Klassenfahrt.

Gelegentlich blättere ich im Lehrbuch *Otto Forster, Analysis I*, manchmal in einem Band der prächtig ausgestatteten Gesamtausgaben von David Hilbert und Georg Cantor, Geschenke meiner Verwandten zum bestandenen Abitur.

Die Schatten der kaum belaubten Äste des Ahorns im Hof wandern durch den Raum, streifen den Schrank, die Kommode, meinen großen Schreibtisch, und während eine verbliebene Übelkeit sich langsam legt, genieße ich den Ausblick auf die Zeit bis zum Beginn des Vorkurses im sicheren Wissen, allen anderen voraus zu sein.

Seit jeher interessiert mich ausschließlich Mathematik.

Mitte Oktober. Montagmorgen, 10.08 Uhr, ein wiederum sonniger Tag. Goldener Herbst. Die Blätter im nahen Tiergarten glühen im Licht des frühen Vormittags, als ich mit dem Rad den Uferweg entlangfliege, auf den Gehsteig der Straße des 17. Juni einbiege, im Rücken die Siegessäule, vor mir der Ernst-Reuter-Platz, darüber der Regenbogen, Feuchtigkeitsschleier des Brunnens auf der Mittelinsel, ein leuchtendes Versprechen.

Eilig schließe ich das Fahrrad an eine Laterne und haste verschwitzt die Stufen zum ersten Stockwerk hoch – cum tempore. Geschafft.

Zwar habe ich verschlafen und Analysis I versäumt, aber der Umstand tangiert mich nicht. Der Vorkurs hat mir bestätigt, was ich längst weiß: Niemand reicht an mein Können heran.

Pünktlich zur Vorlesung betrete ich den alten Hörsaal H 1058: Außerordentliche Einführung in die Differentialgeometrie. Gastvorlesung eines bestechend jungen Dozenten, der als Genie gilt.

Weil ich mich auf die Zeilen einer Herleitung konzentriere, die das verblüffend schmale, zerbrechliche, überpünktliche Genie an den oberen Rand der Tafel schreibt, gestochen scharf, kein Gekritzel, weil mir die Erregung, die sich in mir ausbreitet, eine sengende Flüssigkeit in Speiseröhre, Magen, Gedärm beschert und mich schlagartig mit einer Hitze bis hoch in die Stirn belegt, weil mir das bebende Fieber seit Tagen ständiger Begleiter ist und meine Fingerspitzen bis in die Kuppen singen lässt, habe ich keinen Blick für den Platz, auf den ich mich fallen lasse.

Dort, wo die Sperrholzklappsitze aus den Scharnieren gebrochen sind, stehen die vom Vorkurs vertrauten Stühle – auf der Holzsitzfläche Schaumstoff, der Bezug aus graubraun meliertem Industriecord.

Im nächsten Moment hocke ich auf ihrem Schoß.

Ich hätte erwartet, dass sie mich, empört oder ruhig, von sich fort und zurück auf den Gang schiebt. Stattdessen umfassen ihre Hände, ein Reflex, meine Taille, als wollten sie mich vor einem Sturz bewahren.

»Hallo.«

Eine Pause, in der ich ihren Atem in meinem Nacken spüre.

»Bequem?«

Hastig erhebe ich mich, will zur Seite ausweichen, ihr Platz machen, da auch sie Anstalten macht aufzustehen. Dann fühlen sich ihre Finger kühl und angenehm trocken an, als sie mir zum Abschied kurz über den Handrücken streicht und leise lächelnd hinzufügt: »Entschuldige, merk gerade, dass ich mich im Hörsaal geirrt hab. Kannst gern hier sitzen bleiben.«

Sie windet sich hinter mir aus der Bankreihe hervor.

Und als sie die große Tür des Hörsaals H 1058 behutsam hinter sich schließt, denke ich noch: Im Vorkurs ist sie nicht gewesen. Danach vergesse ich sie.

Bis wir einander zu Beginn der Vorlesung Lineare Algebra II am Donnerstag, 14 Uhr, cum tempore 14.15 Uhr, das nächste Mal begegnen und ich, obwohl ich mich langweile, die anschließende Große Übung Analysis I besuche und mich neben sie setze.

Während ich an die Mitschülerin aus der Grundschulzeit denke, Sellerieatem, Alkohol, willige ich ein, als sie mir ihre Zusammenarbeit anbietet, obwohl ich Arbeitsgruppen verabscheue. Einzige Bedingung: keine dritte Person in die AG integrieren. Weder in Linearer Algebra noch in Analysis.

»Integrieren. Wie Integral.«

Sie lächelt.

»Wie Integral.«

Ich verziehe die Lippen.

Turing-Maschine. Lernfähig: Humor und Ironie. Eventuell Sarkasmus. Lächeln. Lächeln und Winken.

Einen Moment guckt sie irritiert, ehe sie murmelt: »Okay. Ich heiße Gunde.«

»Martin«, flüstere ich.

Und wiederhole heiser: »Heiße Martin.«

Mitte November, einige Wochen nach Beginn der Vorlesungszeit. Unsere Arbeitsgruppe funktioniert nach einem simplen Muster. Ich löse die wöchentlich ausgegebenen Aufgabenblätter, erläutere Gunde meine Einfälle, die gefundene Lösung. Sie steuert manchmal Ideen bei, kappt Ausschweifungen und zu kühne Thesen, überbordende Ornamente, die der Prämisse größtmöglicher Schlichtheit widersprechen. Oft ärgere ich mich über Gundes fehlendes Gespür für eine mathematische Schönheit, die in meinen Augen offensichtlich ist.

»Je durchschaubarer ein Beweis, desto erfreulicher für die Mathematik.«

Nein, denke ich. Und nicke.

Gundes Interesse gilt der diskreten Mathematik, vor allem der Zahlentheorie – abundante, defiziente oder gesellige Zahlen – ein Gebiet, über das ich mir gern berichten lasse, das mich jedoch nicht berührt. Ihre Begeisterung richtet sich auf Sachverhalte wie den Umstand, dass die Summe der Teiler einer vollkommenen oder perfekten Zahl, lässt man die Zahl selber als Teiler unberücksichtigt, eben jene Zahl ergeben.

Sechs: eins plus zwei plus drei. Achtundzwanzig: eins plus zwei plus vier plus sieben plus vierzehn. Vierhundertsechsundneunzig: eins plus zwei plus vier plus acht plus sechzehn … usw.

Na und, denke ich. Und schweige.

Bald gilt ihr Ehrgeiz der Verteilung und dem Auffinden von Primzahlen.

Vielleicht ist das Thema meiner nie abgeschlossenen Habilitation, die Nähe zur Riemannschen Vermutung, in der diskrete und kontinuierliche Mathematik einander begegnen, eine Reminiszenz an die Schönheit und die Intensität unseres Anfangs.

Gunde wohnt in Neukölln, ich wohne in Schöneberg. Der Novemberabend ist ungewöhnlich lau. Noch unter dem Eindruck eines Vortrags über mathematische Singularitäten, dessen Niveau erstaunlich war, beschließen wir, zu Fuß durch den Tiergarten zu spazieren. Linker Hand der Lkw-Strich an der Straße des 17. Juni, rechter Hand die Hausboote auf dem toten Arm des Kanals. Wir folgen den Pfaden, in deren Gebüschen am Rand sich die Männer Nacht für Nacht mit der neuen, noch kaum bekannten Krankheit infizieren. Wir queren die Hofjägerallee und streifen den Lützowplatz, lassen das unbebaute Gelände hinter uns, auf dem mal ein Zirkus gastiert, mal ein Rummel seine Fahrgeschäfte und Losbuden in der planierten Erde verzurrt, und passieren die Urania. Wir überqueren die mehrspurige Fahrbahn, die bald zum Tauentzien wird, unweit der Stelle, wo die U-Bahn, vom Wittenbergplatz herkommend, aus dem Untergrund auftaucht, wir meiden die großen Straßen, laufen die Eisenacher hinunter, an deren Anfang der schwule Sub noch nicht Platz gegriffen hat. Langsamer werdend schlendern wir durch die milde Nacht und erreichen das Mietshaus, in dem sowohl meine Eltern, Vorderhaus, als auch ich, Hinterhaus, wohnen. Wir wissen, dass Gunde ungefähr eine weitere Stunde bis zu ihrer Wohnung in der Nogatstraße, nah dem U-Bahnhof Neukölln, benötigen wird. Die Nachtbusse der BVG halten selten am Kaiser-Wilhelm-Platz.

Wir stehen vor meiner Haustür. Wir schauen einander verlegen an. Wir wissen nichts zu sagen.

Wir senken den Blick. Ich stecke den Schlüssel ins Durchsteckschloss, schließe den schweren Haustürflügel auf. Ich möchte sagen: Tschüss, bis morgen. Ich sage nichts und betrete den Hausflur. Gunde folgt mir. Ich schalte das Licht im Durchgang nicht an, obwohl mir das Ticken der Zeitschaltuhr ein vertrautes und tröstliches Geräusch ist, das ich tagsüber manchmal vermisse. Auch dem wegen der abgegriffenen Oberfläche von mir so geschätzten alten Porzellanschalter im Eingangsbereich des Hinterhauses schenke ich keine Beachtung.

Stumm steigen wir hoch in das vierte und letzte Stockwerk. Schweigend öffne ich die Wohnungstür.

Wir betreten den Korridor, danach das geräumige, unordentliche Zimmer mit der Matratze auf dem ochsenblutbraunen nackten Dielenboden.

Wir fassen einander nicht an. Wir reden nicht. Der Mond stellt ein wenig Licht in das Geviert des Hinterhofs, schwacher Schein im Fenster, aus dem der Kitt, der die Scheiben im Rahmen halten soll, unaufhaltsam auf Sims und Fensterbrett rieselt.

Ohne ein Wort entkleiden wir uns.

Wir berühren einander scheu. Wir schlafen miteinander ohne Eile.

Bleiben, als die Sonne aufgeht, auf der Matratze liegen. Ignorieren das Klingeln des Weckers. Lächeln einander an. Schlafen bis in den Nachmittag auf meinem schmalen Bett, ohne auf den ochsenblutbraunen Dielenboden zu rutschen. Werden von der Sonne, die während der Herbst- und Wintermonate nur kurz in mein Zimmer scheint, erneut geweckt. Trinken Kaffee und frühstücken. Reden über das verblüffende Anforderungsprofil des Vortrags, die Eigentümlichkeit von Singularitäten im Hinblick auf theoretische Physik, Kosmologie, Annahmen über Schwarze Löcher, schlafen miteinander. Sparen Fragen der Verhütung aus. Holen fünf Minuten vor Mitternacht zwei Pizzen, Prosciutto Funghi e Quattro Stagioni. Staunen über unser Begehren, ohne es uns einzugestehen. Sagen: »Ich liebe dich.« Und: »Ich liebe dich auch.«

Schlafen. Nicht lange. Frühstücken ein zweites Mal, kalte Spaghetti von gestern, eingekochte Birnen meiner Mutter.

Ich sage: »Ich ziehe zu dir.« Gunde sagt: »Finde ich gut.«

Vier Wochen später unterschreibe ich den Mietvertrag für eine Wohnung im selben Haus in der Nogatstraße: auf demselbem Treppenabsatz, auf dem auch Gunde wohnt, nun mir gegenüber, unsere Wohnungen berühren einander an einer dünnen Wand.

In den Monaten, in den anderthalb, zwei, zweieinhalb, drei Jahren, nachdem ich zu Gunde gezogen bin, leben wir ein gemeinsames Leben, das in ebensolchem Maß rauschhaft schnell an uns vorüberzieht, wie es zugleich zu verharren scheint in einem ungeheuren Moment obsessiv betriebener Mathematik und einer steten Leidenschaft, die unsere Körper besetzt hält.

Wochen ohne rechte Erinnerung, angefüllt mit Augenblicken, deren Glut die Tage wie Nächte verlässlich grundiert.

Wir brechen die Wand, die unsere Wohnungen trennt, an der nachgiebigsten Stelle zwischen den Speisekammern heraus, ohne dass das Hämmern uns an die Nachbarn verrät. Wir sagen: »Fibonacci – eins, eins – zwei, drei – fünf, acht«, wir wispern: »Rekursion und Selbstbezug«, wir füllen das immer hungrige Maul des Allesbrenners in der fernsten Ecke mit Industriekoks, den wir von einem Grundstück am Kraftwerk waschkörbeweise entwendet haben: damit er uns aus seiner Nische rotglühend anblinkt, als wollte er uns drohen. Schlacke verklebt den Bauch des *Eisernen August*, bis wir sie mit einem Kuhfuß von dessen schorfigen Wänden brechen. Wir prägen uns Ziffern und Zeichen der Beweise mit geschärften Nägeln in die Haut.

»Der Logizismus«, flüstert Gunde, fährt mir mit den Fingern über den Kehlkopf, »ist ein Angriff auf die ontologische Realität gewisser Mengen, die in sich widersprüchlich sind.«

»Der Formalismus«, erwidere ich, küsse den fast unsichtbaren Flaum am Ansatz ihrer auf mich eigentümlich opak wirkenden Brüste, »verweigert sich jeder Postulierung, ja, Thematisierung eigener Seinssphären mathematischer Entitäten zugunsten einer Behandlung ebensolcher als bloßer Zeichen auf Papier.«

»Der Intuitionismus«, Gunde drängt sich mir entgegen, stößt mich rücklings auf die Matratze, »gesteht mathematischen Gegenständen eine Existenz im Geist zu, sobald der Mensch sie intuitiv erzeugt.«

Wir sitzen einander gegenüber auf dem gerissenen Laken, neben uns die Alu-Verpackung des Backhähnchens vom *Wienerwald*, hocken, die Münder und Hände vom Fett der krossen Haut – Flügel, Keule, Brust – verschmiert, auf der an den Rändern aufspleißenden Bettstatt, den Matratzen, die ihr altes Seegras im Glutatem des Ofens, der uns umgibt, verteilen. Wir leeren eine Flasche Merlot, schneiden die Ideen, die uns forttreiben, aus der mühsam gezügelten Lust. Wir bauen Modelle vier- und fünfdimensionaler Räume. Wir prosten dem halben Mond zu, der über Neuköllner Giebeln der fahl fliehenden Nacht blassrot entgegenreitet, an den Schornsteinkronen sägt, die Krähen aufscheucht, die sich am Gedärm der toten Ratte im letzten Hof gütlich tun. Große, kluge Vögel, die uns aus einem Auge misstrauisch anschauen, denen wir den Planeten übergeben werden, wenn die Kosmen kollabieren oder die Bombe fällt.

Während Gundes langer, linker Mittelfinger mit einer Spur aus Sperma, einem Faden Blut auf ihrem Oberschenkel spielt, ihn teilt, wieder zusammenfügt, fragt sie mich, ohne meinen Blick zu suchen: »Was wirst du machen, wenn du dein Diplom hast?«

Gedankenverloren formt sie den Eiweißklumpen zu einer Kugel.

»Wenn du fertig bist, Martin ...«

Ich beobachte die Krähe, die sich mit ihrer Beute auf ein Fensterbrett der leeren Wohnung im kriegsversehrten Seitenflügel zurückgezogen hat, um die Innereien der Ratte, die sie mit einer Kralle, einem Krähenfuß, am Zinkblech fixiert, mit dem Schnabel in Portionen zu zerlegen, die sie, Mahl mit mehreren Gängen, ohne Hast verspeist.

»Ich werde nie fertig werden.«

Die Krähe verschwindet durch die geborstene Scheibe in die ausgebrannte Wohnung. Ich schaue aus dem Oberlicht des einzigen Fensters, das wir nicht mit Wolldecken gegen den Frost verhängt haben, staune über den Saum grüner Helligkeit auf den Firsten der Dächer.

»Nie«, wiederhole ich. »Was hieße auch fertig?«

»Beruf«, sagt Gunde leise. Und schnippt ihr kleines Werk, einen blutigen Popel, an die überheiße Ofentür, wo er kleben bleibt und verschmort.

»Beruf.«

Sie beugt sich in meinen Schoß. Wir stürzen ineinander und vergessen die Zeit.

Ich schließe das Mathematikstudium mit dem besten aller Ergebnisse ab.

Auszüge aus meiner Diplomarbeit, die nicht nur den betreuenden Professor über die Maßen beeindruckt, werden in einem führenden Fachmagazin veröffentlicht, während Gunde eben die ersten Prüfungen des Hauptstudiums absolviert.

Als sie feststellt, dass sie schwanger ist, wartet sie acht Wochen, bevor sie mir weniger sagt als mitteilt, dass sie unser Kind bekommen wird.

Trotz meiner Zweifel, ob der Rausch nicht verklingen wird, trotz meiner Angst, alle Inspiration könne verflachen und am Ende verloren gehen, trotz meiner Furcht, mein Begehren werde ermüden und einem friedlichen, befriedeten, trostlosen Miteinander weichen – »Möchtest du, Schatz, dein Ei weich oder hart oder heute im Glas?« –, sind die ersten Monate mit unserer Tochter ein Fest.

Wir sind jung, wir sind stark, wir lieben einander leidenschaftlich. Wir wechseln uns während der Nächte neben Sophia ab: die wenig schläft, die häufig brüllt, die der Welt mit einem Hunger und einer Neugier begegnet, die keine Grenzen zu kennen scheinen, deren Name auf einen Ursprung verweist, den Kabbala und andere Obskurantismen behaupten – und der in ihr, unserer Tochter, Nacht für Nacht zu leben scheint, zu existieren beginnt.

Wir schlafen neben Sophia ein, die mit weit offenen Augen fast unhörbar die simplen Melodien einmal gehörter Kinderlieder summt.

Wir wachen neben Sophia auf. Es ist zwei Uhr, die Nacht ist klar. Wir gesellen uns zu den Freunden, die nächtelang im Wohnzimmer Theoreme der Mathematik diskutieren. Wir können vor Müdigkeit kaum laufen. Wir fallen, kaum dass die Freunde die doppelte Wohnung in Neukölln im Morgengrauen verlassen haben, übereinander her. Wir schälen uns die Schichten der erhitzten Haut, stumm, schreiend, mit geweitetem Blick, von den Körpern, und ich denke an nichts. Weder an Gunde noch an Sophia, weder an die Verpflichtung der Lehre an der FU in Berlin noch an die Kongresse in Hamburg. Die Aufträge. Die Vorträge. Das in Aussicht gestellte Stipendium. Das Thema der Promotion.

Ich lebe wochenlang im Halbschlaf. Ich stehe vor den Studenten und rede. Nur an den gebannten Blicken erkenne ich den Wert meiner während der Radfahrt nach Dahlem ersonnenen Improvisation.

Ich sitze in einem Büro, dessen Zimmerpflanzen verdorren, das mir mit jedem Tag unwirklicher und fremder vorkommt.

Ich schreibe Zeichen auf ein Blatt, das kariert oder liniert oder blank oder eine Serviette ist. Ich schreibe auf, was mir nachts, als ich neben Sophia, neben Gunde, neben der bloßen Matratze aus dem Schlaf gefahren bin, klar vor verschatteten Augen steht und am Morgen auf dem Papiertaschentuch, Kugelschreiber, fasriges Vlies, noch zu entziffern ist.

»Sie sind ein erstaunlicher junger Mann.« Der Professor, der vor mir sitzt, kratzt sich oberhalb seines burgunderroten Schlipsknotens. »An manchem Morgen, tja, wie soll ich sagen, riecht Ihr Nikki nach einer Mischung aus, na ja, Ammoniak und einer Prise Schwefelwasserstoff, an manchem Nachmittage klebt im Winkel ihrer Augen der Schlaf wie der Wall einer Feste. Aber was Sie mir vorlegen, ist, in der Tat … erstaunlich. Sie sollten sich häufiger waschen, junger Mann.«

Im neunten Monat nach der Geburt breche ich mir den Unterarm, links, Elle und Speiche, weil ich mit dem Fahrrad an einem Bordstein stürze. Sonst geschieht mir nichts. Kein aufgeschrammtes Knie. Keine Gehirnerschütterung, weder leicht noch schwer. Kein verbogenes Schutzblech, kein krummer Lenker. Als Gunde mich, gemeinsam mit Sophia, die schläft, aus dem Krankenhaus abholt, wir warten auf das Taxi in der Nähe des Haupteingangs, sagt sie so leise, als spräche sie zu sich selbst: »Es muss sich was ändern.«

Sie schaut mich an. Sie zuckt die Schultern. »Ich nehme ein Urlaubssemester. Eventuell noch ein weiteres. Ich wechsle danach ins Lehramt. Grundschule. Neben Mathematik: Deutsch oder sonst einen Firlefanz. Das ist lächerlich leicht. Und wenn du eine feste Stelle in Hamburg oder Berlin bekommst, oder wo auch immer, dann mache ich weiter.«

Benommen von den Schmerztabletten, der Infusion, keine Ahnung, was nach dem Sturz geschehen ist, blicke ich ihr in die Augen.

Sie erwidert meinen Blick. Weicht nicht aus. Bewegt, so scheint es, minutenlang kein Lid, nicht Iris noch Pupille. Ich weiß, was ich hätte entgegnen sollen: Wir haben es nie gesagt, meine Schöne, meine Liebe, wir haben es unausgesprochen einander von Anbeginn geschworen: Wir leben, mit aller Macht, unseren Traum.

Gunde verzieht den Mund, indem sie die Lippen, einen Moment nur, als wäre es ein Schütteln des Kopfes, die Andeutung eines Hebens der Hände, mit größter Kraft aufeinanderpresst, und sagt: »Es ist besser so.«

Wir steigen in das haltende Taxi. Ich lege den gesunden Arm um ihren Körper. Sie lehnt ihren herrschaftlich wirkenden Kopf nicht an meine Schulter, sondern säugt Sophia, obwohl das Kind seit Tagen Milch aus der Flasche bekommt.

Wenige Tage darauf beginnt unsere Tochter zu sprechen. Formt nach kurzer Zeit knappe Sätze. Zählt früh mit den Fingern bis zehn, mit ihren Zehen bis zwanzig.

Obgleich Gunde mir untersagt hat, nachts mit Sophia zu üben, die schlafen und nicht zählen oder rechnen soll.

Zwei von drei Nächten stellt Gunde mich frei, weckt mich an den Vormittagen nicht. Wir schlafen seltener, ein Mal in vierzehn Tagen, miteinander.

Ich wasche mich regelmäßig. Lasse mir Bart und Haare schneiden. Die Einfälle bleiben mir treu. Obwohl sich der eine oder andere Schritt, die nächste und übernächste Herleitung weniger mühelos gestalten, bleibt die Jagd erfolgreich. Mit wachsendem Renommee wächst auch der Ehrgeiz.

Ein Preis. Ein weiterer. Das hoch dotierte Stipendium. Ich schlafe mit einer Schülerin, eben achtzehn. Einer Studentin. Affären ohne Bedeutung, die an mir vorüberwehen: wie nicht gewesen, nie geschehen. Ich bekomme eine Stelle. Befristet, Aussicht auf Verlängerung. Meine Eltern sterben. Bei einem Unfall. Ich empfinde nichts.

Mit dem Erbe ziehen wir, Gunde, Sophia, ich, in eine Erdgeschosswohnung im Westend. Die ersten drei Nächte im neuen Bett kennt Gunde in Leidenschaft und Hingabe keine Grenze.

»Ich möchte noch ein Kind von dir. Wir wollten noch ein Kind.« Ich sage: »Ja.«

Mein Bruder stürzt sich von einer Brücke. Ich spüre den Stich. Ich sehe auf der Beerdigung, der ohne Begleitung beizuwohnen ich mich im Augenblick entscheide, im Spiel der Blätter einer Birke die komplexe Lösung des nächsten funktionentheoretischen Problems.

Die Freunde bleiben aus. Wir haben einander.

Ich habe Gunde und Sophia. Die Atemzüge der Frau, der Tochter, die nicht von ihrer Seite weicht, hinter der Wand im Ehebett, ich lebe den treibenden, dennoch bald gewohnten Rhythmus durchdachter wie durchwachter Nächte. Adrenalin der Triumphe. Gewissheit des Mathematikers, wenn der Satz bewiesen ist, wenn ich und die Welt wissen: Die Aussage ist unumstößlich wahr.

Oder das Scheitern.

Wenn ich nach einer Nacht: Ziffern, Zeichen, Theoreme, ad hoc hingeschluderte Hypothesen, Fragmente kaum vollzogener, knapp gescheiterter Beweise, hinaus auf die Straße trete und in der Morgendämmerung das sichere Gefühl habe, der Welt abhandengekommen und in einem fremden Universum notgelandet zu sein. Begleitet von der seltsamen Empfindung, wie es möglich sei, dass das Leben der Menschen nach solchen Tagen und Nächten wie gewohnt weitergeht.

Später lese ich bei Peter Weiss, wie dessen Protagonist nach den Kämpfen in Spanien frühmorgens durch Paris läuft, während die Bewohner zur Arbeit hasten, zur Boulangerie, dort um ein Baguette anstehen – alles normal, alles wie immer, indes weder denk- noch fühlbar, nach einer Zeit, deren Kraft und Gewalt kein Vorbild gekannt hat.

Deren Gewicht ohne Maß und Maßstab auf Welt und alle Wirklichkeit drückt und presst und schraubt und stickt, ohne dass die Menschen beim Bäcker nur das Gran der Last zu spüren scheinen.

Sie wissen nichts. Sie empfinden nichts. Sie leben kein wirkliches Leben.

Sie existieren. Wie Pflanzenfresser im Schlaf.

Ich lege mich ans Fußende des ausladenden Ehebetts zu Gunde und unserer Tochter.

Und sie behüten mich.

NEBENBETRACHTUNG

Manchmal, wenn ich mir Milch in den Kaffee gieße, der Staatsanwalt trinkt schwarz und ohne Zucker, und drei Schokoladenkekse, Vollmilchschokolade, auf der Serviette bereitgelegt habe, kommt es mir vor, als wüsste der junge Mann alles über mich. Als wüsste er längst, mit wem er es zu tun hat. Leistet sich den Luxus, selbst zu erzählen. Vertieft so die vermeintliche Vertrautheit.

Stünde er auf, bräche er das Verhör ab, verließe wortlos das Büro und überließe mich dem Mahlwerk der Justiz, stereotyper Fortgang des Prozessgeschehens, so wäre ich mit einem Schlag allein. Säße in meiner Zelle der Haftanstalt Stuttgart-Stammheim, ohne Kontakt zur Welt.

Schauerleut käme vielleicht vorbei, wenn ich ihm schreiben würde. Ich schreibe ihm nicht. Von meiner Möhringer Nenntante habe ich lange nichts mehr gehört, möglich, dass sie in einem Heim oder verstorben ist.

Mein Pflichtanwalt besuchte mich manchmal. Ihn kann ich kaum ernst nehmen. Er handelt hastig und dumm. Rechnet nicht damit, den Prozess zu gewinnen.

Widerwillig erfüllt er die ihm gestellten Aufgaben, indem er Unterlagen, Akten, Bücher und Nachschlagewerke beibringt. Etwa alle vierzehn Tage wiederholt er seine Aufforderung, als Beschuldigter solle ich vom Aussageverweigerungsrecht Gebrauch machen und schweigen. Redete ich weiter, liefe ich Gefahr, mich zu belasten.

Ich sehe ihm an, was er denkt.

Ohne die Ilias je gelesen zu haben, ich habe mich vergewissert, meint er in mir jenen Odysseus zu erkennen, der aus Furcht, zu niemandem zu werden, die gegen Polyphem gerichtete List verrät, um der mythischen Angst Herr zu werden. Und so, beinahe entkommen, von des Kyklopen Sippe noch fast getötet wird.

Mein Pflichtanwalt, ein Mann mittleren Alters, kaum jünger als ich, dessen Karriere stagniert, wenn sie sich nicht längst ins Nirgendwo verloren hat, den seine Frau verlassen hat, dessen Sohn keinen Umgang mit ihm wünscht und der von der Zukunft nichts mehr erwartet, dieser Anwalt begreift nicht, wie viel lieber ich die Zeit mit dem zielstrebigen Staatsanwalt verbringe. Mein Anwalt lebt kein Leben. Mein Anwalt versteht nichts.

Während ich sparsam an den Vollmilchschokoladenkeksen knabbere, lehne ich mich zurück und lausche der Erzählung des jungen Staatsbeamten, der erheblich klüger und aufmerksamer ist als mein Pflichtanwalt.

Er sei in einem kleinen Ort in Lothringen und später im Elsass aufgewachsen, unweit der Grenze.

So beginnt der mit jedem Mal jünger wirkende Staatsanwalt unvermittelt seinen Bericht, während er uns Kaffee nachschenkt und mir die Schale mit den Keksen über die wie gewohnt leere Glasschreibtischplatte zureicht.

Allein mit seiner Mutter und deren Mutter, die er nie als Großmutter betrachtet habe, habe er seine Kindheit zunächst in Saulxures-sur-Moselotte, einer Kleinstadt am Westrand der Vogesen, verbracht, behütet von jener Grandmère.

Maman.

Wohl kurz nach oder vor seiner Geburt ziehen sie in besagten Ort. Ehemals Textilindustrie, nun Granitwerke, die ihre Produktion ebenfalls nach und nach einstellen, ein schöner Badesee. Überraschend stirbt seine Mutter, als er acht Jahre alt ist. Zur Trauer fühlt er sich in den Wochen nach ihrem Tod genötigt, aber nicht fähig. Ihm bleibt Maman.

Sie wechseln den Wohnort, leben fortan im Elsass, an den Ufern des Rheins.

Gegen den Willen der Behörden behält Maman ihn bei sich – obgleich das Amt für ein Internat plädiert, schon vorsorglich einen Platz beschafft hat.

Betäubt durch die Umstände ist er es lange Zeit zufrieden, bei seiner Großmutter zu sein.

Die wenig vertraute Umgebung, kaum Freunde, zwei vielleicht, oder drei. Die neuen Gerüche, die Tiere, die Höfe, die Geräusche des Dorfs. Nun, da es ihm schwerfällt, sich nicht an jeder Ecke von der Erinnerung an Saulxures, den See, an seine Mutter überwältigen zu lassen, durchlebt er die gleichförmigen Tage in mühsam beherrschter Trauer. Manchmal beginnt er, unvermittelt zu zittern, als griffe ein Frost mit angespitzten Nägeln nach seinem Körper. Trotzdem bleiben ihm Himmel und Landschaft, der nahe Nebenarm des Rheins, an dem er stundenlang sitzt, für sich allein aufs Wasser starrt, das alle Strömung an den fernen Fluss verloren hat. Um nicht zu weinen, beißt er die Schneidezähne auf die Unterlippe, bis der Geschmack des Eisens seine Zunge erreicht.

Er weint nahezu nie. Nie gibt er in Gegenwart anderer zu erkennen, wie sehr er hier im Elsass unter dem Verlust der Mutter leidet. Im Nachhinein fragt er sich manchmal, woher die Maman das Geld genommen habe, da doch seine Mutter nicht mehr hat arbeiten können.

Als ihn die Nähe der Großmutter schließlich bedrängt, wechselt er aufs Internat nach Deutschland, auch hierfür steht Geld in genügender Menge zur Verfügung. Nie kommt die Rede darauf, dass man sparsam sein müsse. Ohne je Heimweh empfunden zu haben, besteht er das Abitur mit Auszeichnung. Schließt das Jurastudium so brillant wie mühelos ab. Entscheidet sich gegen die Promotion. Findet eine Stelle, hat Erfolg – »hier, bei der Stuttgarter Staatsanwaltschaft«.

Er nimmt einen Schluck Kaffee, ehe er fortfährt. Hustet wegen eines Krümels der Vollmilchschokoladenkekse, der auf dem Weg in die falsche Kehle einen rasch beherrschten Reiz auslöst. Vollmilchschokoladenkekse, die er offenkundig ebenso mag wie ich.

»Und hier treffe ich auf Sie, Herr Dr. Gödeler.«

Er hebt den Blick. Er fixiert mich.

Erneut ein Keks, erneut Kaffee. Ein Bröckchen tanzt im Licht über die plötzlich bläulich schimmernde Glasplatte.

Er legt den Leim aus. Ich bin die Fliege, die kreist.

Für Momente verunsichert, ertappe ich mich, wie ich grundlos den Kopf schüttle, und registriere das Lächeln des Beamten.

Er schließt die Schale mit den Keksen, indem er einen Deckel darauf setzt, nickt mir zu und murmelt: »Bis morgen.«

Dann verlässt er den Raum.

INDUKTIONSVERANKERUNG
(FORTGANG)

In Vertretung eines Kollegen fahre ich nach Hamburg zu einem Kongress über Numerik. Die Leistungsfähigkeit der neuesten Rechner, Verschlüsselung mittels Primzahlen – alles fern meiner Interessen auf dieser Tagung zur Kryptografie. Und dann treffe ich sie.

Keine schmale, zierlich-kleine, dunkelhaarige Schönheit wie Gunde. Nicht strahlend oder brünett wie die Affären, die ich mir gönne – sengend rote Haare, schwarze Augen, eine asymmetrische Frisur. Ein bisschen Punk, ein bisschen Dandy, ein bisschen androgyn, ein Hauch Walküre, schlank, groß, die Hüfte zu hoch, die Beine nicht endend, gemeinsam mit den oft wehenden Armen: der Eindruck einer Spinne, die dich allein durch ihren Blick auf die Distanz zu lähmen weiß, so steht sie auf dem Podium und hält das Eingangsreferat. Dessen Gegenstand ich im Augenblick vergesse, weil ich der Bewegung ihrer Hände, ihrer Lippen, des Mundes folge, ihres Kopfs, der wehenden Haare: Flamme vor einer vergessenen, schwarzen Schiefertafel, die hinter ihr an der Wand hängt.

Sie benötigt kein Mikrofon. Ihre Stimme trägt bis in die letzte Reihe.

Das Dokument ihres Vortrags, das neben dem dunklen Rechteck, dem die Flügel gestutzt worden sind, auf den weißen Beton geworfen wird, wirkt im monotonen Wechsel wie ein ruhig im begradigten Bett dahingleitender Fluss, während ihre Worte den Eindruck plötzlicher Wirbel erzeugen, Stromschnellen am Hindernis, springendes Wasser am Stein.

Sie beendet das Referat mit einem Bonmot des französischen Mathematikers Évariste Galois, zweihundert Jahre nach Pierre de Fermat.

Im Auditorium Maximum der Universität der Hansestadt Hamburg bleibt es irritierend still. Einzelnes Klatschen, das das Schweigen des Publikums noch zu vertiefen scheint.

Ein Mann in der dritten Reihe erhebt sich aus der Bank, schaut sich um, muss keine Aufmerksamkeit erheischen, sagt: »Werte Dame, liebe Kollegin, am Anfang Ihrer so fulminant vorgetragenen Ausführung ist Ihnen ein gravierendes Missgeschick unterlaufen. Ein Fehler in der dritten Prämisse, der Ihr Referat entwertet und das Ergebnis negiert.«

Der Mann, der sich erhoben hat, ist ein Prof. Dr. Dr., kaum älter als ich, mir bestens bekannt, obwohl sein Gebiet mit meiner Arbeit keine Schnittmengen aufweist: in der mathematischen Community trotz seiner Jugend eine Legende.

Er möchte, als er sich setzt, das Lächeln, das in früheren Zeiten maliziös genannt worden wäre, unterdrücken, es gelingt ihm nicht. Er neigt den Kopf, dreht ihn zur Seite, sodass ich erkennen kann, wie sich Lippen und Mundwinkel verzerren.

Ich muss nicht auf dem Podium vor der Schiefertafel stehen, um den Stoß des Adrenalins bis hoch ins Haar zu spüren. Nacken, Fingerspitzen, die Hitze. Das Ziehen im Unterleib.

Ich muss nicht vor einem Schlussdokument, das mit der letzten Projektion im Beton gefroren ist, auf Schuhen mit hohen Hacken und in einem Blazer ausgestellt sein, in einem Top, das die Figur berückend vorteilhaft betont: Fisch, der zappelt, am Haken, während sich der Käscher schon als Schatten senkt.

Der Mann, aus der Perspektive der Referierenden vorn seitlich rechts platziert – Frau Dr. Elisabeth Lucile Trouvé wendet sich ihm ohne Eile zu.

Sie mustert die Legende, die mit den Fingernägeln das Stahlblechscharnier des schadhaften Klapptischchens in stetem Rhythmus traktiert.

Der Blick einer Gottesanbeterin, müde und langsam.

Sie sagt zu ihrem Assistenten: »Bitte noch einmal die *dritte Prämisse* – die es nicht gibt. Den Hilfssatz mit der Zählung Gamma. Das Lemma, Herr Lendel, Sie wissen schon.«

Herr Lendel haspelt am Projektor, bis die inkriminierte Projektion schief auf der Betonfläche neben der Tafel auftaucht.

Keine Leinwand. Nur Stein. Und das Schweigen im Auditorium Maximum, das Schweigen eines Publikums, das das Atmen einstellt.

»Sie haben«, sagt Frau Dr. Trouvé, und ihre Stimme schabt am Beißwerkzeug des übermächtigen Insekts ohne Intonation vorbei, »fraglos recht, ein Vorzeichenfehler im Hilfssatz. Wie Sie erkennen mögen«, Herr Lendel bastelt das nächste Bild auf die kahle Fläche, »wird der Fehler im weiteren Fortgang der Erörterung keineswegs fortgeschrieben, sondern implizit korrigiert – indem ich ihn schlicht ignoriere.«

Mit einem missmutigen Wink weist sie Herrn Lendel an, den Projektor abzuschalten.

»Ein Lapsus. Sie hätten meinen Ausführungen auch nach der *dritten Prämisse* die ihnen gebührende Aufmerksamkeit schenken sollen, lieber Kollege.«

Für die Dauer eines Lidschlags hält sie inne. Noch füllt die Spur des Gesagten den Hörsaal, als sie weder leise noch sonderlich laut hinzufügt: »Werter Herr.«

Ich warte die Diskussion über das offenbar bahnbrechende Referat zur Kryptografie von Elisabeth Trouvé nicht ab, dessen Relevanz zu gewichten mir nicht gegeben ist, sondern tauche im aufbrandenden Beifall unter, suche die nächste Fernsprechbox der Uni auf und informiere Gunde, dass ich leider länger in Hamburg bleiben muss.

Als ich mich Elisabeth Lucile Trouvé beim Empfang am Abend vorstelle, kennt sie nicht nur meinen Namen, sondern weiß auch von größten Teilen meiner nicht übermäßig vielen Veröffentlichungen. Sie kennt den Kern meiner Arbeit.

Wir reden. Wir trinken. Wir debattieren.

Wir ignorieren die Umgebung.

Wir beachten an uns Herantretende ebenso wenig wie den Versuch der jungen Legende, sich bei Elisabeth Trouvé formvollendet zu entschuldigen.

Stattdessen erläutert sie mir den Schwerpunkt ihres Interesses, Verschlüsselung – »Information, die keiner Maschine, egal wie schnell und rechenstark, je zugänglich sein wird«.

Sie fordert mich auf, ihr meine Ansätze nahezubringen, die Gedanken zu erklären, und äußert Bewunderung über die Spannbreite meiner Publikation.

Ich rede. Sie lächelt. Keine Unterbrechung. Keine rhetorische Frage. Kein Abschweifen: »Ja, hab ich auch mal.«

Kein anekdotisches Blabla: »Als wir in Oxford auf dem Kongress zu Fragen der Quantenfeldtheorie ...« Kein Hervortun durch die Nennung großer und größerer Namen: »Als ich am MIT mit Marvin Minsky.«

Nur eine kurze Replik, dass sie sehr wohl verstehe, was ich

ihr schildere. Dass sie jedes mathematische Kalkül, jeden Gegenstandbereich, jeden Satz und jedes Theorem, das ich erwähne, im Moment begreift, da ich die Ausführung darüber eben abschließe.

Ich staune. Ein nie verspürter Jubel erfüllt mich: endlich jemand Ebenbürtiges. Mindestens, denke ich.

Ich nicke, als sie sich versichert, dass ich am Abend nicht verabredet sei.

Wir benötigen zwei Pizzaecken in einem Straßenbistro nah der Reeperbahn und drei Drinks in der Bar des Hotels, in dem ich untergebracht bin, bis sie zu mir sagt: »Komm mit.«

Noch unterrichtet sie in Bonn und Saarbrücken. Für das kommende Semester hat sie, nahezu mit Gewissheit, ein Postdoc-Projekt in Aussicht, das als Kooperation der Universitäten in Hamburg und Kopenhagen durchgeführt werden soll.

»Niels Bohr.« Sie wiegt versonnen ihren Kopf.

»Das periodische System. Hing bei mir überm Bett. Als bei den anderen aus der Klasse Popstars oder Fußballer an der Wand der Jugendzimmer klebten.«

Zuckt nachlässig die Schultern.

»Aber in Kopenhagen werde ich selten sein.«

Während sie die drei Schlösser ihrer auf Verdacht gemieteten Wohnung in der Bernhard-Nocht-Straße nahe der Holsten-Brauerei ohne Hast entriegelt, berührt ihre freie Hand meine Brust, meinen Bauch, meine Schenkel.

Nachdem wir Diele und Korridor durchquert haben, führt sie mich ins einzige Zimmer, Raum voller Umzugskisten, an den raren Möbeln vorbei zu einer seitlichen Weiterung, einer größeren Nische mit Erker, dessen beeindruckende Doppelfenster einen Blick aus dem dritten Stockwerk über den Hamburger Hafen gewähren, der mich das Ausatmen vergessen lässt.

Ein Bild, das auf einem unsteten Band beständig wechselnder Lichter die durch den optischen Reiz aktivierten Neuronen im Handstreich kapert und sie fortan nicht freigibt.

»Ich muss mal pinkeln.« Lu, die weder Elisabeth noch Lucile genannt werden will. »Du hast zwei Minuten Zeit, um dich sattzusehen.«

Als sie aus dem Bad zurückkommt, streift sie das bis zum Gesäßansatz ausgeschnittene Abendkleid von der Schulter, bindet die roten Haare, die aus der Nähe weniger asymmetrisch wirken, auf, wirft sie ebenso in den Nacken wie sie die hochhackigen Schuhe, Stilettos auf gebändigtem Niveau, grinsend von den Füßen in die Ecke schleudert.

Während sie in einem Bustier, der Ahnung eines Slips und durchbrochenen Strümpfen an einem passenden Strumpfgürtel in der Mitte des Zimmers vor mir steht, zischt sie eher, als dass sie sagt: »Komm her.«

Ich werde sie als devot kennen lernen und als dominant.

Ich werde von ihr in die dunklen und die lichten Bereiche geführt.

Ich werde durch sie von meinem Körper erfahren, ich werde bald wissen, dass er mir ein Terrain der Wollust lange vorenthalten hat.

Ich werde mit ihr die Crème der Mathematik kennen lernen, die ihr zu Füßen liegt.

All das ist Nebensache, ohne Relevanz.

Mit Elisabeth Lucile Trouvé, mit Lu, teile ich, während der Zeit, die uns bleibt, ein Drittes, das mit und zwischen uns entsteht, das kennen zu lernen nicht immer Genuss, oft genug Schmerz, Tortur und Qual ist, das mir nie vorher gegeben war und schon gar nicht in späteren Jahren wieder gegeben sein wird.

Wir liegen nebeneinander auf der breiten Matratze auf den Dielen des einzigen Zimmers der Wohnung in der Bernhard-Nocht-Straße.

Seit dem frühen Vormittag haben wir uns der Lösung eines mathematischen Problems verschrieben, sind einem Pfad gefolgt und sind gescheitert. Es ist warm oder kühl oder kalt, die Fenster des Erkers stehen offen. Die Nacht gibt den Geruch der Maische frei, der aus der nahen Brauerei die schmale Straße entlangwandert und vom Gären berichtet, dem Brauvorgang. Den nahenden Morgen grundiert der Duft nach fadem Salz des Brackwassers der Elbe. Lu und ich liegen nackt beieinander. Weder frieren oder frösteln wir noch ist uns heiß oder warm, die Temperaturen verhalten respektvoll vor der Haut unserer kaum bekleideten Körper. Weder berühren wir einander noch sind wir bemüht, uns den Kontakt von Händen, Fingern, Bäuchen, Leibern zu verbieten. Wir ruhen nach den Stunden einer verlorenen Schlacht.

Noch ist die Welt für Viertelstunden zu fern, als dass wir spürten, ob Herbst oder Sommer, Winter oder Frühjahr über die Elbe herrscht. Wir hören das Signal der Schlepper, Rasseln schwerer Ankerketten. Nun, in der Stille der Niederlage, hebt sich die Morgenröte aus dem fahlen Fluss. Lu und ich wenden den Kopf, drehen die Gesichter ohne Hast einander zu.

Wir haben versucht, was uns möglich war. Wir lächeln, weil nicht vergeblich gewesen ist, was wir in den langen Stunden des Tags, der Nacht unternommen haben. Wir wissen uns eins, bereit für den nächsten Versuch.

Wir fassen uns bei der Hand, nachdem wir die Fenster geschlossen haben. Wir senken das Deckbett auf unsere Körper.

Wir sind in einem Krieg vereint, der uns den Rausch bereithält, Ekstase des Sieges wie der Niederlage, der Vernichtung auf Zeit.

Morgen, denke ich, morgen. Mit Lu an meiner Seite, mit mir an der Seite von Lu.

Während ich merke, wie der Schlaf vorsichtig von mir Besitz nimmt und ich mich ihm ergebe, meine ich, umhüllt von den Gerüchen unserer Leiber, zu spüren, wie der Triumph am Ende von uns gekostet wird.

Meist prägt die Arbeit mit Lu während der viel zu kurzen Monate weniger ein Zusammengehen bei der Lösung eines Problems, der gemeinsam angegangenen mathematischen Fragestellung, als vielmehr eine bald sich ergebende Symbiose eigener Art. Wir sitzen in einer Bibliothek, einem Büro an der Uni. Seltener in der Wohnung Bernhard-Nocht-Straße. Jeder für sich entwickeln wir den nächsten, übernächsten Schritt im Kontext unserer Thematik, legen das Ergebnis dem anderen, oft am späten Nachmittag, am frühen Abend, zur Prüfung vor.

Rasch vertraut mit dem zunächst fremden Gegenstandsgebiet, flankiert von der verlässlich schnellen Auffassungsgabe des Partners in der folgenden Diskussion, ergibt sich ein Spiel, das an Pingpong erinnert. Zügig werden die Argumente auf Stichhaltigkeit abgeklopft, hart, ohne falsche Rücksicht Einwände vorgetragen, um das Gebäude des Geliebten zum Einsturz zu bringen, während in kürzester Zeit die Verteidigungslinie errichtet wird, um die Festung zu halten.

Es ist ein Spiel ohne Arg und ohne Gnade. Es ist die Schönheit des mit Hilfe des anderen gefundenen Beweises, der, nunmehr unangreifbar, für Mühen und Rückschläge entschädigt. Es ist die Größe des gemeinsamen Erlebens, die uns

zueinander drängt, des Wissens, zu brennen für die Ent-
schlüsselung der Welt.

Häufig erlebe ich Lu bei ihren Vorträgen. Ähnlich oft begleitet sie mich.

Weil ich im Verlauf der Wochen präziser, vor allem knapper werde, als wollte ich den frühen Rat von Gunde endlich
beherzigen – »je durchschaubarer ein Beweis, desto erfreulicher für die Mathematik« –, und in meinen Vorträgen oft
einen Schritt überspringe – »wie leicht ersichtlich« –, gelten
meine Referate als trocken, aber enorm dicht und ich, der
Vortragende, als arrogant, doch genial.

Während ich das Verfahren optimiere, folgt Lu bei ihren
Auftritten verschiedenen Strategien.

Manchmal wirkt sie gelangweilt, um gegen Ende des Vortrags eine verblüffende Volte zu präsentieren, die vorm Hintergrund einer umgreifenden Schläfrigkeit noch wirkungs-
voller erscheint.

Insbesondere bei Tagungen, die als außergewöhnlich
hochrangig besetzt gelten, baut sie bewusst Fehler in ihren
Vortrag ein. Legt Finten, stellt Fallen, um den Dünkel mancher Kollegen zu bedienen. Führt sie am Nasenring durch die
Manege, um den Hochmut hervorzukitzeln und schließlich
zu entlarven wie bei unserer ersten Begegnung. Zunächst
empfinde ich die Art des Vorgehens als amüsant, später meist
als Masche.

Trotzdem teile ich die Absicht, die dem Handeln zugrunde
liegt.

»Ich will nicht als Frau bevorzugt werden. Ich zeige, dass
ich besser bin als die meisten Männer im mathematischen
Feld. Es geht um Mathematik, Denken und Wahrheit. Ich
kann schärfer denken und bin härter gegen mich selbst. Es

geht nicht ums Interpretieren von Wirklichkeit, wie in den sogenannten Geistes- und Sozialwissenschaften, die Wissenschaften zu nennen lächerlich ist. Was soll das heißen: Mann, Frau. Es geht um einen Teil der Wirklichkeit selbst, um die Welt der Zahlen. Und der Logik, die Gnade nicht kennt.«

Nie liebe ich sie mehr als in solchen Augenblicken.

Nie bin ich ihr mehr verfallen, als in den Momenten eines Vortrags, in denen das Feuer an die Oberfläche tritt. In denen der Vulkan, der in ihr wütet, gebändigt scheint und dennoch sichtbar wird. In denen sie die Glut, die in ihr schwelt, nutzt, um die Suggestion, noch jenseits aller Argumente unbestechlicher Mathematik, langsam der Spitze entgegenzutreiben, sodass ihr der Kongress zu Füßen liegt. Sie, rothaarig, entzündet mit ihrer Rede im Publikum den Wunsch, ihr fortan zu folgen. Wäre Odysseus weiblich, hieße er Elisabeth Lucile Trouvé, Dr. der Mathematik.

Ich werde zum folgenden Semester alles daran setzen, eine Stelle an der Uni in Hamburg zu bekommen.

Ich werde sie bekommen.

Befristet. Ein Jahr.

Zwölf Monate mit Elisabeth Lucile Trouvé, die von mir Lu genannt werden will – »aus Reims, dem ich entkommen bin«.

Sechs Worte zur Beschreibung ihrer Kindheit und Jugend, auf die sie in unseren Gesprächen nie mehr zurückkommen wird.

Kein Wort, nicht eine Frage zu meiner Tochter oder meiner Frau.

Ich werde mein Promotionsvorhaben während der zwölf Monate mit einer Geschwindigkeit vorantreiben, die mich daran zweifeln lässt, dass auch bloß ein Gedanke meiner Dissertation bei der Disputation Bestand haben wird. Ich werde meine Verteidigung in der stillen Gewissheit eines Schlaf-wandlers in freier Rede vortragen. Nur zentrale Aussagen schreibe ich mit gelber Kreide auf eine schieferblendeschwarz lackierte Wandtafel.

Das ehrfürchtige Raunen, das während meines Vortrags an Intensität zunimmt, lässt mich an Souveränität gewinnen. Den Beifall am Ende der Disputation nehme ich kaum wahr. Die zukünftige Aufmerksamkeit der Fachwelt weiß ich mir sicher. Die Verlängerung der Stelle an der Uni ebenfalls.

Mein Blick verhält bei Lu, die, an die rückwärtige Wand ge-lehnt, auf einem Schulpult hockt und versonnen lächelt.

Ich sehe uns in der Landschaft aus Laken und Kissen und dem zerrissenen Bettbezug, das rote Haar klebt feucht an Hals und Schläfe, die Scham, dunklerer Ton, ist nicht rasiert. Wir feiern. Ein Fest der Körper. Der Mathematik. Kein Ge-danke an Berlin, an meine Frau, meine Tochter.

Schon bevor ich mich das dritte Mal mit Lu getroffen habe, streife ich den Ring von meinem Finger, lege ihn behutsam ins Portemonnaie, um ihn erst während der Rückfahrt wie-der überzustreifen.

Nach der Disputation werde ich den Ring in einer Holz-schatulle verwahren und nicht mehr hervorholen.

Gunde verändert sich.

Nicht mehr der filigrane Körper, der sich mir genähert hat, auf dessen Schoß ich im Hörsaal H 1058, ferner Oktober, ungeschickt Platz genommen habe. Der sich mir dargebo-ten hat, wenn wir uns, beschienen von der Glut des *Eisernen August*, einander entgegengedrängt haben. Nicht mehr die verschworene Gefährtin, mit der ich das Geheimnis des ma-thematischen Gebäudes peu à peu zu lüften versuche. Nicht mehr die Frau, die mich begehrt. Erloschen aller Ehrgeiz.

Nicht mehr das Brennen, mathematisches Interesse, sich die Struktur der Zahlen zu erschließen – Prim und das Sieb des Erathostenes – Fermats Vermutung – das seltsame Konstrukt der Induktion.

Sophias Mutter. Schweigsame Mitbewohnerin. Grundschulpädagogik, Deutsch und Rechnen. Gehaltstabellen des öffentlichen Dienstes. Besoldung einer bundesdeutschen Beamtenschaft in spe.

Stille Traurigkeit. Wenn ich gehe, wenn ich komme. Stets geäußertes Verständnis. Das Ertragen meiner Abwesenheit, dessen wachsende Dauer. Vorgebliche Notwendigkeit, die sie – kein Ahnen, Gewissheit – einzuordnen weiß.

»Wann, Papa, bist du wieder zurück?«

»Bald, Sophia, bald.«

»Warum arbeitest du in Hamburg?«

»Weil er dort mehr Geld verdient.«

»Warum wohnen wir nicht in Hamburg?«

»Weil die Wohnung hier schöner ist.«

»Warum finden wir nicht in Hamburg …?«

»Aber all deine Freunde sind doch …«

»Mama, ich mag meine Freundinnen in Berlin nicht mehr.«

Gundes Blick, als ich gehe. Gundes Kuss, als ich im Rahmen der Wohnungstür stehe. Gundes Gruß, der so leise ist, dass ich ihn kaum höre. Sophia, die in ihr Zimmer verschwunden ist. Die die Melodie eines neuen Liedes aus dem Kindergarten summt – den schrecklichen Piraten der Schaluppe, kühne Figuren auf einem Schiff, das ich ihr das letzte Mal aus der Hansestadt mitgebracht habe. Denen Sophia das Zählen bis hundert, das Rechnen mit Übertrag beizubringen versucht. Weil sie die Beute der gekaperten Schiffe in den Schatzkammern ihrer versteckten Höhlen nicht mehr überblicken.

»Die sind so dumm wie Paul und René. Die können nur Fußball spielen, Papa. Und mit ihren Stöcken das Gebüsch zerhauen.«

»Die Piraten?«

»Paul und René!«

Mein Zögern. Gundes dünnes Winken. Der Weg durch die enge, kopfsteingepflasterte Straße im Westend. Blick zurück. Dunkel grundierte Duldsamkeit, die mir den Brustkorb in eine Schraubzwinge stellt.

Trotzdem sind die ersten Wochen, nachdem ich die Stelle in Hamburg angetreten habe, in ein grelles Licht gerückt, wenn Gunde und ich, was selten geschieht, miteinander geschlafen haben und nebeneinander, Sophia ist im Kindergarten, auf dem Ehebett liegen.

»Ich hol mal den Sekt aus dem Kühlschrank.«

»Martin, es ist Mittag.«

»Sekt, meine Beste, ist mittags genauso erfreulich wie nachts.«

»Aber …«

»Kenner vögeln nachmittags – an aschegrauen Tagen. Und trinken danach Sekt oder Champagner.«

»Okay. Ein Glas. Aber dann hole ich …«

»Sophia. Sophia. Die hat's im Kindergarten gut. Die erklärt Paul oder René, wie dumm sie sind mit ihren Stöcken. Trotzdem liegen die ihr, da wette ich drauf, zu Füßen. Weißt du, was sie mich neulich gefragt hat? Sind Jungs immer döfer als Mädchen? Bin ich doofer, hab ich zurückgefragt. Du bist ja ein Mann, Papa. Aus Jungs werden Männer, in deren Köpfen tut sich noch was. Aber nicht bei Paul und René. Die wollen bloß Blumenbüsche zerkloppen. Kannst du mir glauben, Papa. Die sind so dumm wie Schifferscheiße. Ehrlich.«

Gunde lächelt. Wir stoßen an. Berühren uns.

Der *Eiserne August* reitet auf seinem Kohlenkorb durch das herbstliche Zimmer im Westen von Berlin.

Und vielleicht haben die wunderbar einvernehmlichen Momente – des Abschieds, wie ich die Tage oft insgeheim bezeichne – mit der Wiederentdeckung des Tanzens zu tun. Zu ihrem Geburtstag schenke ich Gunde einen Tangokurs und komme mir ebenso verwegen wie verlogen vor.

Dem Tango sagt man nach, er bringe die Wahrheit von Gefühl und Empfindung eines Paares unbarmherzig ans Licht. Das Gegenteil ist bei uns, Gunde und mir, der Fall.

Da ich kaum größer als Gunde bin, entsteht kein Problem mit der Schrittlänge. Da ich den Tanz seit Ende meiner Schulzeit beherrsche und rasch merke, dass ich nichts verlernt habe, kann ich Gunde, die nie Tango getanzt hat, die nötige Sicherheit geben. Da sich Gunde in einer Weise von mir führen lässt, wie es während der vergangenen Tanzschulzeit kaum je bei einem Mädchen der Fall war, harmonieren wir auf eine Art, die jeden Zwist und jede Heimlichkeit, die Lu, Hamburg, meine Unzufriedenheit, die uns die Welt ringsum vergessen lässt.

Tango ist ein Tanz der Eroberung und der Hingabe. Gunde, die früher sportlich war, die als Jugendliche rhythmische Sportgymnastik als Wettkampfsport betrieben hat, ist gegen Ende der zweiten Stunde mit mir auf einer Ebene des Könnens.

Wir wissen Sophia gut aufgehoben bei Gundes Eltern in Hermsdorf und gleiten durch eine Wirklichkeit, die kein Hamburg, keine Bernhard-Nocht-Straße, nicht den Geruch nach Maische von der Holsten-Brauerei oder das Licht des Hafens kennt.

Wir beachten weder die anderen Paare noch den Tanz-lehrer, einen Mann aus der Weite Patagoniens, den es wegen eines anderen Mannes, eines Bauarbeiters aus der Gropius-stadt, nach Berlin getrieben hat. Wir achten nicht auf die weit oben schwebende Raumdecke in Form einer Halbkugel, die mit vage dem Jugendstil nachempfundenen Engeln in Hell-blau, Blassgelb und Rosé weniger geschmückt als verunstal-tet ist. Vergessen Zeit und Bedrängnis, die uns umklammert halten. Werden ein Leib, sind ein Paar.

Lang, lang, schnell, schnell – lang, schnell, schnell, lang. Der südamerikanische Sohn eines Gauchos, der tatsächlich auf einer Finca in der Pampa geboren ist, zwinkert uns aner-kennend zu, beginnt eine Geste, die charmant oder anzüglich sein soll und auf halbem Wege abbricht, klatscht flugs in die unnatürlich großen Hände, um uns, bitte, zur Aufstellung für den nächsten Tanz zu nötigen und von unseren Körpern eine Spannung zu fordern, die ihm, wenn er sich zur Tangomusik bewegt, nicht nur wie selbstverständlich eigen ist, sondern seine Erscheinung, seine Person zu einer anderen werden lässt. Schon der erste Takt erzeugt einen Mann im Sattel, der dem Stier das Lasso zielgenau um die Hörner windet und das Tier im Gras der Steppe Patagoniens zu Fall bringt.

Doch alles geht so schnell, so schnell und nichts ist festzu-halten.

Das erste Versagen aus Lustlosigkeit, die unerwartete Im-potenz, obwohl ich mir Bilder um Bilder in den Schädel treibe.

Hinter den Augen sehe ich sie, die erweiterten Phantasien meiner frühen Jugend, die lange, im Mausoleum bewacht, totengleich ausharren mussten. Jetzt kriechen sie unter den Deckeln der Sarkophage hervor und besetzen die Laken, indem sie, grau in ihrer seltsam sedierten Gier, Träume durch meinen Kopf steigen lassen, die Gunde und mich nicht meinen.

Sinnlos. Jämmerliche Mühe.

Dann wieder, als wäre es der Wunsch nach Wiedergutmachung, das wollüstige Aufbäumen inmitten mondloser Nacht.

»Du hast mich geschwängert«, sagt Gunde an einem ruhigen Morgen, an dem Sophia bei ihren Großeltern übernachtet.

Leise fährt sie fort: »Alle in meiner Familie sind Lehrer, warum nicht auch ich?« Und wieder, wie nach ihrem Studiengangswechsel, mit wehmütigem Lächeln: »Und ich bin nicht begabt.«

Was soll das sein, denke ich, ohne den Gedanken zu äußern: Begabung? Es gibt nur den Willen, das unbedingte Muss.

Jetzt flüstert Gunde, ohne mich anzuschauen, das Gesicht der hellen Wand des wunderbar lichten Schlafzimmers im Berliner Westend zugewandt: »Freust du dich darüber?«

»Natürlich.«

Meine Stimme klingt wie das Geschlecht der Lüge seit Anbeginn der Zeit.

Aufrecht sitze ich neben Gunde im Bett, spüre meine Scham, den Ärger, schaue Gundes Schlaf zu. Ruhig hebt und senkt sich ihre rechte Schulter. Ruhig dehnt sich der weiße, weiche Rücken im Rhythmus ihrer Atemzüge, das Deckbett ist verrutscht und ihr Gesäß ragt über die Falten des Damastbezugs hinaus: Teil der zwölf mal zwölf Dutzend Teile umfassenden Aussteuer von Gundes Lehrereltern, die Zeit ihres Lebens den Sozialdemokraten ihre Stimme gegeben haben, einmal pro Woche in die Oper, das Konzert oder ins Theater gehen und Sophia unbarmherzig verwöhnen, kleine Prinzipalin aus tausendundeiner Nacht.

Ich denke an Neukölln, Krähen und Ratten, das schmale Becken, die Taille, und merke, wie mir die Rührung das Wasser in die Augenwinkel stellt.

Nie, meine ich, Gunde mehr als in dem Moment geliebt zu haben. Nie bin ich mir gewisser gewesen, von nun an nicht mehr mit ihr zu schlafen.

Ich berühre ihre Wange mit den Lippen und verlasse die Wohnung, um nach Hamburg zu fahren. Den Schlüssel für die Bernhard-Nocht-Straße spüre ich in der Gesäßtasche der neuen schwarzen Jeans aus gedengeltem Eisen.

NEBENBETRACHTUNG

Manchmal, wenn ich meinem Staatsanwalt gegenübersitze, den ich um seine Jugend und seinen Eifer beneide, ohne dass ich ihm die Eigenschaften, stünde es in meiner Macht, nehmen würde – im Gegenteil, sobald ich ihn in seiner Konzentration betrachte, die seinem Können den Glanz garantiert, die nicht nachlässt, obwohl ich ihm verweigere, was er von mir hören will –, merke ich, wie ein Gefühl der Zuneigung mich innehalten lässt: um ihm zuzuschauen, wie er grübelt und sich Notizen macht.

Der Staatsanwalt wird die gerade noch spürbare Pause für eine Marotte halten. Er wird annehmen, ich dächte nach, um mich zu erinnern oder um der Erzählung eine Gestalt zu geben, die mich keines Verbrechens belastet und unschuldig erscheinen lässt. In seinen Augen ein Trug.

Ich muss mich nicht erinnern.

Alles liegt vor mir, als wäre es auf dem Tafelbild meines Lebens fixiert.

Ich muss meiner Schilderung keine Gestalt geben, allenfalls insofern als jede Erzählung einer Gestalt bedarf. Ich muss nur darauf achten, meinem Vorsatz zu folgen, nicht vor der Zeit preiszugeben, was in der Schlucht geschehen ist.

Er soll alles wissen. Nicht bloß einen Teil.

Oft erinnere ich mich während der Unterhaltungen, die als

Verhör zu bezeichnen ich mich inzwischen weigere, an die Vernehmungen in Hamburg.

Dem Beamten, der mich damals befragt hat, fehlte, im Gegensatz zu meinem Staatsanwalt, jedes Format. Es war leicht, ihn zu täuschen.

Umso mehr freut es mich, dass mir der Staatsanwalt aus seinem Leben berichtet. Ich sehe den Umstand als Zeichen eines eigentümlichen Vertrauens – das er sich vielleicht hätte verbieten wollen, ohne dass es ihm gelungen wäre.

Er habe unter seiner Vaterlosigkeit gelitten. All seine Mitschüler hätten Väter gehabt. Er sei allein mit der früh verstorbenen Mutter und einer Maman bedacht gewesen.

Nie gibt er in Gegenwart anderer zu erkennen, wie sehr er unter den Sticheleien leidet, die sich auf den fehlenden Vater beziehen.

Im letzten Jahr, dem letzten Sommer, bevor er auf das Internat in Deutschland wechseln wird, sitzt er unter dem ihm kenntlich gewordenen Himmel in der nun vertrauten Landschaft am nahen Nebenarm des Rheins, Sonnenglast und das Spiel der Lichtreflexe auf dem trägen Wasser, und grübelt an den ereignislosen Nachmittagen und frühen Abenden darüber nach, dass jedes Tier einen Vater hat, sei es aus einer Samenbank oder der Petri-Schale. Die wenigen verbliebenen Freunde sind, mit ihren Eltern, längst in die Ferien gefahren.

Er hingegen weiß nichts von dem Mann, den es geben muss. Er kennt nur das Ausweichen der toten Mutter, das Schweigen der Maman.

Beharrlich habe sie auf sein Fragen keine Antwort gegeben, sei auch nach dem Begräbnis der Mutter nie darauf zu sprechen gekommen.

Solange er mit Maman und der noch nicht verstorbenen

Mutter am Westhang der Vogesen in Saulxures lebt – dort liege die Mutter ohne den Vater begraben –, ist er zu jung, um über das Fehlen nachzudenken. In den Jahren im Elsass verfolgt ihn der Vater wie ein Schatten. Erst als er das deutsche Internat besucht, findet er keine Zeit mehr zum ziellosen Sinnieren und verliert das Interesse.

»Wissen Sie, in einem Internat hat niemand Eltern, keiner. Wir waren wir. Und ich hab rasch begriffen, wie gut ich denken kann.«

Der Staatsanwalt hebt den Blick und mustert mich, als sollte ich begreifen, wie unmöglich es mir wäre, einen Sachverhalt vor ihm zu verbergen.

Die Wirklichkeit, das scheinen seine hellen Augen sagen zu wollen, bleibt die Wirklichkeit: Wie immer, mein Herr, Sie darüber berichten. Ihre Erzählung ist eine Erzählung. Das Existente verändert sie nicht.

Ich nicke, als sänne ich nach oder stimmte ihm bei, insgeheim und schweigend.

Als hätten wir uns verabredet, heben wir die Tassen mit dem kalt gewordenen Kaffee, nehmen den letzten Schluck, setzen das zerbrechlich wirkende Geschirr wortlos auf filigrane Untertassen, durch deren feines Porzellan man gegen das Licht sehen kann wie durch eine Folie.

»Bis morgen«, sagt der Staatsanwalt. Die blanken Augen weisen mir den Weg zur Tür seines Büros. Als ich mich erhebe, um den Raum zu verlassen, fügt er hinzu: »Sie sollten mit mir reden. Es wäre Ihnen wohler.«

Ich sehe ihn an. Weder antworte ich noch gebe ich zu erkennen, den Rat an mich gehört zu haben. Ich schließe die Bürotür und warte auf meinen Bewacher, der mich nach Stammheim bringt.

INDUKTIONSVERANKERUNG
(FORTGANG)

Über Évariste Galois, der, obwohl im Alter von nur zwanzig Jahren bei einem Duell tödlich verwundet, als einer der großen, wenn nicht größten Mathematiker des 19. Jahrhunderts gilt, herrscht allgemein die Ansicht, er habe sein Talent vergeudet, indem er sich zu radikal republikanischer Betätigung hinreißen ließ anstatt seine Energie der Fortentwicklung der Algebra zu widmen.

Galois' bahnbrechende Leistung, die er in groben Zügen in der Nacht vor dem Duell zu Papier gebracht hat, ist die Entwicklung der später so genannten Gruppentheorie. Die Entdeckung des jungen französischen Mathematikers, der unbedingt an der Julirevolution 1830 hatte teilnehmen wollen, aber gemeinsam mit seinen Kommilitonen während des Höhepunkts der Erhebung im Schlafsaal der École Normale eingesperrt blieb, des Genies aus Bourg-la-Reine, das mit sechzehn Jahren mit der Mathematik in Berührung kam und mit siebzehn Jahren seinen ersten Aufsatz in den *Annales de Gergonne (mathématiques pures et appliquées)* veröffentlichte, geht zurück auf seine Beschäftigung mit der Frage, wie Polynomgleichungen fünften Grades zu lösen seien, und mit dem Auffinden eines tragfähigen Ansatzes, des mathematischen Schlüssels.

Die Bedeutung der wegweisenden algebraischen Arbeit wurde zehn Jahre lang nicht erkannt. Évariste Galois starb wie ein Hund an der Schussverletzung und der folgenden Bauchfellentzündung, ohne zu erfahren, ob seine Anstrengung und deren Ergebnis gewürdigt worden seien. Nicht allein weil er ein Hitzkopf gewesen ist, sondern auch weil er sich von der Wucht revolutionärer Umtriebe hat hinreißen lassen.

Von Évariste Galois weiß ich seit Beginn meines Studiums. Vielleicht aufgrund der Anekdote eines Professors, wohl eher weil ich ein populärwissenschaftliches Buch über Mathematik gelesen habe oder ein Skript über die Entwicklung der Algebra und dort auf den Namen gestoßen bin.

Ich weiß nicht, wieso ich mich wieder und wieder mit dem Schicksal des jungen Franzosen beschäftigt habe. Warum ich, obwohl Algebra mir das seit jeher weniger vertraute Gebiet der Mathematik gewesen ist, in Abständen auf seinen Werdegang zurückgekommen bin, mich eingelesen habe sowohl in die Arbeit, die ihm zugeschrieben wird, als auch in die Stationen seines Verfalls: politische Radikalität, fehlende Anerkennung als Mathematiker, Festungshaft, Alkohol, die Liebschaft und das Duell, erinnere ich nicht mehr. An Politik bin ich zeitlebens kaum interessiert. Die Spur, die Évariste in seinem kurzen Leben hinterlassen hat, ist schmal. Gleichungen höheren Grades haben für meine Forschung hie und da eine Rolle gespielt, keine herausragende. Nichts kommt mir absurder vor als der Tod im Duell.

Trotzdem haben zwei Aspekte des knappen Lebens mein Nachdenken befeuert.

Évariste Galois hat die Frucht seiner Existenz in einer Nacht zu Papier gebracht. Er hat zwanzig Jahre gehabt, das ist keine lange Zeit. Er ist sinnlos gestorben, das ist beschämend. Er hat drei, vielleicht vier Jahre gedanklich gearbeitet, ein steter Kampf, eine Nacht geglüht wie eine Sonne, ein roter Gigant, verurteilt, bald zu sterben.

Intensiver hat mich der andere Aspekt beschäftigt. Évariste hat leidenschaftlich gelebt. Eine Kerze, deren Docht an zwei Enden entzündet ist. Mathematik. Revolution. Selten stand mir ein verfehltes Leben deutlicher vor Augen.

Galois hat sich zu Anteilen einer Schimäre verschenkt, der revolutionären Tat, statt sich der Größe und Reinheit seiner Algebra zu überantworten, der Verpflichtung nachzukommen und sich in den Dienst des Denkens zu stellen.

So weit meine Überzeugung. Bis ich Elisabeth Lucile Trouvé kennen lerne.

Ich beschäftige mich nicht mit dem, was getan worden ist. Mich interessiert, was getan werden muss.

Dieses Zitat, Marie Curie zugeschrieben, gibt ihrem Handeln Schirm und Ziel.

Die Leitfigur und deren Credo, vielleicht auch die Art, wie Madame Curie infolge ihrer Arbeit gestorben ist, scheint auf geheimnisvolle Weise die Logik außer Kraft zu setzen, für die der Fall Évariste Galois doch ausreichend Beleg sein sollte – und widerlegt ihn.

Die Welt, in der Lu ein weiteres Leben neben der Mathematik und den Nächten mit mir – vielleicht auch mit anderen – bewohnt, macht sie mir nur in schmaler Dosierung zugänglich.

Oft genug spottet sie über meine Trägheit, meine Feigheit, mein Ungeschick im Alltag. Oft genug, um mir selbst im Nachhinein zu erklären, wieso ich kaum eingeweiht bin in ihr Tun. Anzeichen übersehe ich bewusst. Jeden Hinweis, sie könne sich neben der Mathematik einem weiteren Gegenstand zumindest ebenso leidenschaftlich verschrieben haben, ignoriere ich.

Ich werde erst beteiligt sein, als sie meine Hilfe unbedingt benötigt.

Zunächst hätte mir das Interview eines Mannes, der, obgleich betagt, über eine fast künstlich wirkende Haarpracht verfügt, vielleicht Aufschluss geben können, wäre ich nicht von einem bloß hypothetischen Argument ausgegangen, sondern hätte begriffen, dass Lu ihre Fürsprache ernst meint.

In dem Interview droht der Mann, ein sogenannter Autor und Publizist, indem er seine jüdische Herkunft herausstellt, den Ereignissen, die Lu hin und wieder in den Zusammenhang einer von ihr so bezeichneten *völkischen Revolte* stellt, mit Bewaffnung zu begegnen: Indem der Herr sich als Jude kennzeichnet, schreibt er sich die Berechtigung zu, wenn nötig zu schießen.

Als hypothetische Figur erscheint mir das Interview so absurd wie plausibel.

Lu und ich geraten darüber in einen Streit, als ich sage: »Ich weiß nicht viel über Carl Schmitt. Aber im Licht der Begriffe *Entscheidung* und *Tat* kommt mir die Invektive sinnvoll vor. Folge ich hingegen den Geboten unserer Zivilisation, ist der Typ ein Verbrecher.«

Lu ohrfeigt mich.

Alle Kraft legt sie in den Schlag. Ich habe Glück, dass mein Ohr nicht getroffen wird, sondern nur Kinn und Wange, und das Trommelfell unversehrt bleibt.

Die Haut brennt. Der Kiefer schmerzt. Zu perplex, um zurückzuschlagen, halte ich still, obwohl ein unmittelbarer Impuls mir eine ähnliche Erwiderung diktiert.

Da steht sie vor mir, schön wie Jeanne d'Arc. Der Körper eine Rüstung. Die Augen das glühende Koks im Schlund des *Eisernen August.*

»Er ist Jude.«

Drei Worte. Drei Schüsse. Schüsse, die der Wichtigtuer androht.

»Na und?«

Ich hebe behutsam die Schultern. Und weiche vorsorglich zurück.

»Ein Argument wird nicht besser, bloß weil irgendwer, der es anführt, zufällig irgendjemand ist. Nicht einmal, wenn die Aussage einem so dummen Gebiet wie philosophischer Ethik zuzuschreiben ist, praktischer – politischer – Philosophie: ein denkerischer Gegenstand, dem alles oder gar nichts gültig ist.«

Sie schaut mich an. Schüttelt den Kopf. Als begegnete ihr ein Hund mit vier Schädeln oder eine Katze mit Kiemen. Fliegender Frosch. Rapsgelber Engel.

»Du bist naiv. Meine Güte.«

»Warum bin ich naiv? Du bist Mathematikerin. Ebenso könnte ich behaupten, der Knallkopf habe, weil er sich auf einen Glauben beruft, dessen atavistisches Verdikt das Säbeln am Penis männlicher Säuglinge ist, prinzipiell unrecht.«

Ich trete auf sie zu. Achte nicht auf ihre Reichweite. Spüre den Impuls, ihr ins Gesicht zu spucken.

»Gleiche Struktur wie dein Argument. Mit umgekehrtem Vorzeichen.«

Sie schlägt mich erneut.

Diesmal steht sie vor mir, als wäre sie über sich selbst erschrocken.

Ich fahre mit den Fingerspitzen über die sengende Haut meiner Wange. Ohne Eile, ohne Hast fasse ich nach ihren Handgelenken. Halte sie fest. Zwinge Lu vor mir auf die Knie. Lasse mich auf den Teppichboden ihrer neu eingerichteten Wohnung in der Bernhard-Nocht-Straße sinken, bedeute ihr, sich hinzulegen und sich zu entkleiden.

In der Nacht bereiten wir einander zum ersten und einzigen Mal wechselseitig Schmerz, der sich als sicht- und tastbare Spur unsren Körpern einschreibt.

Als wir mit Sonnenaufgang auf dem tiefen Teppich erwachen, die Glieder, ein Leib, ineinander verhakt, küssen wir einander schweigend und lange. Nicken und schütteln den Kopf. Schließen die Augen und öffnen sie. Wollen einander bedeuten, dass wir kaum glauben mögen, was während der Nacht geschehen ist. Salben die wunden Stellen und desinfizieren sie.

Bevor Lu gegen Mittag gen Kopenhagen aufbricht, ich darf bis in den späten Nachmittag, den frühen Abend schlafen, gibt sie mir ein schmales Buch, eine Broschüre, in der ein Mann seine Erinnerung an die Kämpfe im Warschauer Ghetto schildert, und bittet mich mit der Bemerkung, ich werde verstehen, was sie gestern gemeint habe, das Heft bald zu lesen.

Erschrocken sowohl über mich und mein Verhalten gegenüber Lu als auch über die Gewalt unserer Liebe im Verlauf der Nacht, übertrage ich die Große Übung Analysis III, die am Abend ab 20 Uhr stattzufinden hat, meinem Assistenten.

Bleibe im Bett und lese bis zur Morgendämmerung des nächsten Tages die Erinnerungen des Kämpfers aus dem Warschauer Ghetto, der sich, noch keine achtzehn Jahre alt, freiwillig einem Unterfangen andient, dessen Ausgang, der Tod, mit Beginn der Kämpfe unvermeidlich scheint.

Nicht allein das. Nachdem er, im Mai 1943, durch die Kanalisation entkommen kann, wird er sich dem gut ein Jahr später stattfindenden Warschauer Aufstand anschließen, der, absehbar, ebenfalls als Niederlage endet.

Die eindringlichste Szene aus dem schlanken Buch beschreibt das Entkommen des Mannes, der von seinen Gefährten Kazik genannt wird, auf den Abort im Hof eines Hauses, das während dieser zweiten, umfassenderen Erhebung von der Wehrmacht umstellt wird. Sie fliehen zu dritt, zwei Kämpferinnen und Kazik, und verbergen sich im Abwasser der Grube, die zu dem Abort gehört.

Vielleicht aufgrund der Dämpfe, vielleicht aus anderem Grund fangen Kaziks Augen an, in wachsendem Maß zu schmerzen. Dort in der Jauche spürt er, wie seine Sehkraft schwindet.

Seine Gefährtinnen beginnen, ihm wechselseitig die Lider und die Augäpfel zu lecken, um ihm, indem sie den brennenden Glaskörpern Feuchtigkeit zuführen, das Augenlicht zu erhalten. Kazik erblindet nicht. Und die drei entkommen.

Während des folgenden Wochenendes und der anschließenden Woche lese ich wie im Rausch Peter Weiss, *Die Ästhetik des Widerstands*, *Die Reiterarmee* von Isaak Babel und Michail Scholochows *Der stille Don*. Den Abschluss einer Vortragsausarbeitung vorschützend, übertrage ich sämtliche Lehrveranstaltungen meinem Assistenten.

Ich habe nicht den Eindruck, zu verstehen, worauf Lu sich bezieht. Nicht einmal das Gefühl, ein vages Gespür für die Zeit und deren Kämpfe zu bekommen. Kämpfe, die mir vorkommen, als schilderte ein Science-Fiction-Autor glaubhaft den Wahnsinn der Auseinandersetzungen auf einem fernen Stern. Dennoch bilde ich mir ein, zu begreifen, worin Lu's Leidenschaft gründet.

Sowohl der Kampf für ein unbedingtes Ziel als auch das Einstehen für die Suche nach Wahrheit, das Eingehen ins mathematische Feld, die Gabe, das eigene Sein dem einen wie anderen Anliegen darzubringen, eignet eine Kraft existentieller Unhintergehbarkeit. Eine Wucht, die nicht bezweifelt werden kann, sondern für das Individuum, das sich dem Zweck überantwortet, unmittelbar evident ist.

174

Die Vorstellung beruhigt und beunruhigt mich zu gleichen Teilen. Einerseits meine ich verstanden zu haben, was Lu antreibt. Andererseits bin ich mir nicht sicher, ob sie beiden Gebieten, den zwei großen Unternehmungen ihres Lebens, gerecht werden kann.

Zumal ich bemerke, wie Ungenauigkeiten in ihrer mathematischen Arbeit Platz greifen und ihr Terrain in dem Maße behaupten, wie eine Nervosität zunimmt, die nicht von der flirrenden Lebendigkeit herrührt, die ich zu Beginn unserer Liaison an ihr bewundert habe. Indem ich mich wieder und wieder an den Blick erinnere, morgens bei unserem Abschied, als Lu nach Kopenhagen aufgebrochen ist, ahne ich, in welchem Umfang sie mich als ihrer Welt fremd, ihrer politischen Bestrebung ungenügend begreift.

Ich sehe sie im Türrahmen zum Treppenflur stehen, während ich den Eindruck habe, mich vor Müdigkeit und wegen der Erlebnisse der Nacht kaum auf den Beinen halten zu können, ich sehe sie mich nachdenklich betrachten. Abwägen. Musterung, die Prüfung meiner Tauglichkeit. Als wollte sie, um meine Sehkraft zu schützen, in jener Abortgrube auf dem Warschauer Hinterhof meine wunden Augäpfel befeuchten, so vor Verätzung bewahren, erwartete jedoch keinesfalls, mich je dort anzutreffen.

Am Rand meiner Aufmerksamkeit registriere ich kurz darauf Gundes Auskunft am Telefon, ihre Schwangerschaft sei durch einen Abgang undramatisch beendet worden. Ich sage ihr mein Kommen zu, bitte sie um ein paar Tage Geduld, versuche mich an verunglückten Worten eines dummen Trosts und schäme mich meiner Erleichterung.

Sophia, die mich im Anschluss sprechen will, erzähle ich Belangloses, horche nur mit halbem Ohr auf die gezwungene Fröhlichkeit ihrer kindlichen Stimme.

Als ich aufgelegt habe, starre ich eine Viertelstunde auf den Buchrücken der *Ästhetik des Widerstands*, der sich fremd und abweisend neben Wladimir Iwanowitsch Smirnow, Otto Forster, Gottlob Frege, Bertrand Russell und all den anderen ausmacht. Ich beschließe, darauf zu achten, was Lu, ohne genügende Begründung, in den Wochen nach ihrem Aufenthalt in Kopenhagen unternehmen wird.

Die Forderung, sich endlich zwischen ihr und Gunde zu entscheiden, trifft mich unvorbereitet.

Vor Kurzem habe ich mit der Konzeption meiner Habilitation begonnen, die Thematik mit einer vagen Nähe zur Riemannschen Vermutung.

Weil ich den Eindruck habe, gut voranzukommen: Blick aus erhöhter Position auf Anlage der Arbeit und Gang der Argumentation, stellt sich rasch das Gefühl ein, den Rücken frei zu haben. Die leise Irritation, die sich wegen des Verhaltens von Lu gelegentlich einschleicht, kann mich nicht nachhaltig verunsichern. Prometheus, Zeus, Odysseus – dünne Gestalten. Ich habe die Empfindung, den Kamm der Welle zu reiten. Nichts kann mich aufhalten. Und jede Nacht mit Lu bestätigt mich in der Gewissheit. Jeder Tag mit ihr am Schreibtisch ebenfalls.

Vielleicht weil ich mich sicher fühle, vielleicht auch weil ich die stets spürbare, wenn auch kaum störende Spannung ungern weiterhin ertragen will, sage ich Lu meinen Umzug für eines der nächsten Wochenenden zu.

Ein Cut. Klare Verhältnisse.

Ich fahre nach Berlin.

»Warum tust du das unserer Tochter an?«

»Es … es geht nicht mehr.«

Weder gelingt es mir, Gunde ins Gesicht zu sehen, noch kommt mir meine Stimme so fest und sicher vor, wie ich es erhofft habe.

»Ich weiß nicht, ob Sophia damit umgehen kann.«

»Das ist … Gunde, ich …«

»Das ist die Wahrheit. Und du weißt es auch.«

»Trotzdem. Dass du Sophia … Ich werde sie ja sehen.«

»Selten. Auch das weißt du.«

»Aber es geht doch auch nicht, dass wir …«

»Du hast dich entschieden. Nicht ich.«

Gunde zerknüllt ein Taschentuch in den Händen und fährt sich mit dem Papierklumpen über die Lider, obgleich ihre Augen nicht einmal feucht werden.

»Du hast dich gegen uns entschieden. Für Hamburg. Du weißt es.«

»Aber wie sollte ich denn, wenn ich …«

»Du bist nicht ehrlich. Nicht einmal dir gegenüber.«

Gunde stopft das Papiertaschentuch in die winzige Ziertasche ihres wallenden Kleides, das aussieht wie eine Küchenschürze meiner Nenntante in Möhringen, einer Schürze, die ich nur von Fotografien mit gezacktem Rand kenne.

»Die Wahrheit ist einfach. Plump und blöde und brutal.«

Gunde schüttelt ihren Kopf, als könnte sie nicht fassen, wie groß die Begriffsstutzigkeit eines Menschen sein kann.

»Du bist Mathematiker. Ein guter Mathematiker, ein ausgesprochen guter. Du denkst schnell und logisch. Aber die einfachen Dinge …«

Indem sie mein Kinn mit drei Fingern der rechten Hand anhebt, stellt sie mein Gesicht ihrem gegenüber. Die Augen blitzen. Dann klingelt es an der Tür, und Sophia dreht den Schlüssel.

»Hallo«, ruft sie. »Hab schon deine Schuhe gesehen, Papa.

War heute doof beim Klarinettenunterricht. Aber ich bin so froh, dass du …«

Mit diesen Worten betritt sie das Wohnzimmer der Wohnung im Westend. Noch ist sie zu jung, um eingeschult zu werden. Trotz aller bestandenen Tests hat man uns davon abgeraten. Stattdessen Klarinettenunterricht. Klavier und Sport. Und Frühmathematik für Begabte. Japanisch am Samstagvormittag habe ich, trotz Gundes Wutausbruch, der mich auf nicht gekannte Weise aus dem Gleichgewicht gebracht hat, schlicht untersagt.

Sophia benötigt kaum die Winzigkeit eines Moments, dessen zeitliche Dauer gegen null strebt.

»Du ziehst nach Hamburg, Papa.«

Sie weint nicht laut, sie weint geräuschlos. Und ist auch Stunden später nicht zu beruhigen.

Eine kühle Nacht, feucht und regnerisch. Alle Spuren getilgt auf den Wegen im Tiergarten. Keine schwulen Pärchen in den Gebüschen. Obwohl sie mir nichts strikter untersagt hätte, bin ich Lu gefolgt. Unbemerkt von ihr und den Gestalten, die zu ihr zu gehören scheinen – oder denen sie zugehört –, hocke ich in einem Gesträuch, dessen Geäst die Nässe auszuscheiden und an mich weiterzugeben scheint, sodass meine Kleidung klamm auf der Haut klebt. Ich beobachte einen Vorgang, der sich mir spät als Vorsichtsmaßnahme erschließt: Autofahrern, die der Siegessäule in der Nacht zu nah gekommen wären, hätten die Posten bedeutet, anzuhalten und umzukehren.

Zwei schlanke, geschmeidige und maskierte Männer besprühen die Figuren aus Stein, die den Kreisverkehr umstehen, mit Kommentaren.

Blutsau – das gilt Moltke. Das zweite Standbild, Roon, ist von meiner Warte aus durch das zentrale Bauwerk in der Mitte des Platzes verdeckt.

Als Lu in Hamburg aufgebrochen ist, sich ruhelos von mir verabschiedet hat, ahne ich, dass eintritt, was Lu mit anderen seit geraumer Zeit vorbereitet haben muss.

Völkische Revolte. Nationalistischer Schrein.

Ohne dass mir gleich klar wird, was soeben geschieht, höre ich den Knall.

Unwillkürlich blicke ich nach oben.

Der goldene Engel, die Siegesgöttin, scheint, ein Traumgebilde, zu schwanken. Mahr, das der Nacht geschuldet ist und nicht dem wirklichen Leben.

Das Schwanken setzt aus und beginnt mit der zweiten Explosion erneut und mit größerer Amplitude. Auch diesem Anschlag widersteht der siegreiche Engel auf seinem Thron aus in Frankreich erbeuteten Kanonen.

Der welsche Erbfeind, die *Commune* – in meinem Nest aus Nässe meine ich zu träumen, mich vom Anblick der ehernen Figur, die aus der Balance geraten ist, unmöglich lösen zu können. Säule des Sieges über die Franzosen. Dann schlägt ein Stein aus der Krone auf einen Vorsprung des Eingangsportals, hinter dem die Wendeltreppe über 285 Stufen zum vergitterten Rundgang auf der Empore führt.

Waidwundes Wild, dessen Körper vom Werkzeug des Jägers bald aufgebrochen durch den verträumten Tiergarten huscht, in Erwartung der geweihten Kugel hetze ich über den schweigenden Campus der so vertrauten, treuen TU, renne vorbei an der Mensa, habe die Hardenbergstraße gequert, haste über den Steinplatz und folge der stets stillen Carmerstraße bis zum Savignyplatz. Erwarte in jedem Moment den Ruf, ich solle stehen bleiben, hier spreche die Polizei. Misstraue dem Bus, der U- und S-Bahn, rase, gejagt von den

Göttern des unnachgiebigen Schicksals, durch die stummen Straßen des Bezirks Wilmersdorf.

Ich fahre mit einem Taxi vom Bundesplatz bis ins Westend. Ich ruhe in einem Gartenschuppen unserer Vermieter bis zum Morgengrauen aus. Ich zeige mich weder Gunde noch Sophia noch Nachbarn oder irgendeinem Menschen.

Früh am Morgen schleiche ich durch die verschlafenen Straßen zur Heerstraße. Um mit einem nächsten Taxi bis zum Bahnhof in Spandau zu fahren. Erstehe am Schalter ein Ticket bis Hamburg. Esse in einem Frühcafé ein Plunderstück und einen Riegel Mohnkuchen. Verschwinde mit zwei Bechern Kaffee im Zug, der mich nach Hamburg bringt.

Wechsle auf dem Klo die Kleidung, soweit mich mein weniges Gepäck dazu in die Lage versetzt. Werde meinen Rucksack in Altona in einen Mülleimer werfen und so dafür Sorge tragen, dass einer der Gestrandeten am Bahnhof sich in dessen Besitz bringt. Vernichte Sachen, Schuhe, die ich während der Nacht im Tiergarten getragen habe, indem ich sie auf Container diverser Sammlungen verteile. Lasse mir bei einem Friseur auf dem Steindamm das Haar so kurz wie möglich schneiden, ohne auffällig zu wirken. Warte in einer Kneipe, die der Wohnung in der Bernhard-Nocht-Straße gegenüberliegt, auf Lu.

Die früher nach St. Pauli zurückkehrt, als ich es erwartet hätte. Die mich nach knapper Begrüßung um Hilfe bittet.

Ein Blick aus ängstlichen Augen.

»Ich muss weg. Sofort. Stell keine Fragen.«

LEMMA

An einem späten Freitagabend, gegen 22.30 Uhr, meldet sich
der aufgeregte Gatte der Susanne Melforsch auf dem privaten
Handy des jungen Staatsanwalts, der die Ermittlung nicht
nur weiterhin mit großem persönlichen Einsatz leitet, sondern der Stuttgarter Behörde sowie der eigenen Abteilung in
jeder Hinsicht unterstellt hat. Der Staatsanwalt, der soeben
die Oper verlässt, um sich auf den Weg zu einer Prostituier-
ten zu machen, teuer, gediegen, einfühlsam, die er seit mehreren Monaten jeden zweiten Freitagabend aufsucht, um die
Nacht mit ihr zu verbringen, nimmt das Telefonat, von dem
er sich wenig erhofft, zögernd an.

Anstatt in knappen Sätzen zu schildern, was er, der Ehemann Melforsch, soeben im SB-Bereich einer Deutschen-
Bank-Filiale herausgefunden hat, ergeht er sich in einer
weitschweifigen Erläuterung seiner vermeintlichen Nachlässigkeit. Für etliche Wochen unterwegs in den USA, um eine
komplexe Verhandlung diverser Firmen zu koordinieren,
habe er es versäumt, das Konto, auf das die Kreditkarte seiner
Frau Zugriff habe, im Auge zu behalten. Er müsse auch betonen, dass in der Zeit vorher keine größeren Beiträge von ihr
abgehoben worden seien – das indes habe sich massiv, so das
Wort seiner Wahl, geändert.

Der Staatsanwalt ist in Eile. Kaum dass er das Opern-

181

gebäude, noch vorm Gros der Besucher, verlassen hat, sind seine Gedanken von der Szenerie bestimmt, die ihn erwartet. Er muss sich zwingen, dem aufgeregten Ehemann aufmerksam zuzuhören, der ihm, mit einem Tremolo in der Stimme, das Fassungslosigkeit nicht nur andeutet, sondern schrill herausstreicht, die Beträge auflistet, die seine Gattin während der Wochen an einer Unzahl von Geldautomaten von seinem Konto abgehoben habe.

Nur die Beschränkung der Summe, die durch die unterschiedlichen Automaten vorgegeben gewesen sei, habe seine Frau wohl dazu veranlasst, diese Rundreise in Sachen Geldakquise auf sich zu nehmen.

Er sei nicht verarmt, so der zunehmend konfus wirkende Herr Melforsch, er könne das sehr wohl finanziell verkraften. Aber er fühle sich ausgeplündert. Und vor allem: betrogen. Ob die Polizei eventuell für den Schaden …?

Der junge Staatsanwalt, der froh ist, das Gespräch beenden zu können, indem er um die Zusendung von Kopien der Bankauszüge per Mailanhang bittet, betont, man werde alles nur Mögliche tun. Und denkt: Selber schuld, du Trottel.

Nachdem er kurz mit sich gerungen hat, ob er den Haftrichter zu informieren und wie er weiter vorzugehen habe, ruft er die französischen Kollegen an und stellt erleichtert fest, dass er niemanden erreicht. Auch der Haftrichter, der zwei Tage zuvor klang, als sei er erkältet, nimmt den Anruf des Staatanwalts, der sich klar ist, was die Information des Ehegatten bedeuten kann, nicht entgegen.

Nach drei weiteren vergeblichen Versuchen setzt der junge Staatsanwalt sein Abendprogramm fort, indem er jene Dame des Escort-Services aufsucht.

Noch am Wochenende vollzieht er die Route der Geldbeschaffung anhand der Angaben auf den Bankauszügen nach und errechnet fast fünfundzwanzigtausend Euro, die zunächst in Frankreich, dann in Italien und schließlich in der Schweiz abgehoben worden sind. Inzwischen hat er sich zwar vergegenwärtigt, dass eine Kreditkarte nicht zwingend auf eine Person verweist. Dennoch überrascht es ihn nicht, dass der grippekranke Haftrichter, den er am Sonntagnachmittag endlich spricht, für Montag einen Haftprüfungstermin in Sachen M. Gödeler anberaumt.

Schon am Samstagmittag ist es dem Staatsanwalt gelungen, einen Commissaire in Marseille sowie Kollegen in Genf und Turin zu erreichen, die sich verbürgen, die Aufzeichnungen der Überwachungskameras in den fraglichen Bankfilialen, falls vorhanden, bis Montagmorgen zur Verfügung zu stellen. Obwohl er die Prämissen der Ermittlungsarbeit kennt, ist der Staatsanwalt versucht, seinem Gefühl zu folgen. Ein Gefühl, das ihm suggeriert, etwas stimme hier nicht.

Beinahe beruhigt merkt er am Montagmorgen bei Durchsicht der Mails und des Videomaterials, dass kaum Brauchbares übermittelt worden ist.

Die meisten Aufzeichnungen der Überwachungskameras werden nach wenigen Tagen gelöscht. Die verbliebenen Ausnahmen, ausschließlich aus Italien, sind verwackelt. Sodass die Person, die darauf zu erkennen ist, wohl in jedem Fall eher eine Frau ist, sich aber nicht feststellen lässt, ob es sich immer um ein und dieselbe Kundin handelt

Kurz bevor der Haftrichter, sichtbar fiebrig, zur provisorischen Haftprüfung eintrifft, öffnet die Assistentin eine Sendung aus Aosta, der Hauptstadt des gleichnamigen Tals. Während Staatsanwalt und Richter auf den Beschuldigten warten, dessen Transport aus Stammheim sich verzögert hat, registriert die fast ebenso intensiv wie ihr Vorgesetzter mit dem Fall vertraute Assistentin, dass die Aufnahme aus einer Bank in der Nähe des Bahnhofs von Aosta – ein Ort, der als Ausreißer auf der Route der Susanne Melforsch gelten muss – Bilder einer Person von verblüffender Ähnlichkeit mit der Vermissten aufweist.

Sie weiß, dass ihr Vorgesetzter das Ergebnis missbilligen wird. Ahnt, dass der Richter ihre Initiative zu würdigen weiß. Betritt den Verhandlungssaal, ein eher winziges Gelass, in dem der Beschuldigte nach wie vor nicht zugegen ist.

Als sie die Beobachtung präsentiert, schließt der Haftrichter kurz die Augen, als wäre ihm eine Last genommen, verkündet mit hustenheiserer Stimme und trotz Abwesenheit des Verdächtigen mit sofortiger Wirkung dessen Haftverschonung und muss, als er den Saal verlässt, vom Gerichtsdiener gestützt werden, weil ihn das Fieber derart schüttelt, dass er schwankt.

Der Staatsanwalt setzt zu einem Einwand an, will darauf verweisen, dass Aosta weit ab vom Weg Susanne Melforschs liegt, will auf den Umstand abstellen, dass eine Kreditkarte von jeder beliebigen Person genutzt werden kann – und lässt es beim Anblick des grippegeschwächten Richters, der ihn erneut mit »mein lieber Rothe« angesprochen hat.

Kaum dass der Richter das Gebäude verlassen hat, beantragt der Staatsanwalt einen weiteren Haftprüfungstermin bei dessen Vertreterin, den er sowohl dem Beschuldigten als auch dessen Anwalt unverzüglich mitteilen lässt. Während er überlegt, ob er seine Assistentin zurechtweisen soll, erreicht ihn eine weitere Mail aus Frankreich.

Nach umfangreichen Untersuchungen des benutzten Kondoms aus dem Zimmer der Pension in Castellane in einem speziellen Labor in Lyon, die von Kollegen in den USA und in Indien verifiziert worden seien – warum Indien, fragt sich der Staatsanwalt und meint das fehlende Vertrauen in die deutsche Kompetenz auf dem Gebiet körperlich zu spüren –, könne man mit größter Sicherheit sagen, dass Susanne Melforsch trotz ihres Alters schwanger gewesen sei.

Salutations distinguées – mit respektvollen Grüßen.

INDUKTIONSVERANKERUNG
(SCHLUSS)

Als die Hinweisschilder, die aus der quittegelb beleuchteten, dennoch nebligen Nacht in regelmäßigem Abstand auftauchen, die verbliebene Strecke bis Brüssel mit knapp hundert Kilometern angeben, weist Lu mich an, nach einem Hotel, einer Pension, einer Unterkunft Ausschau zu halten. Kein Vorschlag, ein Befehl, als ließe sie ihr Wissen um Verfolgung Zuflucht in der dem Militär entlehnten Struktur suchen.

Wir übernachten auf einer Raststätte nahe der Autobahn.

Lu besteht auf zwei getrennten Zimmern. Ihr weniges Gepäck nimmt sie aus dem Kofferraum des von mir erst kürzlich gekauften Autos.

»Zur Vorsicht.«

Sie hebt die Schultern. Ihr Lächeln wirkt angestrengt. Wir umarmen uns, küssen uns flüchtig, als wir uns auf dem schäbigen Gang mit mangelhafter Beleuchtung voneinander verabschieden. Sie wünscht mir eine gute Nacht. Zögert, bevor sie sich abwendet. Dreht sich noch einmal zu mir um. Die Flamme der roten Haare: Aureole, die den Korridor bis zur fernen Fluchttreppe auszuleuchten scheint.

Sie berührt meine Brust, meinen Bauch, meine Schenkel.

»Bis morgen.«

Sie öffnet ihre Lederjacke.

186

»Ja, bis morgen.«

Ich küsse die Spitzen ihrer Brüste unter der im matten Licht durchsichtigen Bluse aus einem dunklen Seidenimitat.

Als ich nicht lange nach Mitternacht in dem stickigen Motelzimmer erwache und, getrieben von einer drängenden Ahnung, drängender noch als am Vorabend, hinaus auf den Gang trete, hüllt eine träge Dunkelheit die belgische Landschaft in ein schwarzes Vergessen.

Lu ist verschwunden.

Sie hat die Tür ihres Zimmers in der Nähe der Fluchttreppe nicht geschlossen, sodass ich den Raum betreten kann. Im Bad brennt Licht. Ich lösche die Lampe über dem Spiegel, nachdem ich letzte Reste der im Becken verbliebenen roten Haare in den Abguss gespült, das Porzellan mit dem grasgrünen Shampoo des Motels gereinigt und mich vergewissert habe, dass keine Strähne, keine Locke an den Keramikfliesen oder am Boden klebt.

Das Bett ist unberührt, die Minibar ebenfalls. Auf dem Stuhl vor dem bloßen Zitat eines Schreib- oder Arbeitstischs scheint Lu während der Stunden ihres Wartens gesessen zu haben. Neben der Mappe mit der Hausordnung, den Tipps zum Gebrauch der Geräte und dem mit einem malerischen Wappen versehenen Briefpapier samt wattierter Umschläge, lindgrün, rosa, babyblau, liegt ein schmuckloser Zettel aus einem Kollegheft.

Du solltest mich nicht suchen. Du wirst mich nicht finden. Wir hatten unsre Zeit.

Keine Unterschrift. Kein *In Liebe*. Keine Erklärung. Nichts.

Ich nehme die Nachricht an mich, schaue mich in dem fensterlosen Raum noch einmal um, verlasse das Zimmer ohne weitere Bemühung, Spuren zu beseitigen.

Des Évariste Galois' letzte Nacht vor dem tödlichen Duell verbringt er mit der Niederschrift seines algebraischen Vermächtnisses.

Mir fehlt die Zeit. Mir fehlt die Zeit.

Das Vermächtnis der Elisabeth Lucile Trouvé, Dr. der Mathematik, besteht aus drei Sätzen, obwohl ihr alle Stunden der Nacht zur Verfügung standen.

Ich kehre in mein Motelzimmer zurück, zerreiße das karierte Kollegblatt in fingernagelkleine Schnipsel und spüle die Fetzen in der Toilette hinunter. Auch hier bleibt keine Spur am Porzellan des Beckens. Ich schleiche die Treppe zum Erdgeschoss hinab, bin erleichtert, auf keinen Nachtportier zu treffen, stelle, als ich auf den Vorplatz trete, fest, dass der jüngst erstandene Golf GTI noch in derselben Parkbucht steht wie bei unserer Ankunft, verdeckt von einem Streifen mageren Gebüschs und einem abgestellten Lkw-Anhänger.

Die Fahrertür ist mit einem Dietrich oder einem ähnlichen Werkzeug geöffnet worden. Auf dem Fahrersitz liegt ein ähnliches Blatt wie oben im Zimmer, so gefaltet, dass die Schrift beim Blick durch die Scheibe nicht zu erkennen ist.

Du solltest mich nicht suchen. Du wirst mich nicht finden. Wir hatten unsre Zeit.

Indem ich das sorgsam zerkleinerte Papier in einer Gullyöffnung neben dem Vorderrad versenke, vernichte ich auch diese Nachricht, letzte Spur von Lu.

Mit der sich ankündigenden Dämmerung, das Gelb der Autobahnbeleuchtung verliert sein Gift an den Morgen, öffnet auf dem Rastplatz jenseits der Fahrbahn eine Frittenbude.

Ich finde den Tunnel zur anderen Seite. Ich bestelle belgische Pommes mit Essig und Salz. Ich trinke ein Bier und ein zweites. Duvel, 8,5 %.

»Scheiß Ruhezeit, oder?«

Der Koloss mit der Lederschürze, der hinterm Tresen lehnt und seine Fritteuse im Auge behält, sprich ein seltsam weiches Deutsch.

»Urlaub.«

Ich lasse ein viel zu üppiges Geld, belgische Franc, Umtausch bei der gestrigen Grenzpassage, auf der Theke liegen und laufe, ohne mich umzublicken, zurück zum Fußgängertunnel. Die leere zweite Bierflasche lasse ich am Beton der Unterführung zerschellen. Dem alten Mann, dem mehrere Vorderzähne fehlen und der den Platz an der Rezeption inzwischen besetzt hält, bestätige ich die Frage, ob zunächst nur eines der von mir bei Ankunft gebuchten Zimmer bezahlt werden soll, mit einem betont gleichmütigen Nicken.

»Ich bleibe noch.«

Mein Lächeln wird nicht von ihm erwidert.

Auch er spricht ein seltsam weiches, gut artikuliertes Deutsch, sodass ich mich unter anderen Umständen nach seiner Herkunft und der des Riesen mit Lederschurz erkundigt hätte.

»Frauen«, sagt der Rezeptionist zahnlos und leise, »Frauen sind schlimm.«

Ich bleibe zwei Tage und zwei Nächte. Unterm Schirm der Frittenbude, der Koloss mit dem Lederschurz achtet meine Trauer, erinnere ich Lu's Sätze vor unserer Abfahrt aus Hamburg.

»Hilf mir. Untertauchen ist unkompliziert, heikel ist der Beginn. Noch ist es nicht zu spät. Du übergibst mich Leuten, die mir helfen. Die nie mit mir in Verbindung standen. Die weder mich kennen noch ich sie. Dich schon gar nicht. Sie sind die besten, die es in Europa noch gibt.«

Lausche ihren Imperativen bei unserer Ankunft im Motel.

»Schreib deinen Namen auf dem Meldeschein falsch. Prüfen die sowieso nicht. Park dein Auto so, dass sie die Nummernschilder von der Rezeption aus nicht erkennen. Sie achten nicht drauf. Trotzdem.«

Meine einzige universitäre Veranstaltung, meine Vorlesung zur Einführung in die Differentialgeometrie, lasse ich durch meinen Assistenten vertreten, einen jungen Mann ohne mathematischen Esprit. Ich werde Zeit benötigen, um das Verschwinden einer Frau zu verkraften, der ich in einem vorher nicht gekannten Maß verfallen war. Vergleichbar vielleicht der Weise, wie ich der Mathematik, in einer schon fernen Epoche, verpflichtet gewesen bin.

Als ich am dritten Morgen mit müden Augen und einem letzten Kaffee an meinem nach dem Kunstleder der Sitze riechenden Golf lehne und dem regelmäßigen Schwung der Überlandleitungen neben der gelb erleuchteten Autobahn folge, empfinde ich eine Sehnsucht nach Sophia, die mich schüttelt. Sodass ich die noch heiße Flüssigkeit vergieße und das reichhaltige Frühstück auf den Gully neben dem Vorderrad des vom Tau der Nacht bestrichenen Golf GTI erbreche.

Ich will sie sehen. Muss sie sehen. Rase ohne Halt bis Hannover. Und biege – schon auf dem Weg zu meiner Tochter nach Berlin, die wiederzutreffen ich mir verbiete: Was maßt du dir an? Nach all der Zeit deiner Abwesenheit? Was wäre, wenn du verhaftet wirst? –, biege vor Braunschweig nach Norden ab.

Bevor ich Hamburg erreiche, übernachte ich auf dem flachen Land und versenke, ehe ich am folgenden Morgen weiterfahre, die Schlüssel zur Wohnung in der Bernhard-Nocht-Straße in einem moorigen See.

Während der nächsten Tage warte ich auf eine Vorladung durch die Polizei. Stattdessen besucht mich ein Beamter, des-

sen norddeutscher Akzent wirkt wie einem wenig gelungenen Vorabendfilm des Regionalprogramms entlehnt.

»Herr Dr. Gödeler, Sie waren mit Frau Elisabeth Trouvé« –
er spricht das V wie ein scharfes F – »befreundet? Oder, wie
soll ich sagen: liiert?«

Den Tonfall seiner Stimme schmückt weder etwas Lauern-
des noch die Ahnung einer Anzüglichkeit.

»Ich liebe sie«, sage ich.

Er schaut mich eine Weile an, als wäre ich ein letzter Kar-
pfen in einem engen Aquarium, den er bald verspeisen wird.
Noch fehlt ihm die Entschlossenheit für den finalen Schritt.
Noch zögert er, das Tier zu schlachten, betrachtet es nur, das
Bild des Fischs als schmutzig trübe Brechung in gesprunge-
nem Glas.

»Sie hören von uns.«

Der Mann erhebt sich und geht zur Tür. Bleibt neben dem
Garderobenständer, den Lu für mich besorgt hat, bleibt im
von uns vor acht Wochen gemeinsam renovierten Korridor
noch einmal stehen.

»Politisch unbeschriebnes Blatt? So weit die Auskunft unsrer
Dienste. Wir haben uns erkundigt. Natürlich haben wir das.«

Eine Hand auf der Messingklinke meiner mit einer Ab-
bildung, der Reproduktion eines Kupferstichs von Évariste
Galois geschmückten, eierschaleweiß lackierten Wohnungstür, fügt der norddeutsche BKA-Beamte nachdenklich hinzu:
»Nach meiner Überzeugung wissen Sie wirklich nichts.«

Er drückt die Klinke.

Das Treppenhaus liegt leer wie ein Krematorium nach vollzogener Einäscherung im Licht eines traurigen Vormittags –
die Ahnung einer blassen, hanseatischen Sonne auf den sisal-
gepolsterten Stufen der Stiegen.

»Nur ist meine Überzeugung nicht allein ausschlaggebend.«

Ich kehre noch ein Mal an die Universität der Hansestadt Hamburg zurück.

Die Kollegen, denen ich zufällig begegne, bekunden mir ihr Vertrauen, geben ihrer Verachtung über Lu und das Tun, das ihr zugeschrieben wird, Ausdruck. Von einem Tag auf den anderen scheint die Bewunderung vergessen, die ihr ohne Unterlass zuteilwurde. Niemand vergleicht sie mehr mit Sophie Germain, einem weiteren französischen Genie zu Beginn des 19. Jahrhunderts.

Der Rektor der Universität, zu dem ich gerufen werde, steht den Kollegen in nichts nach. Trotzdem misslingt die Vorlesung, die ich anschließend halte, auf eine Art, die mir bislang unbekannt war.

Die Studenten sind unruhig. Während der Stunde entsteht keine Konzentration. Im Hörsaal beginnt nach zehn Minuten ein Kommen und Gehen. Dem Tuscheln kann ich entnehmen, dass einige der Studenten, auch wenn sie es nicht äußern, Elisabeth Trouvé für eine Heldin halten und neugierig nicht auf die Mathematik, sondern auf mein Wissen über die Vorfälle sind.

Am nächsten Tag bitte ich den Rektor, meine Stelle ruhen zu lassen, und nehme, von ihm vermittelt, eine Woche später die Vertretung eines plötzlich erkrankten Kollegen an der ETH in Zürich an.

Ich wohne auf der deutschen Seite in der Nähe von Basel. Bei jedem zweiten, dritten Grenzübertritt wird mein Pass ausgiebig kontrolliert, obwohl ich mich bei dem BKA-Beamten rückversichert habe, dass mir die Arbeit in der Schweiz gestattet sei. Erst nachdem ich einen Anwalt mit der Angelegenheit beauftrage, werden die Kontrollen seltener.

Vielleicht wird mich der Aufenthalt in Süddeutschland, vielleicht wird mich die geringe Entfernung zwischen der

Zürcher ETH und der schwäbischen Metropole später dazu bringen, nach Stuttgart ins Exil zu gehen.

Die Wochen an der Schweizer Grenze geraten zu einem Vorgeschmack auf das Begräbnis bei lebendigem Leib.

Den Gedanken, der Polizei von der Nacht im Tiergarten zu berichten, verwerfe ich sofort, zumal offenbar niemand von meiner Anwesenheit am Großen Stern etwas ahnt.

Blutsau.

Das Bild der wankenden Siegesgöttin, des güldenen Engels auf einem Thron aus erbeuteten Feldgeschützen, beginnt mich mit Stolz zu erfüllen.

Den wechselnden Beamten des BKA begegne ich mit kalkulierter Kälte. Auch ohne den Ratschlag meines Rechtsanwalts habe ich den sicheren Eindruck, mein Denken, meine Geistesgegenwart entspreche dem Räderwerk einer Maschine. Unbeirrt wiederhole ich meine Bestätigung, dass ich keine Kenntnis von den Umtrieben der Frau Trouvé gehabt habe. Dass ich weder von der Vorbereitung des Anschlags auf die Siegessäule gewusst habe noch von der Täterin anderweitig eingeweiht worden sei.

Obgleich wir beim Passieren der belgischen Grenze nicht kontrolliert worden sind, will mir auch Monate nach der Flucht nicht in den Kopf, aus welchem Grund ich weder zu den Nächten im belgischen Motel noch überhaupt zu der Fahrt bis vor Brüssel befragt worden bin.

»Schreib deinen Namen falsch und unleserlich auf den Meldezettel.«

Das Traumbild von Lu am Tresen der Rezeption, während der Portier im Gelass unter der Treppe nach den Zimmerschlüsseln kramt.

»Park den Wagen so, dass die Nummernschilder nicht ins Auge fallen.«

Lu's Entschlossenheit, die sie noch schöner, begehrenswerter erscheinen lässt, gleichzeitig so fern dort auf dem Vorplatz des Motels, als wir das Gepäck aus dem Auto holen.

»Und zahl bitte bar.«

Jede Anweisung befolgt. Dennoch hätte ich Europol mehr Klugheit und Umsicht zugetraut.

Vorladung und Verhör, ich hätte geschwiegen.

Keiner fragt.

Das BKA verliert nach einiger Zeit das Interesse an mir.

Schon im Pensionszimmer an der Schweizer Grenze – der Privatvermietung einer hoch betagten Dame, deren Kater auf den Namen Adolf hört, ein Umstand, der mir Wochen vorher kaum aufgefallen wäre – bemerke ich eine Verschiebung in meinem Verstand.

Nicht nur, dass es mir schwerfällt, dem Gang simpelster Beweise, einfachster Herleitungen zu folgen, nicht allein, dass ich keinen nur im Ansatz originellen Einfall, wenigstens die Ahnung eines mathematischen Gedankens aufs Papier zu bringen in der Lage bin: Die Sprache aus Ziffern und Zeichen, in der ich mich zu bewegen habe, wird mir an manchen Abenden, wenn ich mich zur Vorbereitung des folgenden Tags, auch um der Dame und ihrem Kater zu entkommen, aufs Zimmer zurückziehe, zu einem Feld aus Hieroglyphen und magischem Symbol.

Es gelingt mir, die Zeit an der ETH zu absolvieren, ohne auffällig zu werden.

Sobald ich nach Hamburg zurückgekehrt bin, schließe ich mich für Wochen in der Wohnung ein, meide die Universität, lasse mich von einem Bringdienst mit Pizza oder Fastfood und Getränken versorgen, stelle die Körperpflege ein, trage den Müll nicht in den Hof, horte die Flaschen im Korridor, besetzt von der Vorstellung, das Pfandgeld auf einen Hieb einzulösen, brüte nächtelang über der begonnenen Habilitation, deren zentralen Gedankengang niederzuschreiben mir als Lappalie erschienen war – ohne indes im Ansatz zu verstehen, was ich vor einem Vierteljahr mathematisch gedacht habe.

Die Bestätigung meines Anwalts, erst telefonisch, dann per Brief, dass jeder Verdacht gegen mich fallen gelassen, jede Ermittlung eingestellt sei, dass ich, sollte ein Täter gefasst werden, als Zeuge kaum Gewicht habe, ändert nichts an meinem Zustand. Der Kontakt zu meinen Kollegen, die zu Forschungssemestern und Kongressen in die USA, nach Asien, wohin immer fliegen – Zuspruch, dem ich anfangs ausweiche –, verebbt nach wenigen Wochen.

Ich sitze vor einem Blatt Papier, das leer ist und leer bleibt. In meinem Rücken riecht das übrig gebliebene Essen. Die Fenster habe ich verdunkelt. Stehlampe und Deckenlicht bleiben ausgeschaltet. Trotzdem beleuchten Straßenlaterne und Leuchtreklame ausreichend meine Behausung. Weiß die Fläche des Papiers, Glanz eines bösen Versprechens, während ich ängstlich spüre, wie das Gefühl der Sinnlosigkeit beständig nach mir tastet.

Nach fünf oder sechs oder sieben Wochen, die Zeit ist mir perdu, beauftrage ich eine Reinigungsfirma, die meine Wohnung entrümpelt, wasche mich, kaufe mir neue Kleidung, stopfe die alten Sachen fast vollständig in den überquellenden Müll, lasse mir Bart und Haare schneiden, besuche eine Pediküre unweit der Reeperbahn, ignoriere das Getuschel der Kundinnen im gut besuchten Geschäft, lasse mich von einem Schneider beraten, der zusagt, den Maßanzug über Nacht zu nähen, erstehe ein Paar Schuhe, das die Hälfte meines weiterhin pünktlich eingehenden Gehalts als Taschengeld erscheinen lässt, und mache mich, indem ich nahezu ohne Gepäck am Hauptbahnhof in den Zug steige – Reservierung erster Klasse –, auf den Weg nach Berlin.

Am nächsten oder übernächsten Tag beginnen an den dortigen Schulen die in diesem Jahr ungewöhnlich frühen Herbstferien, die Ferien meiner Tochter.

Bevor ich weiter ins Westend fahre, laufe ich vom Ernst-Reuter-Platz aus durch den Tiergarten bis zum Großen Stern. Der Bewuchs dämpft die Geräusche des Verkehrs auf der Straße des 17. Juni. Ich sehe mich auf meinem Rad an einem sonnigen Vormittag dem Hauptgebäude der TU entgegenfliegen. Ehe ich meine eilige Fahrt zum alten Hörsaal H 1058 fortsetze, bremse ich abrupt auf dem Kiesweg, weil ich mir nicht mehr ausweichen kann. Die kleinen, grauen Steine werden vom Vorderreifen des Fahrrads emporgeschleudert und treffen die Hosenbeine meiner schwarzen Jeans, von denen ich mich trotz abgestoßener Ränder nicht trennen will.

»Wird es sich gelohnt haben?«, werde ich von dem Studenten gefragt, bevor er seinen wilden Ritt zum alten Hörsaal fortsetzt, um Gunde kennen zu lernen, und noch ehe ich antworten kann. Er verschwindet zwischen den Bäumen. Ich folge einem breiten Weg, bis ich die Siegessäule erreiche, deren goldener Engel, schief und eingerüstet, verzweifelt nach den tief ziehenden Wolken am Himmel zu greifen scheint.

Blutsau steht auf dem Uniformrock von Moltke, der trotzdem gravitätisch wirkt, nichts bringt ihn aus der Ruhe, unnachgiebiger Stein.

Wie ein fremder Archipel erinnert die majestätische Säule jenseits der vielen Fahrbahnen an das Artefakt eines unbekannten Stammes, zu dessen Fuß vorzuwagen ich mir, gedeckt vom Gestrüpp der Schneebeerenbüsche, nicht zutraue.

Der Engel hat gewankt. Steht nicht mehr in lotrechter Flucht. Und Lu ist beteiligt gewesen.

Ich habe sie gesehen. Mich hat niemand bemerkt.

Keine Spuren im Regen. Niemand in tropfenden Sträuchern, hässliche Höhle im nächtlichen Tiergartenpark.

Es hat mich nicht gegeben. Ebenso wenig wie Lu. Nur deren Vermächtnis steht, als kaum beschädigtes, eingerüstetes Bauwerk aus Marmor und Kanonen und einer Siegesgöttin mit einem Lorbeerkranz, in der Mitte des Großen Sterns.

Als ich Gunde in der Wohnung im Westend gegenübertrete, nimmt Sophia, unsre kluge und schöne Tochter, noch an einer Theater-AG teil, die ihr Stück, in dem Ritter, Drachen und viel Musik eine Rolle spielen, kurz vor Weihnachten zur Aufführung bringen will.

»Wirst du da sein?«

Gunde, deren Züge durch eine duldsame Trauer bestimmt sind, die zu ertragen mir nicht mehr gelingt.

»Natürlich.«

Ich nicke.

»Siehst abgekämpft aus. Viel Arbeit?«

Gunde stellt einen Becher Ingwertee mit Honig auf einen Beistelltisch in meiner Reichweite und erbricht ein Päckchen Dinkelkekse und eine Tüte getrockneter Aprikosen aus dem Bioladen nahe der U-Bahnstation.

Kein Fleisch mehr. Kein Alkohol. Keine Schokoladen oder Bonbons. Trotzdem wirkt sie in der weiten Kleidung wie ihre eigene Großmutter.

Dunkelviolette Ringe unter den Augen. Ein Teint, der trotz des Make-ups rau und nicht glatt wirkt. Die Pillenschachteln in der Nachttischschublade meine ich, vor mir in der schweigsamen Luft des Wohnzimmers schweben zu sehen.

Projektion eines futuristischen Beamers: 3D – und jedes Detail glaubhafter, als es die Wirklichkeit je sein kann.

Ich nippe an meinem Tee. Mich ekeln Duft und Geschmack. Die Klobigkeit des von Gunde und Sophia getöpferten, mir an einem der letzten Weihnachtsfeste geschenkten, übergroßen Potts, den verschlungene Märchengestalten und bunte, grobe Schnörkel zieren, weckt in mir die Furcht, das Gefäß werde im nächsten Moment aus meinen Fingern gleiten.

»Ist der nicht toll?«

Sophia.

»Ja. Super.«

Um meiner Antwort noch im Nachhinein Gewicht zu verleihen, streichele ich über die Hexen und Feen, stelle den Krug auf dem Beistelltisch ab, gerate an die Kante der Platte aus bruchfestem Glas. Verschütte etwas Flüssigkeit, die vom Tisch auf den Boden tropft, den Teppich, das Parkett.

Als ich sehe, wie Gunde sich beherrschen muss, um nicht aus dem Sessel zu gleiten, zwischen meinem linken Knie und dem verflixten Tischchen zu knien, mit einem Lappen loszuwischen, durchzieht mich ein böses Behagen.

Ich möchte den ungeschlachten Pokal mit dem heißen Tee vom Tisch stoßen, das Tischchen kurzerhand kippen, die Brösel der Dinkelkekse tief in den Teppich treiben. Ich schiebe die Hände unter die Schenkel, tilge das gehässige Grinsen aus meinem Mundwinkel, bevor es sichtbar wird.

»Ich komme zurück«, sage ich.

Obwohl das Gewicht meines Körpers auf meinen Fingern lastet, merke ich, wie die Fingerspitzen anfangen zu vibrieren. Abwechselnd steigen Hitze und Kälte mir den Rücken hinauf.

»Nach Berlin. Hierher. Zu euch.«

Gunde mustert mich. Nicht ungläubig oder abweisend,

weder misstrauisch noch erfreut. Während sie ihren Ehering mit Mittelfinger und Daumen der rechten Hand vor- und langsam zurückdreht, als vollzöge sie eine magische Geste, blickt sie mich an wie einen Fremden, der ihr vor langer Zeit einmal bekannt war.

Sie zieht den Ring vom Finger, der, obwohl die Hand ebenso aufgedunsen ist wie der übrige Körper, dem beiläufigen Bemühen ohne Widerstand folgt.

Sie stellt den Ring aufrecht auf ihr linkes Knie, wo er wie vom Magnet gehalten auf dem dunklen Stoff der geräumigen Hose verharrt.

Sie hebt den Fuß auf den Ballen, sodass der Ring, dessen Gegenstück ich seit Monaten nicht mehr trage, das ich im Moment vor Betreten der Wohnung auf meinen Finger geschoben habe, über ihre Kniescheibe rollt und zu Boden fällt. Nach zwanzig, dreißig Zentimetern, die er auf dem geölten Parkett zurücklegt, indem er einem kleinen, sacht geschwungenen Bogen folgt, stoppt den weiteren Weg die Naht am Rand eines Teppichs aus Damaskus. Der Ring kippt aus der Senkrechten, tanzt auf dem Holz, bleibt liegen.

Unwillkürlich fixieren ihn unsere Blicke.

Möglich, dass allein ich ihn in der Hoffnung anstarre, es möge ihm der Sprung auf den Orientteppich, der Weg bis zu Gunde wie durch ein Wunder gelingen.

Ohne ihre Stimme zu heben, sagt sie, derweil sie sich nach dem Ehering bückt, um ihn zurück auf ihren linken Ringfinger zu fädeln, diesmal scheint sich das Fleisch gegen das Weißgold zu sperren: »Ich kann dir nicht mehr trauen. Ich wollte es so gern.«

Wer die Existenz einer uns bedingenden Wirklichkeit leugnet, stellt sich an die Seite von Willkür und Religion.

Der Flug nach Nizza mit Sophia, Fahrt zu den Gorges du Verdon. Die Gruppe junger Leute auf dem Plateau oberhalb des Einstiegs zur Schlucht – in allem die verblüffende Gewissheit: Nichts könne sie aufhalten.

Als ich zu der Überzeugung gelange, die Blonde im Bach sei nie und nimmer jene Abiturientin, die ich in Hamburg kennen gelernt habe und die mir bis in die Wohnung im Westend gefolgt ist, als ich eben begreife, in welche Situation ich Sophia und mich gebracht habe, wird meine Tochter wach und sagt, indem sie sich aufsetzt und müde die verschlafenen Augen reibt: »Papa, ich möchte lieber zu Mama zurück.«

LEMMA

Als die Richterin, die den Haftrichter vertritt und in die mein junger, eloquenter Staatsanwalt all seine Hoffnung setzt, der Verschonung des Dr. Martin Gödeler von weiterer Haft nicht nur stattgibt, sondern das Urteil der vorangegangenen Haftprüfung ausdrücklich bestätigt, sind die Züge des ermittelnden Beamten von einer Enttäuschung gezeichnet, die kein Maß kennt.

»Vorläufig«, höre ich ihn sagen, während die Richterin, eine Frau, kein Jahr vor der Pensionierung, die mich ersichtlich nicht mag, unwillig den Kopf hebt.

Unklar, ob die Geste mich und mein Urteil meint oder dem jungen Mann gilt, dessen Äußerung sie vernommen haben dürfte und dem sie die Hoffnung nehmen will, der von ihm Verdächtigte könne bald erneut nach Stammheim in die Untersuchungshaft überstellt werden.

Als der Pflichtanwalt, den ich ignoriere, wo es möglich ist, mir, in der Annahme, meine Freiheit sei sein Verdienst, die Hand schütteln möchte, um mir und sich zu gratulieren, wende ich mich ab, indem ich vorgebe, die Geste nicht bemerkt zu haben.

Du nicht, denke ich.

Ich verspüre den Impuls, auf den Staatsanwalt, der den Saal eben verlässt, zuzutreten, um ihn zu trösten, ihm alle

Bitterkeit vom Gesicht zu nehmen. Schon ist er hinaus auf den Gang gehuscht und hat die Tür zum Flur mit Macht ins Schloss geschoben.

Derweil bespricht mein Pflichtanwalt, in dem ich allenfalls den untalentierten Darsteller eines Rechtsanwalts sehe, mit der Richterin, die ihm mit Gewissheit nicht zuhören wird, dienstliche Angelegenheiten in dem einen oder anderen Fall, den man ihm gnädig überlassen hat – während ich rekapituliere, was mir als Gebot auferlegt ist: wöchentliches Melden auf einem Polizeiabschnitt samt strenger Ermahnung, Stuttgart keinesfalls zu verlassen. Sonst ende die Verschonung unmittelbar.

Ich erhebe mich von der Bank, die für den Angeklagten vorgesehen ist, blicke hinauf zum Fries mit der blinden Justitia, ihrem Schwert und der Waage, laufe, noch zögernd, zur Saaltür, die von zwei Justizangestellten, weiblich, männlich, unter Aufsicht gehalten wird, und weiß, während ich das Gerichtsgebäude, alt, ehrwürdig, verlasse, welche Reise keinen Aufschub duldet.

Ich sehe die Stationen meiner privaten Ermittlung in gestufter Folge vor mir und beglückwünsche mich, meinen albernen Anwalt in keinen mir relevanten Aspekt des Geschehens in der Schlucht eingeweiht zu haben.

Strebt eine Zahlenfolge oder der Wert einer Funktion (= Abbildungsvorschrift) gegen unendlich, wird der Sachverhalt durch einen Pfeil dargestellt, der auf eine gekippte Acht deutet: das Symbol für unendliche Größe.

Die Mathematik unterscheidet abzählbar und überabzählbar unendlich viele Elemente einer Menge. Auf einem Zahlenstrahl, der in der Null seinen Ursprung hat, von dort unendlich fortgeschrieben wird und keine undefinierten Leerstellen oder Sprünge aufweist, befinden sich überabzählbar unendlich viele Punkte, ein Kontinuum.

Schreibt man hingegen die Menge der natürlichen Zahlen N als ansteigende Folge auf: beginnend mit der Eins, danach jede Zahl um eins addiert usf., ergibt sich eine wohlgeordnete Liste abzählbar unendlich vieler Elemente. Mengen mit abzählbar unendlich vielen Elementen sind der Gegenstandsbereich der diskreten Mathematik.

Entsprechendes gilt für jede Menge, für deren Elemente eine Funktion existiert, sodass jedem Element der Menge genau eine natürliche Zahl zugeordnet werden kann. Beispiel: die Menge der Stammbrüche. Jeder Bruch ist das Reziproke bzw. das inverse Element bezüglich der Multiplikation genau einer natürlichen Zahl.

Diese Eigenschaft der natürlichen Zahlen, abzählbar – und nicht überabzählbar – unendlich zu sein, nutzt das Beweisverfahren der vollständigen Induktion.

Zunächst wird die zu beweisende Aussage, ein Satz über alle natürlichen Zahlen N, für die Eins, gelegentlich die Null, manchmal erst für die Zwei oder einen anderen Ankerpunkt bewiesen.

Dieser erste Beweisschritt heißt Induktionsverankerung.

Nun muss mit einem oder mehreren Induktionsschritten gezeigt werden, dass der zu beweisende Satz für jedes beliebige Element n (aus N) gültig ist.

Um die Aussage zu beweisen, bedient man sich eines Kniffs, der auf dem Wissen beruht, dass jeder beliebigen Zahl n, jedem Element der Menge der natürlichen Zahlen, genau eine – und nur eine – Zahl im Abstand eins folgt: die Zahl n+1, ebenfalls eine natürliche Zahl. Das Wissen ist den Peano-Axiomen entlehnt, die die Struktur der natürlichen Zahlen definieren und als evident gelten.

Der Kniff, der die Grundlage für den Induktionsschritt bzw. Induktionsschluss des Induktionsbeweises (zu dem noch die Verankerung gehört) liefert, besteht darin, die eigentlich zu beweisende Behauptung – den fraglichen Satz, die noch unbewiesene Aussage – dahingehend als gültig vorauszusetzen, dass man sagt: Unter der Voraussetzung, die Aussage gelte für ein beliebiges n, muss sie auch für den Nachfolger n+1 gelten.

Das heißt: Wenn aus der Annahme der Gültigkeit des zu beweisenden Satzes für beliebige n (auch) die Gültigkeit für beliebige Nachfolger n+1 geschlussfolgert werden kann und außerdem die Induktionsverankerung erfolgt ist, ist der Satz (die Aussage) für alle beliebigen Elemente n der Menge der natürlichen Zahlen N bewiesen.

Damit steht der Mathematik für Aussagen im Bereich der natürlichen Zahlen ein Beweisverfahren zur Verfügung, das das deduktive Vorgehen – indirekter und direkter Beweis – um ein vollständig induktives ergänzt: Indem ein beliebiges Beispiel herausgegriffen wird, ist der Nachweis der Gültigkeit für alle abzählbar unendlich vielen Beispiele erbracht.

Illustriert wird das Vorgehen, wenn wir uns die unendliche Reihe hintereinander aufgebauter Dominosteine vorstellen: Der Beweis des Satzes für alle beliebigen n, Element der natürlichen Zahlen, entspräche dem sicheren Kippen sämtlicher Steine.

Es ist klar, dass der erste Stein stürzen muss. Dem entspricht die Verankerung der Induktion.

Da wir mit dem Stürzen des ersten Steins nicht sicher wissen können, ob er auch alle weiteren, unendlich vielen Steine zum Kippen bringt – wir vermuten es nur –, müssen wir zudem zeigen, dass jeder beliebige Stein n, an welcher Stelle in der Reihe er auch stehen mag, wenn er aufgrund der Maßnahme (des Beweises) kippen sollte (hier greift die Induktionsvoraussetzung: wir setzen voraus, dass er kippt), auch den Folgestein n+1 stürzen wird.

Dann erst fallen alle abzählbar unendlich vielen Dominosteine der Reihe.

Die Kunst besteht darin, eine Seite – links oder rechts des Gleichheitszeichens – des für das Folgeelement n+1 formulierten Satzes (= die Induktionsannahme) so umzuformen, dass sich bei adäquatem Rückgriff auf die Induktionsvoraussetzung – die an geeigneter Stelle eingefügt wird – die andere Seite des zu beweisenden Satzes ergibt. Wobei jeder Schritt nicht allein Schlussfolgerung (logische Implikation) sein darf, sondern logisch äquivalent vollzogen werden muss. Gelingt dies, ist der zu beweisende Satz und damit die Induktionsbehauptung bewiesen.

Quod erat demonstrandum.

INDUKTIONSSCHRITT (6)

Ich meine, der Geruch des Lavendels sei uns in den Flur gefolgt.

Susanne und ich umarmen einander. Zwischen unsere Körper passt kein Licht, keine Vergangenheit, weder Zeit noch Zukunft.

Die Nacht ein Rausch, kaum bleibende Bilder, bis ich in der Dämmerung eines verhangenen Sonnenaufgangs neben dem nackten Körper einer Frau erwache, die mir mit einem Mal fremd wie die erdabgewandte Seite eines fernen Planeten ist. Gleichzeitig der Gedanke: Ich, Dr. Martin Gödeler, noch eben verwahrlost im Souterrain, liege nach einer solchen Nacht hier in der Wohnung im Osten der Stadt Stuttgart. Erstes Licht gleitet durch die blanken Scheiben. Ich verweile auf dem Rücken, schaue hoch zur Decke, liege bei einem Menschen, der mich berührt hat. Ich habe keine Eile, kann meine Gedanken in meinem müden Kopf ziellos ziehen lassen.

Bert Schauerleuts Überzeugung, Dr. Gödeler verfasse ein wegweisendes Werk. Junos Hingabe an beliebige Männer. Lureks mögliche Begabung.

Zacharias wird bei den spinnengliedrig betagten Kommunisten im Waldheim geblieben oder von Bert Schauerleut ins nächste Versteck gebracht worden sein.

What about Leo Trotzki – he got an icepick.

In der vagen Helligkeit, die durch die gebrochenen Lamellen einer schadhaften Außenjalousie behäbig in den Raum schwimmt, um mich und den Körper, der neben mir geräuschlos atmet, in ein leises Licht zu stellen, erinnert die Haut Susanne Melforschs, kein Alter gräbt Falten in Schulter und Nacken, an unberührt stilles Weiß, lachende Milch am Morgen.

Ich möchte sie streicheln. Ich unterlasse es.

Susanne Melforsch, die Susanne zu nennen ich mich eine Weile werde zwingen müssen, mein Denken und Empfinden spricht von Susanne Melforsch, Susanne steht erneut unvermittelt im Flur meiner Souterrainwohnung fast unbekleidet vor mir. Während sie mich in gleichem Maß erregt, wie sie mich rührt, nicht mehr jung, die schwache Beleuchtung kann den Umstand kaum kaschieren, und die Wucht der Erinnerung mich schwindeln macht, weiß ich, dass es unmöglich ist, in die Zeit zurückzufinden, die gleichförmig, tot und still und unbedingt sicher war.

Vorsichtig gleite ich unter der Daunendecke hervor, behutsam erhebe ich mich aus dem Bett. Erleichtert registriere ich, dass sich Susanne weder bewegt noch sich der Rhythmus ihrer lautlosen Atemzüge spürbar verändert hat. Manchmal versuche ich mir in den folgenden Tagen das Bild der blonden Abiturientin aus Hamburg-Billstedt vor Augen zu führen, die an die Tür meines Appartements im Gästehaus der Uni in Hamburg klopft. Wieder ergreift sie meine Hand, zieht sie zu sich heran, legt meine geöffnete Handfläche auf ihre bloße Brust unter dem dünnen Stoff der hellen Bluse.

Die Erinnerung ein Zelt, in dem ich fortan lebe.

Suche nach einem Blatt Papier. Schreibe eine Nachricht, in der ich ankündige, mich gegen Mittag in der Wohnung mit dem Wintergarten zum Hof, in dem der Lavendel unterm Heizstrahler blüht, zum Frühstück mit ihr zu treffen.

Ich bin der jugendliche Student, der sich mit der Freundin zum späten Brunch verabredet. Ich bin der suchende junge Mann, der im Morgengrauen aufsteht, um dem Beweis des mathematischen Satzes näherzukommen. Ich bin der Familienvater, der der Geliebten die Tür im Westend weist und von ihr die Worte hört: »Wir hatten uns etwas versprochen.«

Eine wunderschöne Nacht. Ich küsse dich. Bringe gegen halb zwölf Champagner und Brötchen mit.

Draußen sind die Tage inzwischen länger geworden.

In der frühen Dämmerung schalten Ampeln von grün auf rot, aber es fehlen die Menschen und die vertrauten Geräusche wartender Kraftfahrzeuge.

Ich denke an das Mädchen Juno, das mir am Charlottenplatz im Chinalokal gegenüber sitzt und mit einem Heißhunger isst, der auf mich abstoßend wirkt.

Ich denke an meine fiebrige Gier, als mich das Mädchen zum ersten Mal allein besucht.

Ich schäme mich meiner schmutzigen Wohnung, des ungewaschenen Körpers.

Ich denke an die mit Susanne Melforsch verbrachte Nacht, an ihre Lust, der sie sich hingegeben hat, an mein, gegen jeden Willen, umschlagendes Gefühl.

Der Blick von oben: Ecke der Zimmerdecke, teils opulenter Stuck. Zwei Körper auf dem breiten Bett, das ohne Zacharias' Brokathimmel auskommen muss.

Leiber nackter Tiere. Die sich aneinander reiben. Der Dromedarbulle zwingt das weibliche Tier auf die Knie. Der Vorgang dient der Erhaltung der Art.

Nachdem ich die Stadtbahn am Olgaeck verlassen habe, wähle ich den Weg über den Pfad Am Reichelenberg, oberhalb der Haltestellen Dobelstraße und Bopser. Mit einem unmerklichen Nicken grüße ich Lurek und seine Großmutter, weiß meine Habilitation, Nähe zur Riemannschen Vermutung, bei dem Jungen in guten Händen, durchlebe die ungeheure Hoffnung, die auf die schmalen Tage zwischen Weihnachten und die Zeit nach Neujahr begrenzt gewesen ist.

Ich meinte ihn entdeckt zu haben. Ich *hatte* ihn entdeckt, den Rohdiamanten ... Oder den albernen Angeber, Spucke versprühenden Kretin.

Zacharias wird Europa verlassen. Juno wird weiterhin Leggins tragen, deren wie aufgesprühter Stoff einer zweiten Haut ähnelt. Bert Leo Trotzki Schauerleut wird im Keller der Kanalstraße Bier trinken und bis zur Revolution mit den Kommunisten des Waldheims in Verbindung bleiben. Lurek. Kein Vokal, nur Konsonanten.

»Ch ... Ich mag die Zahlen. Sehr.«

Im afrikanisch-asiatischen Shop in Höhe des Haltepunkts Bopser räumt ein Mann mit dunkler Haut und einer Pigmentstörung an den Unterarmen Säcke mit Hirse, die irritierend an Fertigbeton erinnern, von einer Palette in den Laden und reicht mir auf meine beiläufig gestellte Frage nach Champagner wortlos eine Flasche, für die er neununddreißig Euro verlangt. *Brut.* Ungläubig bezahle ich, ohne zu widersprechen. Frische Brötchen beim Bäcker an der Wächterstraße. Letzte Schritte ins Souterrain. Die vertrauten Gesänge der Hohenheimer Straße. Dromedar und Bulle. Nackte Körper. Üppiger Stuck. Bald wird ein Frühling der Sonne das Lager bereiten. Der Sommer wird beginnen. Und Stuttgart ist schön.

Die ersten gemeinsamen Tage und Wochen sind wie das sachte Gleiten in eine gut gefüllte Badewanne, deren warmem Wasser und deren Fichtennadelessenz ich aus nicht ersichtlichem Grund misstraue. Wir verbringen Zeit miteinander. Wir reden über die lang zurückliegende Vergangenheit, ohne dass Susanne mir Vorwürfe wegen der Wohnung im Westend macht. Wir sprechen über Flaschen Bordeaux, das Gästehaus an der Hamburger Uni, meine Hand, Déjà-vu, auf ihrer Bluse. Wir sind in der Lage, gemeinsam zu lachen, wir können simple Probleme der Mathematik miteinander erörtern: ohne dass ich ärgerlich werde, obwohl ich ärgerlich werden sollte, wenn sie von der Kabbala faselt, die Struktur der Zahlen mit numerologisch inspirierter Bedeutung auflädt, die nicht existiert. Wenn ich, Mal um Mal, feststellen muss, dass sie Mathematik für bloßen Hokuspokus hält und im Begriff ist, die Aufklärung an die Magie zu verraten.

Ich lasse sie reden und erzählen. Die Sonne blendet die Fahrer der Autos und springt mich aus deren Rückspiegeln an. Wir besuchen das Teehaus am Bopser, oben im Weißenburgpark, dessen Namen ich mir nun merken kann. Ich halte meine Wohnung sauber, in der ich nur selten bin. Ich kündige meine Anstellung am Nachhilfeinstitut. Herr und Frau Diplommathematiker, die ihr Sabbatical fast auf den Tag genau beendet haben, geben ihrem Bedauern Ausdruck, betonen, dass ich jederzeit wieder anklopfen dürfe – »es gibt immer Bedarf, lieber Martin, für eine Koryphäe wie Sie«.

Höre die Erleichterung in der Stimme der Frau Diplommathematiker, erkenne das mühsam unterdrückte Lächeln ihres Ehegatten, das sich auf dessen Lippen stiehlt. Ich stoße mit Bert Schauerleut und einem letzten Bier neben der allzeit bereiten Institutswaschmaschine auf Leo Trotzki und die Gewissheit kommender Revolutionen an. Grüßen Sie mir das Waldheim, Genosse. Wüssten Sie um das Schicksal des Évariste Galois, ließen Sie all Ihre Hoffnungen fahren. »Prost«, sage ich und stürze das Bier in einem Zug hinunter.

Nehme Platz an dem bald mückenverseuchten, künstlichen Teich, unter einem Schirm auf einem Klappstuhl, der hart ist und unbequem und nicht sonderlich sauber. Ich betrachte das herausgeputzte Teehaus im großen, groben Licht des Frühjahrs, das helle Grün der Bäume.

»Sekt«, sagt Susanne und lächelt.

»Sekt«, sage auch ich.

Und doch wieder die Empfindung, obwohl ich mich dagegen wehre, zwei wenig ansehnlichen Körpern zuschauen zu müssen, wie sie sich auf lichten Laken gymnastisch umeinander bemühen.

Und erneut der Gedanke, lästig, doch stets gegenwärtig, wie das Weibchen mit sorgsam bereiteter Nahrung und Löchern im Leib ein Männchen lockt, um der Fortpflanzung Genüge zu tun und der Aufzucht der Brut das Nest zu bereiten.

Mit Susanne, die ich nach wie vor insgeheim als Susanne Melforsch bezeichne, ohne dass ich's verhindern kann, besuche ich eine und eine nächste Probestunde im streng nach dem Schweiß der Gattung riechenden Fitnesscenter, das ich eine Weile vernachlässigt habe, obwohl mir die tintenmuskelbewehrten Unholde an Schenkelpresse, Langhantel und Streckbank lieb geworden sind.

Susanne, das Turnzeug weniger nach sportlicher als vielmehr nach den Körper vorteilhaft betonender Maßgabe ausgewählt, trainiert mit mir. Und duscht mit mir. Und liegt mit mir im breiten Bett in der Wohnung im Osten Stuttgarts.

Und ist ein Leib aus Fleisch und Haut und Haar und vielen Flüssigkeiten, den zu berühren ich mir immer öfter versage, ohne zu wissen, warum.

Bis wir uns an einem Montag in einer Tanzschule einfinden, in der wir uns eine Woche zuvor, auf meinen Vorschlag hin, angemeldet haben.

Obwohl Susanne Melforsch auch ohne ihre Buffalos größer wäre als ich und obwohl sie nicht überragend tanzen kann und manchmal Mühe hat, sich in Takt, Rhythmus und Bewegung einzufinden, beginnt trotz des holperigen Auftakts zum Tanzkurs ein vorsichtiges Fest.

Wir haben uns bei den Fortgeschrittenen eingeschrieben, da Susanne einen Kurs während des Konfirmationsunterrichts in der Kirchengemeinde erwähnt hat, eine Entscheidung, die mir leises Unbehagen bereitet. Doch als wir die Räume der Tanzschule betreten und ich den hohen, ausladenden Saal sehe, weiß ich mit einer Sicherheit, die mir sonst nur nach einer gelungenen mathematischen Arbeit zukam, dass ich trotz der verwehten Jahrzehnte im Souterrain am Bopser nichts werde verlernt haben.

Das Hirn mag ohne Gedächtnis sein. Der Körper vergisst nie.

Wir beginnen mit einem Slowfox.

Mir wird klar, dass Susanne keine Tänzerin ist. Bis zur Hälfte des langsamen Liedes bin ich irritiert. Während ich meinen Ärger über den Entschluss, einen Tanzkurs zu besuchen, in mir wie Bittermandel schmecke, merke ich, dass Susanne leidlich im Takt bleibt und die Schrittfolge nach zwei Korrekturen halbwegs beherrscht. Als ich sie mit einer Gewalt an mich presse, zu der ich seit Langem nicht mehr in der Lage war, spüre ich, wie Susanne meiner Vorgabe folgt. Ich gebe dem Tanz Kontur. Wir werden zu einem Körper.

In dieser ersten Stunde, als freies Tanzen deklariert, in der die Lehrerin, die alt ist und nach Haarspray duftet, uns kennen lernen möchte – »als Tänzerin, als Tänzer, damit ich weiß, ihr Lieben, woran ich mit euch bin« –, schließt ein langsamer Tango an den Slowfox an, ein Tango, der Susanne einige Sicherheit gibt. Danach, unverhofft, ein Paso Doble. Ohne falsche Gnade schlägt das Pendel in unsere Richtung aus.

Der Saal, holzgetäfelt, mit Parkett, Kronleuchtern und grünen Samtvorhängen, die vor die Fensterfront gezogen sind und dafür sorgen, dass der Hall vom Stoff geschluckt wird, ist als Bühne fürs Spektakel eines Paso Doble wie eigens geschaffen. Der Schritt in die Arena. Der erste Takt, ich spüre, wie sich Susanne strafft.

Kaum hörbares Knistern, elektrische Ladung, die einen Lichtbogen erzeugt. Wie der Tango lebt der Tanz von ungestillter Leidenschaft. Wie beim Tango führt der Mann. Wie beim Tango weiß die Frau sich stolz, unnahbar zu behaupten.

Erinnerung an einen Kampf mit einem ungezähmten Stier. Dreckiger Platz im Nirgendwo. Umstellt von karger Landschaft.

Wenn ich die Augen schließe, sehe ich sie einander umkreisen, gereizte Bestie, kühle Gestalt, Matador und Kreatur, Capa, Schönheit, Tod, ein Hauch von Blut und Staub und Licht und Leiden.

Fünf Minuten, die mir wie eine Ewigkeit vorkommen, bewegen sich Susanne und ich zu Takt und rauem Rhythmus der Musik. Susanne, jung geblieben, blond, mager, Mädchen aus Hamburg-Billstedt, das Jahre und Jahrzehnte neben einem Mann liegt, dessen Geruch es nicht mehr mag, ausharrt und liegt und wartet, ohne eine Vorstellung, worauf. Aus den bis ins Gedärm sengenden Klängen erwächst ein Universum aus Anziehung und Abstoßung, aus Abwehr, Lockung, Flucht, aus Werbung und Zurückweisung, Hingabe, Überwältigung, Unnahbarkeit, Verschmelzung. Der Geschmack nach Dreck und Tier, der Geruch scharfen Urins, Torero und Muleta, stechender Schweiß, bebendes Fleisch und das Geräusch der Fliegen. Angst, Wut, das vergehende Licht eines verdorrten Südens füllt den Saal. Dessen Wände sich auflösen. Fata Morgana, Trugbild – Stadt um uns her ein Irrwesen. Kein Stuttgart, keine Tanzschule. Kein Kronleuchter, kein Holzparkett. Kein Saal mit grünem Samtvorhang. Nicht Täfelung noch Politur. Welt, mächtig, herzlos, hinreißend, die uns mit ihrer Kraft erfasst, für jene fünf Minuten, uns hält und bannt und in sich birgt, als wäre alles Geschehen auf diesen Augenblick hin vorbestimmt.

Als die Musik endet, klatschen die anderen Paare, angeführt von der Frau, die nach Haarspray duftet.

Susanne und ich verbeugen uns und tauchen ein in eine Zeit, wenige Wochen, die allein uns gehören, uns allein.

GEGENPROBE

»Bei manchen wirkt es, als würden sie warten, in sich zurück-
gezogen. Als hätten sie so was wie einen verborgenen Kern.
Der es ihnen ermöglicht, noch mal von vorn zu beginnen.
Völliger Neuanfang, egal auf welche Weise.«

Etwa so formuliert es die annähernd gleichaltrige Freun-
din aus Kindheitstagen – seit Langem geschieden, allein, mit
Katze, in einer engen Wohnung, anderthalb Zimmer, Küche,
Bad, im Berliner Norden.

Eine Freundin, die seit Jahren mit sich hadert, Hamburg
verlassen zu haben, die es Susanne insgeheim neidet, dass
sie, Susi Melforsch, die ewig Stille, Schüchterne, so einfach
mir nichts, dir nichts aus Berlin verschwindet, um zu einem
Mann zu reisen, den sie kaum je getroffen und seit Jahrzehnten nicht mehr gesehen hat.

Von fünf oder acht Anrufen wird die Freundin berichten,
während der Susanne Melforsch die ersten Tage, die ersten
Wochen mit Martin Gödeler schildert und von ihren Gedanken oder den Gedanken über ihre Empfindungen mit dieser
sie inzwischen beneidenden Freundin aus der gemeinsamen
Zeit in Kindergarten und Grundschule spricht.

Kaum dass Susanne Melforsch wach geworden ist und die
Notiz von Martin Gödeler findet, beschließt sie, sollte er bis

zum Mittag zurückgekommen sein, dem Missverständnis keinen Raum zu geben.

Beim Frühstück nach der gemeinsamen Nacht, Champagner, frische Brötchen, sogar ein Blumenstrauß, erläutert sie Martin Gödeler, der in ihrem Denken stets Martin war, warum sie Zacharias und vor allem Lurek engagiert habe.

»Ich hab dein Zimmer gesehen. Ich wollte, dass du wieder hoffst.«

Ein Augenblick des Zögerns.

»Du solltest erkennen müssen, wie außergewöhnlich sie sind.«

Sie habe alles vorbereitet. Habe den Jungs das Geld gegeben. Sie habe sich verkalkuliert.

Sie habe nicht mit Juno gerechnet, weder mit deren Beteiligung noch deren Boshaftigkeit. Weder mit deren kühlem Kalkül noch deren Blick fürs schnelle Geld. Sie habe nicht begriffen, wie ernst es Zacharias mit dieser kleinen Fixerin tatsächlich gewesen sei.

»Die ersten Wochen«, das wird Susanne der Freundin im fernen Berlin wörtlich so gesagt haben, »vor allem die Zeit, die mit der Tanzschule begann, waren für mich eine Art Himmel auf Erden.«

Sie sei Dornröschen gewesen, das wachgeküsst werden will.

Und zu Beginn des Tanzkurses sei er nicht nur ihr Prinz gewesen, sondern sie auch zu seiner Prinzessin geworden.

»Klingt kitschig, ich weiß. Klingt peinlich, ja.«

Mehrfach wiederholt sie die Aussage am Telefon, während die Freundin in Berlin den Neid wie eine Krankheit spürt.

Aber so kitschig sei das halt eben einfach gewesen.

Für sie. Für ihn. Auch wenn er nicht so häufig mit ihr habe schlafen mögen, wie sie es sich gewünscht hätte. Trotzdem sei das Reden von einem gemeinsamen Kind, von einem neuen Anfang – »als Familie, warum nicht« – weder aufgesetzt noch blöd noch eine Bedrängnis gewesen. Im Gegenteil, er habe sich gefreut.

Möglich, dass er den Gedanken weniger ernst als sie genommen habe. Möglich, dass er sich gedacht habe: In unsrem Alter, das wird wohl nichts. Möglich, dass er nicht mit ihrer Beharrlichkeit gerechnet habe. Dem Fortschritt der Medizin. Und ihrer Findigkeit.

Schließlich sei er bereit gewesen, sich auf ihre fruchtbaren Tage einzustellen. Habe eingewilligt, sein Sperma für eine künstliche Befruchtung herzugeben, gar – in einem Präser – aufzubewahren.

Möglich, dass der Kinderwunsch ihr zur fixen Idee geworden sei. Zu ihrem Mann habe sie weder zurückkehren wollen noch zurückkehren können.

Und ihr Sohn, es sei furchtbar, das eingestehen zu müssen, sei ihr, der Mutter, fremd geworden – »wie eine künstliche Kreatur«.

Nach einer Pause am Telefon: »Es war vorbei.«

Anschließend habe Susanne Melforsch an ihrem Handy oder Smartphone dort in Stuttgart geschwiegen.

Sie, die Freundin, habe ihre Katze gekrault, Schnapspralinen gegessen und das Atmen der Susi am anderen Ende gehört.

»Es war schon lange vorbei.«

Ein ungutes Lachen in Stuttgart. Sichtliches Wohlbefinden der Katze in Berlin.

Dann habe Susanne aufgelegt.

Und nur einmal noch angerufen, als Martin Gödeler in seine ehemalige Wohnung ins Berliner Westend gefahren sei. Wegen der früheren Frau. Und wegen seiner Tochter.

Susanne habe ihn darum gebeten, von der Reise abzusehen. Er habe darauf bestanden. Und habe sie in Stuttgart allein zurückgelassen.

Sie, die Freundin, habe in Berlin lautlos in sich hineingekichert.

Geschieht dir recht, du blondes Doofchen, du Billstedter Bauerntrampel.

INDUKTIONSSCHRITT (7)

Herr Gödeler, ich mach jetzt Therapie. Ich fick nich' mehr mit Männern.

Na ja, lass mich ficken. Sagt meine Thera- …

Oh, hallo, Frau Susanne … Sie wissen schon … Ja, sorry, Frau Susanne.

Aber das wussten Sie doch – oder, Frau Susanne? Der Herr Gödeler, ehrlich, Frau Susanne, der is'n Schatz. Kein Ficken mehr, isch schwöre. Obwohl, weil's ja jetz' warm is', da geht es, Frau Susanne, natürlich besser, so im Park. Da steckt den geilen Böcken der Zaster, ehrlich, lockerer. Entschuldige, Herr Gödeler, ich quatsch jetz' gar nicht mehr.

Ich hoffe, jetzt mal ehrlich, dass Zacki es geschafft hat nach Down Under. Boah, das is' so mega weit. Ja, ich weiß, Herr Gödeler, bei Ihnen da, im Unterricht, da hab ich ordentlich gelabert. Saubres Deutsch. Kann ich auch. Is' Training – Sie sollten ja denken, ich bin schlau.

Frühling is' die beste Zeit. Da wolln alle ficken. Bis die Buxe brennt.

Ja, ja, ich weiß. Wollen Sie, Herr Gödeler, die Frau Susanne heiraten? Ich meine – später mal?

Und Sie, Frau Susanne – lecker is' das: Ente kross, könnte ich mich reinlegen –, würden Sie das wollen? Ich fänd das so romantisch, mal ganz ehrlich.

Ich würd' auch ihre Zeugin sein. Das würd' ich so romantisch finden. Mega geil. Da kann die ganze Ente kross, ganz ehrlich, Frau Susanne, voll gegen abkacken.

Ich hoffe bloß, der Zacki schafft's bis da runter.

So eine rote Rose, die er mir mal geschenkt hat, die hab ich getrocknet und eben aufgehoben. Nich' an die Meersäue verfüttert, sondern in meinem Zimmer ganz oben an die Stange für die Gardinen gehängt. Ich find' Sie, Frau Susanne, und den Herr Gödeler, ihr seid ein super krasses Paar. Und danke für die Einladung. Ich muss jetzt wieder Therapie. Wir sehn uns vor Ihr'm Urlaub noch. Das wird 'ne Hochzeitsreise? Ehrlich? Aber das sag ich doch …

Das Licht des Frühjahrs senkt sich ins puppenstubengleich zurechtgemachte Bohnenviertel, hält sich an Giebeln und Firsten. Die neu gewonnene Helligkeit verteilt sich frohgemut am Fachwerk, während die als Hexe verkleidete Schatzmeisterin des »Bunds zur Pflege von Heimstatt und Heimat« großzügig ihren Besen schwenkt und in betont schwäbischem Schwäbisch der kleinen Gruppe Interessierter eine ornamental herausgeputzte Historie ins Flirren der überraschend warmen Frühlingssonne malt, die wie ein Märchen klingt und klingen soll.

Bert Schauerleut biegt ab zum Gelass im Keller der Kanalstraße und verhält plötzlich auf der Schwelle des Instituts zur Vorbereitung aufs Matheabitur.

Oben, im mittlerweile letzten beleuchteten Behandlungszimmer der großen zahnmedizinischen Praxis, Einrichtung, die den Übergang vom Kunsthandwerk zur ärztlichen Manufaktur markiert, unmittelbar überm Einstieg zur Stadtbahn Charlottenplatz, werden Ober- und Unterkiefer einer adipösen Patientin mit einem offenkundig aus Edelstahl gefertigten Drahtgestell gespreizt – Gestell, das unter Neon- oder gar Argonleuchten von Edelgasatomen frisch emittierte Lichtteilchen bei geeigneter Neigung des Nackens der leicht Narkotisierten reflektiert.

Schauerleut lässt die Faust, die er, abrupte Wendung hin zu mir, der ich schon habe weitergehen wollen, zum Abschiedsgruß gehoben hat, *what about Leo Trotzki*, in die Waagerechte fallen, bietet mir die Ghettogeste, Zitat der letzten Momente am ICE nach Frankfurt-Flughafen. Mittig, Gleis 10, der Hauptbahnhof – permanente Baustelle. Als Beiwerk manchmal Züge.

»Das haben wir gut gemacht, Herr Doktor.«

Schauerleut fährt sich mit den Fingerknöcheln über unrasierte Wangen.

»Zacki hat das Geld. Zacki hat das Ticket. Zacki hat das Visum. Und die Bürgschaft dieses Onkels da in Melbourne. Oder Sydney. Was hat er hier in Stuttgart überhaupt gewollt?«

Ich deute mit einer Bewegung an, keine Ahnung zu haben. Und frage mich, ob Schauerleut, samt seinen Helfern aus dem Waldheim und einem findigen Anwalt aus Filderstadt, über ausreichend Kenntnis verfügt, über genügend Erfahrung mit Konsulaten und Behörden und Fallstricken und Gesetzen und Anträgen zur Ein- oder zur Ausreise.

Zacharias. Das Ch ein hartes K, kein S am Ende des Namens. Ein Junge, der mir erzählt, wie eine türkische Grenzpatrouille der Führerin im Gebirge das Pferd unterm Sattel weg erschießt und die gesamte Gruppe auf der Flucht vor den Schüssen den Berg hinunterstürzt: um anschließend in Grüppchen, »ich und mein bester Kumpel«, wieder den Hang hinaufzuschleichen, um über die Grenze in die Türkei zu gelangen. »Mein Vater hat mir verboten, zurück in die Heimat zu gehen. Nur deshalb, Herr Gödeler, Europa – und dann eben hier. Ich wollte viel lieber nach Schweden. Oder nach Dänemark.« Zacharias. Der mit schildert, wie Mitschüler ihn im Iran verhauen haben, auf dem Weg zur Schule, in der Vorstadt von Teheran – »weil ich ein scheiß Afghane bin, einer aus Herat. Aber der Beste im Unterricht. Immer, Herr Gödeler, immer. Immer der Allerbeste«.

Er spuckt auf das in Stuttgart stets gewienerte Pflaster.

»Mathematik, Herr Gödeler, das habe ich geliebt. Wie nachher nur noch Juno. Und wie meine Familie. Isch schwöre, Herr Gödeler.«

Ein Junge, der mich grün und blau geschlagen hat – wegen der Liebe zu einem Mädchen, das er, trotz des Geruchs der Gosse, für eine Göttin hält.

Dem ich das Geld vorstrecke, für seine Pläne, Vorhaben – »doppelt oder nichts, okay, Herr Gödeler? Wenn ich mal reich bin, Herr Gödeler: doppelt. Sonst, Herr Gödeler, nichts«.

Ich stimme zu. Ich schlage ein. Ich nicke, als er mir noch einmal vom kranken Deutschland erzählen muss – »in dem die Frauen, Sie wissen schon … warum, Herr Gödeler?«.

Ich sage: »Ich weiß es auch nicht.«

Ich denke: Hoffentlich schaffst du's. Ich zögere, bevor ich den Hausmeister Bert Schauerleut zum Abschied ungeschickt umarme.

Ohne mich noch mal umzuschauen, laufe ich am persischen Restaurant vorbei, zum Durchgang, an dessen letztem Pfeiler ein Plakat mit lichter, frischer Farbe prahlt – violett und blau und rot: *Wenn es Dir begegnet, macht Dich das Elend verlegen.*

Ich bin mit Susanne und Juno verabredet. Ich weiß, dass Susanne das Mädchen nicht mag.

Ich habe sie gebeten, dennoch ins chinesische Lokal auf der Charlottenstraße zu kommen.

Als ich den Gastraum betrete, in dem wir die einzigen Gäste sind, höre ich Juno, die Augenlider zusammengekniffen, sich in eine Papierserviette schnäuzen.

Sie trägt keine Leggins, sondern Jeans. Und einen hochgeschlossenen Pullover mit einer Kapuze, auf dem in Höhe des Busens *My Little Sweetheart* steht.

Schwarzer Pullover. Rosa Schrift. »Hello. Hello, Herr Gödeler. Und wo ist Frau Susanne?«

»Kommt gleich.«

Ich vermeide es, Juno, die hinter ihrem Tisch vorkommt, ausgiebig zu umarmen.

Ich reiche ihr die Hand. *My Little Sweetheart.*

»Ja, und warum, Herr Gödeler, bin ich heut hier eingeladen? Auch noch mit Ihn' beiden – why?«

Ich ziehe meine Jacke aus. Hänge sie über den Stuhl.

Ich spüre, dass ich unruhig bin. Ungewohnt nervös.

Auch wegen der Zusammenkunft. Versuche mich auf das Treffen am späteren Nachmittag mit Lurek zu konzentrieren, auf das ich mich freue.

»Wir werden zusammen verreisen. Ziemlich lange. Susanne und ich.«

Ich setze mich. Ich stehe auf. Juno mustert mich und lacht.

»Das finde ich süß, Herr Gödeler. Das finde ich richtig süß.«

Sie macht sich auf den Weg zum Büffet, das wie gewohnt zwischen Haupt- und Hofeingang aufgebaut worden ist.

»Und wissen Sie, Herr Gödeler, was ehrlich das Coolste ist? Herr Gödeler, ich mach jetzt Therapie. Ich fick nich' mehr mit Männern. Im Park. Na ja, lass mich ficken. Sagt die Therapeutin. Weil ich nämlich nich' so 'ne Beziehung zu mei'm eignen

Körper habe ... Die redet manchmal seltsam. Aber die is'
okay, Herr Gödeler ...«

Als ich an der Wohnungstür von Lureks Großmutter klopfe,
scheint er schon im Flur auf mich gewartet zu haben und öffnet ohne Verzug.

Noch im Nachhinein bin ich froh, dass Susanne nicht sonderlich lange in dem chinesischen Lokal auf der Charlottenstraße geblieben ist. Lurek schüttelt mir verlegen die Hand.

»Hll, Hrr Gdlr – hallo, Herr Gödeler. Gtn ... Guten Tag.«

Er hält mir und der Großmutter die Tür zu seinem Zimmer
auf, in dem die alte Frau überraschend forsch ein Tablett auf
einer Kommode abstellt, mit Keksen, Tee und einem Schäl-
chen Kandis, der in einem Fleck Sonne wie Bernstein zu fun-
keln beginnt.

Lureks Arbeitsplatte, bei meinem letzten Besuch mit elek-
tronischem Gerümpel und einigen Geräten, die noch zu
funktionieren schienen, lückenlos bedeckt, ist leer – bis auf
die Blätter des Fragments meiner nie beendeten Habilitation,
die Lurek zu verschiedenen Gruppen, Häuflein und Stapeln
arrangiert hat. Zu einer Ordnung, deren Sinn mir auf den ersten Blick verschlossen bleibt und den zu erläutern Lurek
keine Anstalten macht. Im Gegenteil, er kramt einige Ausga-
ben mathematischer Magazine aus einem Korb, der als Ablage dient, schlägt sie auf und breitet sie rasch auf das von ihm
über den Tisch verteilte Papier.

»Ht ... Hat nix zu ... bdtn«, murmelt er.

Ich löse mich vom Arbeitsplatz, bevor Lurek versucht sein
könnte, mich beiseitezudrängen.

Lasse mich auf eine Couch fallen, ebenfalls geräumt von
sämtlichen Sedimenten digitaler Peripherie, und frage: »Wie
geht es dir?«

»Gt.«

Lurek hat Mühe, mir in die Augen zu sehen. Unstet schweift sein Blick durch das vollgestellte Zimmer.

»Ch … Ich hab mich an einer Schule angemeldet. Die haben mich genommen. Is' mehr mit Mathematik. Is' für mich besser.«

Ich schließe die Augen. Ich öffne sie. Ich merke, dass ich Tee aus der Tasse, die ich vom Tablett gehoben habe, auf den Teppich plempere. Ich will sagen: Das ist doch phantastisch. Ich spüre, wie mich die Wut auf die Lehrer der neuen Schule, die Lurek unterrichten werden, wie eine Woge überrollt. Ich sage: »Das ist gut, Lurek.« Verbrenne mir die Zunge am viel zu heißen Tee.

»Lurek, ich verreise. Mit Susanne. Du kennst sie.«

»Ihre Zahlen, Ihre …«, er deutet hinter sich zum Tisch, auf dem die Magazine die neu geordneten Seiten der Habil verbergen, »Ihre … Frmln, die sind schwer.«

Ja, denke ich. Und merke, wie unangebracht leise ich rede.

»Lurek, ich möchte dir den Schlüssel für meine Wohnung geben.«

Ich blicke nicht auf.

»Wenn du einen ruhigen Raum brauchst. Um besser … besser voranzukommen.«

Sage ich.

Und möchte sagen: Undankbar. Wie unendlich undankbar.

Und möchte Lurek schlagen.

»Sehr schwierig, Herr Gödeler, Ihre ganzen Formeln … Der Lehrer … und auch der Rektor … von der Schule, die sagen … die sagen, ich darf im Herbst nach dem Sommer … an der Universität … vielleicht … mathematische Kurse besuchen.«

Lurek zerrt Dreck aus der Nase, aus seinem rechten Nasenloch. Er schnippt den Brocken unters Bett.

»Ja«, sage ich, »das ist gut«, sage ich und will sagen: Gib mir die Arbeit zurück.

Und sage stattdessen: »Ich fahr schon morgen Abend weg. Nach Berlin. Ich muss ... Weißt du, Lurek, ich muss ...«

Lurek schaut der Flugbahn der kleinen, grünen Kugel aus seiner ungestalten, verschorften Nase nach. Er schnaubt in ein Taschentuch aus kariertem Stoff.

»An der Universität, da darf ich ... vielleicht im Herbst nach dem Sommer ... Mathe, nämlich Mathematik studieren. Analysis. Algebra. Man muss von vorne anfangen. Das sagt der Herr Rektor der Schule. Der einen Doktor hat, wie Sie. Der Lehrer sagt das auch.«

»... ins Westend«, wispere ich.

Und merke, dass ich nicke. Und höre mich sagen: »Die haben alle beide recht. Alle beide haben die recht.«

Ich sehe, wie ich den Zweitschlüssel zur Souterrainwohnung behutsam auf das Tablett neben die Teetasse und den blinkenden Bernstein lege.

So habe ich's mir überlegt. So habe ich's mir vorgenommen. Ich habe Lurek den Beginn der Habilitation überlassen.

Ich sehe, wie der Junge von einer emsigen Stadtbahn in mehrere Stücke geteilt wird. Im Gleisbett liegt ein Arm, dann seine Füße.

Ich hatte viel mehr Zeit als Évariste Galois. Ich habe sie im Bett verbracht. Umgeben von Romanen.

Ich möchte mich auf dem Sofa, auf dem ich wie festgebunden sitze, zwischen die Kissen kauern, so eng wie möglich zusammenrollen, um ausgiebig zu weinen, bis keine Träne mehr übrig geblieben ist.

»Danke«, sagt Lurek. »Danke. Danke, Herr Gödeler.«

Die Vorwürfe, die Susanne gegen mich erhebt, bevor ich nach Berlin aufbreche – und durch die ich mich von meiner Absicht keineswegs abbringen lasse –, klingen eigenartig entschieden, unerfreulich entschlossen.

Sie droht, sich zu trennen. Sie droht zu verschwinden. Kündigt an, zu Sohn und Gatten zurückzukehren. Sie hält mir vor, sie allein »in diesem scheiß Stuttgart« zurückzulassen und mich davonzustehlen.

»Sei doch wenigstens ehrlich.«

Verblüfft registriere ich die Schärfe in ihrer Stimme. Stelle, weil ich überzeugt bin, dass sie keine der Ankündigungen wahrmachen wird, erstaunt fest, dass Susanne das seltsame Spiel der Eroberung von Terrain in einer Weise instinktiv beherrscht, die mir Achtung abnötigt.

»Es tut mir leid«, sage ich. »Es muss sein. In zwei Tagen bin ich zurück.«

»Du bist ein dummes, dummes … Hämorridenkraut.« Ich sehe die Feuchtigkeit in Susannes Augen, obwohl sie den Blick zu senken versucht. Sie schiebt mich hinaus in den Treppenflur. Kein Licht. Und schlägt die Tür vor meinem Gesicht ins Schloss.

Während die Mauer Berlin umgab, war Platz in der halben Stadt. Nun sind die Menschen bissig.

Keine Spur von meiner einstigen Frau. Oder von meiner Tochter.

Nicht alle Bewohner halten das eng gewordene Labor für die Welt auf Stelzen.

Als ich an der vertrauten Haustür zur Wohnung im Westend klopfe, die Klingel scheint abgeschaltet, öffnet im nächsten Moment eine Frau mittleren Alters, die in Kostüm, leichtem Mantel, mit einer Tasche und einem widerspenstigen

Schirm, der sich nicht zusammenfalten lässt, im Flur auf einem Bein balanciert, um auf den Fuß des anderen einen Schuh zu streifen, der schlicht wirken soll und ungemein teuer aussieht.

»Ah ...« Die Frau beendet erfolgreich ihren Balanceakt. »Ich dachte, du ... ich meine, Sie ... wären Hans-Joachim, der mich abholt?«

»Martin«, sage ich. »Gödeler.«

»Irene.« Die Frau reicht mir unwillkürlich die rechte Hand.

»Wir kaufen nichts. Wir haben alles. Ich bin auch sehr in Eile.«

»Ich habe früher hier gewohnt.«

»Ich muss ins Ministerium.«

»Sehr lange her.«

»Wenn das ... wenn das die Sicherheitsabteilung ...«

Übergangslos bricht die Frau in lautes Gelächter aus.

Erschrocken weiche ich zurück. Bis an die Wand des Korridors. Des Hausflurs, der als Eingangsbereich nicht gegen den Gartenweg zur Straße abgeschlossen wird, damals ebenso wenig wie heute.

»Ich wollte Ihnen auf keinen Fall ... Umstände verursachen.«

»Ach wissen Sie – Umstände ...«

Die Frau starrt auf ihr Handy, ein Modell, das selbst auf mich museal und winzig wirkt.

»Ah. Der gute Hans-Joachim. Stau auf der Jafféstraße ... Soll schon mal vor zum S-Bahnhof ... zur Heerstraße ... okay.«

Mit ihrem erschreckend beweglichen Daumen tippt sie in bestürzendem Tempo eine Nachricht an Hans-Joachim in das albern aussehende Gerät. Dann rückt sie ihre Brille hoch ins Haar, Farbe wie das helle Holz einer Konifere, und mustert mich mit spöttischem Blick, einem ebensolchen Zug um die Mundwinkel.

»Sie klopfen, ich öffne ...« Wieder ihr schallendes Gelächter. »Der Bodyguard isst Currywurst oder ist eingeschlafen. Statt Ihnen freundlich zu bedeuten, dass Sie schleunigst zu verschwinden haben oder er Ihnen die Hand bricht.«

Jetzt lächelt sie.

»Gefällt mir. Was wollten Sie noch?«

Ich nenne meinen Namen. Ich nenne Gundes Namen. Sie erwidert: »Nie gehört.« Zögernd füge ich hinzu: »Ich möchte mich verabschieden.«

Erst scheint es, als wollte sie erneut lachen. Betrachtet mich dann ausgiebig und fragt: »Von Ihrem alten Leben?«

»So ähnlich.« Ich hebe die Schultern und die Augenbrauen.

»Okay. Okay.« Kein Zaudern. Auch kein Misstrauen. Sie misst mich kurz. Von Kopf bis Fuß, wie es in den Romanen heißt.

»Bitte.«

Indem sie aus der Tür tritt, weist sie mir den Weg in die Wohnung.

»Gehen Sie nachher durch den Garten raus. Ziehen Sie die Tür hinter sich zu. Nehmen Sie den schlammigen Pfad durch Georg Kolbes Anwesen. Am alten Atelier vorbei, Richtung Corbusierhaus. Damit Ihnen mein Bodyguard nicht noch ... Na ja, Sie wissen schon. Ich muss ins Ministerium. Die Generäle warten. Und Hans-Joachim«, sie kichert, »vorn an der Heerstraße hoffentlich auch.«

Ministerien.

Gab's früher allenfalls in Ostberlin.

Die Frau mittleren Alters mit ihrem seltsam hellen Haar, in dem die Brille steckt wie die gebogene Nadel einer Geisha, verschwindet aus meinem Blickfeld, obwohl die Tür zum Gartenweg wie gewohnt weit offen steht.

Ich betrete meine ehemalige Wohnung, indem ich die Wohnungstür sorgsam hinter mir schließe. Ich presse die Lider aufeinander. Ich bin blind. Ich sehe Gunde. Ich sehe unsere Tochter Sophia. Ich sehe die Wiege, den übergroßen Wickeltisch. Ich sehe mich an meinem Schreibtisch. Nachts, wenn Gunde und Sophia schlafen. Ich sehe die Lösungen der Probleme. Ich sehe Susanne Melforsch, die jung ist, das Wohnzimmer betreten. Ich höre mich die Polizei erwähnen. Ich sehe Susannes Enttäuschung. Und ihre Entschlossenheit.

Weder frage ich in der Nachbarschaft nach meiner einstigen Frau, meiner Tochter noch besuche ich die Schule, an der Gunde zuletzt unterrichtet hat.

Dennoch bleibe ich nicht nur ein oder zwei Nächte, ich bleibe acht Tage in Berlin.

Weder rufe ich Susanne an noch schicke ich ihr eine Nachricht. Ich besuche die Nogatstraße in Neukölln, die FU in Dahlem, die TU in Charlottenburg, Gebäude in der Nähe des Tiergartens, den Hörsaal H 1058, der renoviert worden ist.

Ich sitze an fünf Vormittagen zwischen zehn und zwölf Uhr in Vorlesungen der Analysis II, der Linearen Algebra I und der Funktionalanalysis.

Höre Verweise auf »den Forster«. Lese auf einem Übungszettel »siehe Fischer«. Folge einem Beweis per vollständiger Induktion. Bin eigenartig froh, dass zwei der drei Dozenten noch Tafelkreide benutzen.

Ich treibe durch das neue Berlin, das mir schäbig und hilflos vorkommt, ein Potsdamer Platz aus riesigen Lego- oder Duplosteinen, die ob der Größe albern wirken, die Friedrichstraße nicht mehr angenehm sozialistisch grau, stattdessen

Gestalten unter der Bahnbrücke, die unaufgefordert die Binden um ihre Unterschenkel lösen und sich im Rollstuhl zurücklehnen, um Reisenden vorzuführen, wie sie, nach einer Mischung aus Curry, Aas und Urin riechend, am lebendigen Leib verfaulen.

Berlin. Ministerien. Ich sehne mich nach Stuttgart.

Als ich zurück in die Stadt komme, im Mannheimer Hauptbahnhof habe ich Susanne eine SMS geschickt, wartet sie vor der Traverse am Ende des Gleises.

Sie wirkt aufgeräumt, trotzdem auf eine Art in sich ruhend, die ich noch selten an ihr erlebt habe.

»Hallo«, sagt sie. »Hallo, Martin.« Lächelt und küsst mich. »Schön, dass du wieder da bist.«

Nachdem ich das Gepäck in Stuttgarts Osten gebracht habe, führt mich Susanne zum Essen aus, ins *Pastetchen* am Bopser.

Mehrere Gänge. Schwerer Wein. Nach meinem Aufenthalt in Berlin erkundigt sie sich kaum.

Erzählt stattdessen von Juno und Lurek. Von dessen Mühe mit meiner Arbeit. Von dessen Fleiß. Und dass er meine Wohnung tatsächlich bezogen habe.

Ehe wir nachts miteinander verkehren, streift mir Susanne ein Kondom über mein erigiertes Glied und trägt das Präservativ, während ich merke, wie ich dem Schlaf übergeben werde, hinaus in die Küche. Schon wie im Traum höre ich das Klappen der verzogenen Tür mit dem mehrfach gesprungenen Milchglas. Augenblicke später rauscht die Wasserspülung der Toilette.

Trotz meiner Reise nach Berlin, trotz des baldigen Abstechers nach Hamburg, den ich ebenfalls ohne Susanne, Susanne

Melforsch aus Billstedt, unternehmen werde, ändert sich nichts an unseren Plänen.

In Kürze brechen wir auf nach Südfrankreich. Fahren im gemieteten Wagen bis nach Castellane. Lassen es uns wohl ergehen. Werden den Urlaub gemeinsam genießen. Durchwandern die Gorges du Verdon.

LEMMA

Nach einer genaueren Untersuchung der noch erhaltenen Bilder und Bänder aller Überwachungskameras wird der zunächst dem Anschein nach klare Eindruck von der wiederkehrenden Kundin peu à peu in Zweifel gezogen und ist am Ende unmöglich aufrechtzuerhalten. Im Gegenteil. Eine der gefilmten Personen stellt sich als ein in die Jahre gekommener Hippie heraus, dessen Bewegungen bei seiner Befragung in Stuttgart in verblüffender Weise an die Körpersprache einer Frau erinnern. Nachdem das Problem der Reisekostenerstattung in seinem Sinn geklärt ist, erscheint er fügsam und pünktlich, um wie eine greise Fledermaus in das Büro des Staatsanwalts zu tänzeln. Die hellblonde Haarpracht, großzügiger Gebrauch von Extensions, prahlt mit erstaunlicher Fülle.

Der Mann gibt an, in der Gegend um Locarno auf den Spuren von Hermann Hesse gereist zu sein und kein Konto zu besitzen, geschweige denn die fragliche Karte jener »Frau Melforsch« je in der Hand gehabt zu haben. Tatsächlich sei er jedoch an dem Geldautomaten gewesen, seine Erinnerung trüge ihn da auf keinen Fall. Warum? Weil ein Schein auf dem Boden gelegen habe, zwanzig Euro. Und ein weiterer, noch einmal zwanzig Euro, habe im Ausgabeschlitz der Maschine gesteckt. »An 'nem Zipfelchen.« Der Mann blickt aus blassen

Augen in die Ferne und lächelt das Lächeln des Erleuchteten, während er eine zackige Unterschrift auf das Formular für die Erstattung seiner Fahrtkosten setzt.

Die Überprüfung der Kamera in zwei weiteren Filialen ergibt eine lückenhafte Aufzeichnung und, hinsichtlich der Zuordnung, eine zeitliche Verschiebung sämtlicher Sequenzen, die noch existieren. Die Korrelation zwischen Datum der Kontoentnahme und aufgezeichneter Person, meist als grob verpixeltes, wenig scharfes Bild, der »gap of time« wird auf, Pi mal Daumen, anderthalb Stunden geschätzt. Sodass die Aussagekraft der fraglichen Videos gegen null tendiert. Nachdem sich die Kundschaft aus Aosta als Transgender-Person herausgestellt hat, betont weibliches Erscheinungsbild und, soweit über Skype erkennbar, eine Mimik, die jeder Infragestellung gängiger Klischees augenblicklich Hohn spricht, lehnt sich der junge Staatsanwalt in seinem ergonomischen Stuhl zurück und genießt den Triumph.

Zwar wäre es ihm lieber, auf den durch eine sich fortschleppende Grippe schon länger arbeitsabsenten Richter zugreifen zu können. Doch auch die Vorstellung eines Telefongesprächs mit der Vertreterin bereitet ihm Genugtuung, ein Gefühl, das er auskostet, bevor er die amtliche Nummer in die Tastatur seines iPhones tippt, um den nächsten Termin für die Haftprüfung und anstehende Aufhebung der Haftverschonung des Dr. Gödeler zu vereinbaren.

Die Mailboxansage des angewählten Apparats lässt die Richterin entschuldigen. Bis in den Abend sei sie durch Verhandlungstermine offener Prozesse, denen sie vorstehen müsse, absorbiert.

Noch ehe der junge Staatsanwalt sich seinem hochkochenden Ärger hingeben kann, empfängt er einen Bericht der mit dem Fall befassten Polizeipräfektur des Départements Alpes-de-Haute-Provence. Als es ihm gelungen ist, das ältliche Format des Anhangs endlich zu öffnen, fällt es ihm schwer, seinem Jubel nicht überlaut Ausdruck zu geben.

Ohne die Begründung für das Zögern der Zeugen, sich bei der Polizei zu melden, wörtlich nachzulesen, überfliegt er das Dossier, auf dessen Ausdruck er verzichtet, und liest allein den Absatz am Ende der unterschriftlich beglaubigten Aussage Buchstabe für Buchstabe.

Bezeugt von einem Ehepaar aus der Vendée wird der Streit zwischen einem Mann und einer Frau zu Protokoll gegeben, auf die die Beschreibung der beiden Personen der Suchanzeige bis ins Detail passe.

Unbeabsichtigt seien sie Zeugen einer heftigen Auseinandersetzung geworden, in deren Verlauf er sie und sie ihn gepackt, geschubst, ja, geschüttelt habe. Sie sei ähnlich grob vorgegangen wie er. Er jedoch sei kräftiger gewesen.

Wörter, gar Sätze habe man aufgrund der Geräuschkulisse, Stromschnellen, Strudel, das an zahllosen Naturwehren fallende Wasser, samt verkeiltem Holz und ungeheurer Steine, unmöglich mithören können.

Streitende in einem Stummfilm, untermalt vom tosenden Verdon, gerahmt von den Wänden der Gorges, die den Himmel verschließen – so steht das Bild dem Staatsanwalt vor Augen.

»Brillant«, entfährt es dem aufstrebenden Beamten, der zu seinem Ärger erst am kommenden Morgen erfahren wird, dass der Verdächtige gegen die unbedingt zu erfüllenden Meldeauflagen beständig verstoßen hat.

Kein Handy, denkt der Staatsanwalt, das wäre der Schönheit des Vorgangs schlicht unangemessen.

Gemächlich greift er zum Diensttelefon und überlegt, ob er sich dem Haftrichter als »Rothe« vorstellen soll.

INDUKTIONSSCHRITT (8)

Während Susanne Melforsch, die ich mittlerweile in Gedanken meist Susanne nenne, mit dem Mietwagen nach einem Parkplatz sucht – von meinem erhöhten Standpunkt aus erkenne ich, wie sie sich durch Serpentinen, Kehren und Einbahnstraßen des Ortes tastet –, schaue ich hinunter auf die Dächer von Moustiers-Sainte-Marie. Als wir in Stuttgart gestartet sind, habe ich ihr das Steuer überlassen. Ich habe das Lenken eines Pkw in den langen Jahren im Souterrain am Bopser verlernt.

Die Dächer, ein ausgebranntes Rot, leuchten in südlicher Sonne. Der Kirchhof der kleinen Kapelle oberhalb des Dorfes, Mäuerchen und Olivenbäume, der Duft nach Thymian, Rosmarin, den prallen Buchsbaumhecken, liegt in der Hitze des Mittags leer, das Tor zum Natursteingebäude ist wider Erwarten verschlossen.

Ich horche auf das sommerverlorene Rinnsal des Bachs, der aus dem Fels nicht springt, nur tröpfelt, und denke an den Streit am gestrigen Nachmittag.

Um die Mittagszeit erreichen wir Sainte-Larche de Barcelonnette, einen pittoresken Ort in Sichtweite der Seealpen.

Am Rand des von Platanen gesäumten Platzes, dem Zentrum des *Village*, essen wir im Schutz der Schatten spendenden Markise zu Mittag. In einem Lokal, das auf den ersten Blick über keinen Standard zu verfügen scheint, sich jedoch als Restaurant mit vorzüglichem Gänseparfait und einer überaus wohlschmeckenden Wildschweinterrine erweist sowie einem Wein, der uns derart zusagt, dass wir mehr trinken als beabsichtigt.

Weil Susanne sich nach dem doppelten und einem weiteren doppelten Espresso nicht in der Lage sieht, uns im klimatisierten Coupé weiter gen Süden zu fahren – die am Vormittag zurückgelegte Strecke legt den Verdacht nahe, in der Gegend sei die Serpentine einst erfunden worden –, beschließen wir den Besuch eines Museums, das der Reiseführer als architektonisch extravagant hervorhebt.

Das Gebäude springt als Stahl-Glas-Konstruktion, ähnlich einem zerschnittenen Kubus, aus dem massiven Fels am Ende der Ortschaft.

Das Museum öffnet, als wir dort eintreffen. Der Eintritt ist lächerlich gering. Die Klimaanlage ist der unseres Autos an Leistungsfähigkeit weit überlegen, was der Betreiber des *Centre Culturel* gern demonstriert. Die zentrale Ausstellung präsentiert die kubistische Phase Picassos und im Vergleich einiges von Braque, die Werke beider Künstler ausschließlich Duplikate.

Vielleicht liegt es an der Hitze, vielleicht am roten, süffigen Wein, vielleicht verursacht der Wechsel in die künstlich erzeugte arktische Zone bei mir einen Kopfschmerz, der sich mit Aspirin nicht vertreiben, der hinter meiner Stirn ein Sentiment aufkommen lässt, das ich nicht bezwingen kann – und das mich, im vorletzten Ausstellungsraum, vorm scheußlich verschobnen Gesicht einer Frau, veranlasst zu behaupten, mein Leben sei zersprengt wie die Gemälde dieser kubistischen Clowns.

Ich hätte mir gewünscht, dass Susanne Braque und Picasso als Genies verteidigt. Dass sie mich als borniert zurechtweist. Mir sagt: Du redest dummes Zeug. Ich hätte gehofft, dass sie mir widerspricht.

Sie nickt, als wollte sie mich trösten.

Berührt mich mit sanften Fingern vorsichtig am Oberarm. Ich schiebe ihre Hand brüsk weg. Ich schweige. Gehe weiter.

Vielleicht weil ich entdecke, dass es neben der Hauptausstellung in den Räumen im Untergeschoss eine weitere Präsentation gibt, die seit mehreren Jahren fester Bestandteil des meisterlichen *Centre* mitten im Nirgendwo ist.

Die Ausstellung im Keller, eher einer Art Souterrain, die von niemanden außer uns besucht wird, ist der Entwicklung der Zahlen gewidmet. Der größte Raum im Zentrum des seltsamen Gelasses, das von einem manchmal flackernden Licht ungenügend erhellt wird, rekapituliert die Erfindung der Null im Verlauf der Menschheitsgeschichte.

Wir umkreisen den zentralen Ort, ohne an einer Tafel oder vor einer der ohne sonderliche Sorgfalt bereiteten Vitrinen zu verweilen. Während sich Susanne zu Beginn des Rundgangs mit ihrem wenig originellen zahlentheoretischen Wissen hervortut, ohne einen Adressaten außer mir, versuche ich, sie nicht zu beachten, ungut berührt von der Atmosphäre der Ausstellung.

Ich weiß, was in der Mitte des Kellers auf mich wartet. Ich kenne die Geschichte der Null, die Bedeutung der Erfindung, oder Findung, für die Mathematik.

Weiß, dass die Römer, großartige Ingenieure, nicht in der Lage waren, adäquat zu rechnen, weil ihr Zahlensystem kaum mehr als eine geschickt organisierte Strichliste gewesen ist, die keinen Übertrag erlaubt.

Grund für meinen Eindruck, für das Gefühl, das mich befällt, ist ein anderer.

Ich betrete einen Raum, gewidmet der Erfindung der Null, Quantensprung der Menschheitsgeschichte, Urknall der modernen Mathematik, und habe die Empfindung, am Nullpunkt angelangt zu sein. An beliebigem Ort, im tiefsten Gelass, im Nichts des französischen Seealpensaums. Begleitet von einer Frau, die mich gesucht hat, mir nachgereist ist, die mich begehrt, mag sein, während ich nicht selten das Gefühl habe, ihr etwas vorzuspielen.

Der Raum präsentiert dem Besucher nicht mehr, als in jedem oberflächlichen Artikel eines beliebigen Lexikons, gedruckt, digital, mühelos nachzulesen wäre.

Das Hexa- oder Sexagesimalsystem der Babylonier, die die Null nicht kannten, aber hin und wieder ein Fehlzeichen verwendeten, oft, um der Doppeldeutigkeit von Zahlendarstellungen zu entgehen. Das stilisierte Muschelzeichen der Maya, auch als Piktogramm eines Schneckenhauses interpretiert. Die Entdeckung des indischen Mathematikers Brahmagupta, eines frühen Genies, das Rechenregeln für die Null angibt.

Leonardo Fibonacci, Mathematiker des Mittelalters, Sohn eines italienischen Händlers, kommt in Nordafrika mit arabisch-indischen Zahlen einschließlich der Null in Kontakt und führt sie in Italien ein. Trotz Pythagoras und den Heroen der Antike hinkt Europa der Entwicklung nach.

Alles bestechend in seiner Klarheit. Alles allgemein bekannt und weder dunkel noch rätselhaft oder gar bedrohlich. Trotzdem kommt es mir vor, als wäre das Untergeschoss eine Gruft, bewohnt von Vampiren, die, obgleich unsichtbar, von mir Besitz nehmen werden.

Während wir um den vergifteten Torus im Fokus der Aus-

239

stellung kreisen, redet Susanne nicht. Vielleicht spürt sie, was mit mir geschieht. Ich bin ihr dankbar.

Als wir zurück an die Sonne gelangen und uns beeilen, dem Einfluss der Kältemaschine im Keller zu entkommen, als wir hinaus auf den Vorplatz des *Centre* am Ortsrand treten, fängt Susanne unvermittelt an zu reden, als hätte sich im Souterrain etwas in ihr angestaut.

Sie spricht von der Null als Urgrund, der unverbrüchlichen Weisheit der Alten, vom Styx und vom Werden wie Vergehen allen Lebens, vom ovalen Symbol des Gebärens. Ohne darauf zu achten, ob ich ihr zuhöre, erzählt sie von den Kursen, die sie, noch in Berlin, besucht hat.

Die numerologische Null ist der Kreis, das Rad des Lebens. Bestehend aus den vier Speichen des Seins: Wissen – Wollen – Wagen – Schweigen. Sie, die Null, symbolisiere den Mond, mit dem Mond das mütterliche Gefühl und die Liebe.

Die Null habe keinen Anfang, kein Ende. Alles sei in ihr, zugleich außerhalb. Null sei Universum und Vollendung.

Das Nichtmanifeste, Ewige. Ayn. Sechzehnter Buchstabe. Zahlenwert siebzig. Die Monade. Grenzenloses Licht.

Susanne erwähnt einen alten jüdischen Gelehrten und die Wärme, die von ihm ausgegangen sei. Durch die Kabbala habe sie das Wesen der Mathematik erst begriffen. Später lese ich im Netz einige Einträge über Numerologie und die modischen Interpretationen der Kabbala nach, finde fast jede ihrer Aussagen im Wortlaut wieder.

Auf dem Weg zu unserem Auto entgegne ich Susannes Sermon, der, ausgelöst durch die Präsentation im Kellergeschoss des Museums, aus ihr hervorbricht, nichts. Als wir im Wagen sitzen, die Klimaanlage läuft bereits und trocknet unseren Schweiß, und Susanne erneut über numerologische Gehalte der Null schwätzen möchte, anfangen will zu spekulieren, als wäre ein Knoten in ihr geplatzt, als wäre irgendwo ein Stopfen gezogen, fahre ich ihr barsch über den Mund.

»Wie schaffst du's, als Jurastudentin, als an Mathematik immerhin Interessierte, solch einen hanebüchenen Quatsch, solch kompletten Blödsinn zu verzapfen.«

»Ein jüdischer Gelehrter.« Susanne wirkt erschöpft.

Ich sehe mich im Rückspiegel matt mit den Augen rollen. Spüre, wie ich mich meiner Vehemenz zu schämen beginne.

»Die Null ist ein Zeichen.« Ich zucke entschuldigend die Schultern. »Eines, das mathematische Operationen ermöglicht. Sonst nichts.«

Susanne sieht mich an.

»Manchmal bist du so kalt. Als wäre kein Gefühl in deinem Körper.«

Sie lässt ihren Kopf nach vorn fallen und prallt mit der Stirn aufs Lenkrad. Ihre schmale Nase trifft eine der Speichen und fängt an zu bluten.

Ich hätte erwidern mögen: Gefühle sind dem Denken unzugänglich. Indem wir es zur Sprache bringen, ist aus dem Gefühl ein Gedanke geworden.

Stumm tupfe ich Susanne das Blut von der linken Braue, der leicht aufgeplatzten Stirn, drücke ihr ein Taschentuch auf die lädierte Nase.

Um die Blutung zu stillen, um Jeans wie Sweatshirt, das sie sich nach dem Besuch des *Centre* um die Hüfte geschlungen hat, nicht weiter zu bekleckern, obwohl die rostroten Flecken auf der beschmutzten Kleidung längst groß und breit und ausgedehnt in der Sonne leuchten.

Nimmt man eine göttliche Instanz, geistige Entität jenseits der uns bedingenden Wirklichkeit an, ist Beliebiges möglich und die Exegeten konstruieren die Welt.

Wird von der göttlichen Instanz abgesehen, ist das menschliche Gehirn ein Organ wie die Leber und das Herz. Aufgrund von Größe und Komplexität bildet es im Verlauf der Entwicklungsgeschichte die Fähigkeit aus, dem Einzelnen zu suggerieren, er sei Selbst und Ich – daher in der Lage, sich aus der Distanz zu betrachten, Pläne in der Zeit zu etablieren und mit den Werten »wahr« und »falsch« zu korrelieren.

Die Autosuggestion ermöglicht uns die Entwicklung von Szenarien. Hinter die evolutionär günstige Täuschung zurückzufinden, ist uns unmöglich. Wir denken uns als Fremde. Und beherrschen die Welt.

Abstieg.

Ich bin erstaunt, wie wenig die Wanderung mir zusetzt. Keine Krämpfe. Keine Schmerzen in Rücken, Knie oder Hüfte.

Links und rechts Wände, fast ein Kamin. Pfad zwischen Hartlaubbewuchs. Der Geruch nach Buchsbaum. Lorbeer. Thymian. Manchmal wilder Minze.

Hie und da Reste mürber Mäuerchen. Am Fuß der Schlucht die monströsen, oft bemoosten Steine und das beherrschende Rauschen des ungezähmten Verdon.

Über in die Wand gehauene Stege, in grauroten Fels gefügte Stufen, oft gesichert durch ein Seil aus verdrilltem Stahldraht, kommen Susanne und ich, deren Ausdauer und deren Zähigkeit ich bewundere, überraschend gut voran. Wir werden die Schlucht an einem Tag durchqueren. Das ist unser Ziel.

Wir haben uns informiert.

Der markierte Weg wird enden. Einige Kehren und Schleifen des während des Sommers flachen Flussmäanders werden wir durchwaten müssen. Keine große Entfernung bis zum gestauten Abschnitt kurz vorm Lac de Sainte-Croix. Dort befindet sich der Ausstieg, hoch zum *Maison Cantonnière*, dem aufgegebenen Haus des Kantoniere. Ich meine es vor mir zu sehen, wie seinerzeit mit Sophia, meiner Tochter.

Aller Streit wird vergessen sein. Aller Streit ist vergessen, seit wir die Pension in Castellane bezogen haben, obwohl das Wetter in den letzten Tagen schlecht war: starker Regen, Kälte, wie im späten Herbst.

Einige Tage zuvor, kurz nach der Ankunft, liegen Susanne und ich während der täglichen Siesta, die wir uns wegen des Wetters gönnen und die uns einander wieder näherbringt, auf dem Bett in der Mansarde unserer Pension. Raum mit Dachschräge, ein Zimmer, das ich mag.

Wir dösen. Wir berühren einander. Wir umarmen uns.

Seit zwei oder drei, vielleicht vier oder fünf Wochen, seit meiner Reisen nach Berlin, Hamburg, haben wir nicht mehr miteinander geschlafen.

Einmal. Zweimal. Möglicherweise. Die Tage gleiten in ein Vergessen, das mir behagt.

Wir dösen Arm in Arm. Susanne beginnt, mich zu streicheln. Ich spüre ihre Vorsicht, ihr verhaltenes Verlangen. Vor mir das Bild meines Zimmers im staubigen Stuttgarter Souterrain. Zacharias. Junos Besuche. Lurek, den ich im Verdacht habe, ihr nachzusteigen.

Zacharias auf dem Weg in eine ungewisse Ferne. Lurek mit dem Zweitschlüssel zu meiner mittlerweile penibel aufgeräumten Wohnung – mir fremd, ihm Gunst, schöne Gelegenheit. Susanne hilft mir aus Hose, Strümpfen, Unterhose. Neben dem Bett liegt ihre Jeans. Der eigenartig vernähte Gürtel. Daneben der graue Kapuzenpullover. Besprenkelt mit dem Blut aus ihrer Nase, einer aufgebissenen Lippe. Stirn und Gesicht auf dem Lenkrad des gemieteten Coupés. Ihr Blick, als sie den Kopf hebt. Mein Erschrecken.

Wir schlafen miteinander. Der Regen schlägt ans Dachfenster. Wir haben keine Eile. Wir verwahren das Präservativ in der neben dem Nachttisch vorsorglich bereitgestellten Box mit den Kühlelementen, die im Rucksack den Proviant, die belegten Brote, Käse und Hartwurst, während der Wanderungen konservieren. Beim Nachtessen, von keiner Spannung grundiert, unterhalten wir uns über Menschen, die im Schutz einer neuen Identität aus der Welt verschwinden, obwohl ihre Körper weiterhin der Wirklichkeit angehören. Spiel der Gedanken, die mehrfach gestellte Frage nach dem Brustbeutel, den Susanne während der Ausflüge stets um den Hals trägt, während der Nacht griffbereit auf der Kommode neben sich liegen hat, wird ausweichend beantwortet.

Ihre Erwähnung der Freundin Sybille. Von der ich mit Gewissheit annehme, nie zuvor von ihr gehört zu haben. Beißerei zweier Hunde. Der folgende Tumult auf dem Platz bei der Fontäne im gewöhnlich stillen Castellane.

Wiederaufnahme der Erzählung von Sybille, von Phuket. Schwere des Weins. Flammen unsteten Kerzenlichts als Widerspiegel in Gläsern, die wirken wie mit Blut gefüllt. Die Sprunghaftigkeit der Schilderung. Ein Kerl in einer Kneipe, das unverschämte Grinsen. Zahnkronen aus Edelstahl. Der Verlust des Fadens. Was war mit Sybille? Was mit Phuket? Schwankend durch dunkle Gassen des südfranzösischen Städtchens. Morgen soll die Sonne scheinen. Die Box mit dem Kondom verschwindet in der Schublade, die Kühlelemente kommen in den uns überlassenen Kühlschrank des Betreibers der Pension, den wir selten zu Gesicht bekommen. Als ich mich aus dem Bad ins Mansardenzimmer der träumenden Herberge taste, schnarcht Susanne mit geöffneten Lippen, an denen ein Bläschen Speichel im Licht des vollen Mondes alternierend wächst und schrumpft.

Wir passieren Abschnitte des Canyons, die wie verwunschen wirken. Passagen mit hängenden Pflanzen, deren Namen ich nicht kenne. Klettern über verkeiltes Blockwerk, unter dem der Fluss verschwindet, durch ausgewaschene Löcher hie und da zu sehen ist.

Wir helfen einander beim Überwinden vorzeitlicher Hindernisse. Wir sehen das Schild mit der Warnung vor unvermittelt steigendem Wasser. Das Piktogramm einer ertrinkenden Figur. Gereckte Arme, schäumende Flut. Darunter ein blasser Schriftzug.

Barrage … de l'eau … Attention.

Sätze in einem mir plötzlich fremden Französisch. Fehlende Buchstaben. Worte, die sich mir nicht erschließen. Susanne übersetzt: den Hinweis auf die drohende Gegebenheit des sprunghaft steigenden Verdon.

Sollte an höher gelegener Staustufe sich die Notwendigkeit ergeben, dass der Abfluss des künstlichen Sees geöffnet werden müsse, wäre eine Flucht aus der Schlucht schwer oder kaum möglich.

Danger de mort.

Wir halten inne. Lehnen im Schatten. Essen Brot. Beobachten Fische. Wir haben den sicheren Eindruck, dem Ausgang der Gorges nahe zu sein.

»Umkehren?«

Ich nehme einen behutsamen Schluck aus einer der mitgeführten Flaschen. Ich nippe sparsam. Wenig Wasser, das uns in der Hitze stundenlangen Steigens, des Kletterns und Kraxelns und Watens, noch geblieben ist.

Jetzt erst spenden die Wände des Canyons häufiger Schatten, strahlen, nach den Regentagen, keine Wärme mehr ab. Susanne beißt in ein Stück Salami, das in ihrem Mund anstößig aussieht.

Ich hebe die Schultern. Sie sagt: »Nein. Weitergehen.« Reibt sich die von der Sonne geröteten Schläfen. Knetet ausgiebig ihre Stirn.

»Was ist?«

»Nichts. Nur ein bisschen Kopfschmerzen.«

»Nicht doch lieber umkehren?«

»Auf keinen Fall.«

Ich erkundige mich, was Susanne gestern, vorgestern auch, in der Apotheke von Castellane gesucht habe.

»Spionierst du mir neuerdings nach?«

Sie lässt den Rest der Wurst in den Fluss fallen.

Sie tritt nach dem Stück Salami, das, von der Strömung erfasst, die Schnellen hinuntertreibt und hinter einem Felsvorsprung verschwindet.

»Nein. Ich war nur wegen …« Verband, will ich sagen. Material.

Sie tritt auf mich zu. Sie packt mich.

Sagt, indem sie mich schüttelt: »Was soll das? Hast du mir was vorzuwerfen? Los, Martin, dann tu's!«

Perplex wegen des unvermittelten Ausbruchs weiß ich keine Antwort zu geben. Will eine Erwiderung stammeln. Packe sie ebenfalls bei den Schultern. Abwehr? Reflex? Wegen der Wut, mit der sie mich ansieht? Wegen des Ärgers über den Vorwurf?

Kein Grund vorhanden, keinerlei Anlass. Möchte mich von ihr losreißen. Allein auf den Rückweg machen. Ausstieg Richtung Restaurant. *Les Étoiles mystiques*. Da parkt der Wagen, den wir teuer gemietet haben. Das Taxi, das wir am Lac de Sainte-Croix bräuchten, könnten wir uns sparen.

»Entschuldige, Martin, entschuldige. Entschuldige, es tut mir leid.«

Susanne umfasst meinen Kopf. Sie küsst mich.

Ihr Atem schmeckt nach Salami. Ihr Haar duftet nach dem Bad im eisigen Verdon. Fern sehen wir ein weiteres Paar. Das uns zuwinkt. Als wollte es allem Streit die Schärfe nehmen. Den Disput schlichten. Ein älteres Paar, das uns etwas bedeuten will, indem es mit den Händen fuchtelt, ohne dass wir – beschäftigt, einander zu küssen – genauer darauf achten. Kurz, ein Aufblitzen im Augenwinkel, glaube ich zu erkennen, dass die Wanderer zunächst erwägen umzukehren. Sich dann entschließen, uns zu folgen. Beruhigende Empfindung, jemanden in der Nähe zu wissen.

»Es tut mir leid«, sagt Susanne. »War blöd von mir. Ich weiß, die letzte Zeit bin ich oft launisch.«

Sie lacht. Lächelt. Nachdenklich, beklommen, als schämte sie sich plötzlich.

Ich frage mich, was geschehen ist. In den vergangenen Tagen. Der Woche vor unserem Aufbruch.

Unverhofft ihr versöhnliches Grinsen. »Wollen wir weiter?« »Ja«, sage ich. »Ja.«

Als ich bemerke, dass die Sonne nach einer spitzen Kehre des Canyons, nahezu neunzig Grad, kaum mehr den Weg über den Kamm beidseits der Schlucht, lotrecht aufragende Felswand, findet, setze ich mich auf einen Stein, binde die wasserdichten Schuhe mit festerem Knoten und warte, ob die Wanderer in ein paar Minuten, fünf, zehn, ebenfalls an der Biegung des mäandrierenden Verdon auftauchen werden.

Sie bleiben verschwunden, der Mann, die Frau. Älter als wir. Aber sie wirkten, als seien sie geübt. Als wären Touren wie diese für sie seit einer Ewigkeit Routine.

»Sind umgekehrt.«

Ich lockere die Knoten meiner Schuhe. Die Füße scheinen geschwollen.

Susanne blinzelt in einen Strahl, der sich an der Kante der Felswand vor uns für einen Augenblick verfängt.

»Weicheier«, sagt sie müde. »Komm, lass uns weitergehen.«

Eine halbe, vielleicht eine dreiviertel Stunde trotten wir hintereinander her, das Schweigen flankiert vom dringenden Wunsch, die nächste Kehre, die folgende Schleife des Flusses wäre die letzte und gäbe den Blick frei auf das angestaute Wasser, das vom Lac de Sainte-Croix in den Canyon drängt.

Jenseits der grauroten Mauern aus Stein sinkt unsichtbar die Sonne. Am Grund der Schlucht werden die Schatten länger.

Nach weiteren zehn Minuten, wir haben eine Anhöhe mit dichtem Bewuchs und sandigen Arealen erklommen, trocken, eine größere Höhle, Auswaschung in der Felswand, davor eine Feuerstätte, kleinere Stapel mit brauchbarem Holz, der Knochen eines Koteletts, der aus dem Sand ragt. Hoch gelegene Halbinsel unter einem Überhang.

»Wir bleiben hier«, sage ich.

»Nein«, sagt Susanne. »Weiter.«

Indem ich mich auf unseren Rucksack setze, ein Wanderrucksack, in Stuttgart erworben, genügend Platz darin für Susannes kaum halb so großen Beutel, den sie mir nach dem Abstieg in die Hand gedrückt hat, indem ich mich neben den mit Sand gelöschten, gehäufelten Holzkohleresten, dem Ring aus geschliffnen Steinen zur Abschirmung gegen den Wind, niederlasse, mich aufs einzige Gepäckstück hocke, bedeute ich Susanne, dass wir hier, vor der Höhle, übernachten, statt die Durchquerung der Gorges in fortschreitender Dämmerung mit ungewissem Ausgang anzugehen.

»Gib mir meine Sachen«, sagt Susanne.

»Nein.«

Erstaunt über meine Bestimmtheit, suche ich nach einem geeigneten Stock, den ich anspitzen werde, um daran das Brot zu rösten, die garen Kartoffeln aus der verbliebenen Glut zu fischen. Trotz ihres kaum gezügelten Zorns wegen meiner Vorsicht – »Feigling«, höre ich sie murmeln – werde ich Susanne zwingen, in meinen Vorschlag einzuwilligen oder, stur und ohne Rucksack, im Dunkeln zu verschwinden.

»Wir haben Schlafsäcke. Und Decken. Wir warten, bis es hell wird. Wir kraxeln nicht dumm durch die Dunkelheit ins Nichts.«

»Die paar Meter.«

Susanne zischt mich an.

»Der Platz ist gut«, sage ich.

»Die paar Meter.«

»Und wenn es nur ein Meter wäre. Nicht mal den Ausstieg finden wir. Nicht die verfluchte Straße.«

Susanne tritt einen Schritt auf mich zu. Ich sitze. Sie steht. Sie betrachtet mich. Als müsste sie darüber nachdenken, was mir mitzuteilen wäre. Sie tippt mit dem Schuh an den Rucksack.

»So wird es immer gewesen sein, Dr. Martin Gödeler. Gib mir meine Sachen.«

»Morgen.«

Ich bleibe hocken. Betrachte unsere Schatten im rasch verlöschenden Licht.

»Gib mir meine Sachen.«

»Wir bleiben. Du und ich. Wir sammeln Holz für's Feuer.«

»Immer. Immer die paar Meter. Gib mir mein Zeug.«

Ich schnitze dem ersten Spieß eine Spitze, ohne Susanne anzuschauen. Ich sage: »Was weißt du von mir?«

Ich habe das Messer, das Zacharias in der Grünanlage beim Taxihalt am Bopser wütend weggeworfen hat, aus dem Seitenfach des Rucksacks gezogen. Beginne, in grauen Gedanken, aus einem Hasel den zweiten Spieß für's zu röstende Brot zu spitzen, für die garen Kartoffeln.

»Du weißt von Gunde. Du weißt von meiner Tochter. Du hast keine Ahnung von Mathematik. Du hast mit einem Mann gelebt, den du hättest verlassen sollen.«

»Ich habe dir geholfen.«

»Du flüchtest dich in Bilder.«

Ich weiß eine Literflasche Rotwein, Überraschung, in den Tiefen des Gepäcks, das ich bis hierher, nächtliche Anhöhe im Canyon, geschleppt habe, um mit Susanne nach der Durchquerung – auf uns, »die Sieger« – anzustoßen.

Alles ist falsch, denke ich.

Ohne größere Kraft zottelt Susanne, die sich neben mir zum sandigen Boden gebückt hat, an einer Trageschlaufe des Rucksacks. Ich weiche nicht, ich schnitze. Hab mir gemerkt, wo das Schwemmholz des Winters im Gesträuch verfangen ist. Wo es aufgetürmt bereit liegt. Wir könnten die halbe Flasche Wein, eingerollt in die Schlafsäcke, leeren. In einer samtenen Dunkelheit. Während uns das Wasser mit stetem Rauschen mahnt.

Ich sage: »Du bist siebenundvierzig. Dein Körper betrügt dich. Noch signalisiert er dir Begehren.«

»Wie?«

Der Klang von Susannes Stimme schwankt zwischen ungläubigem Staunen und Empörung.

Ich hätte innehalten können. Ich fahre fort.

»Du bist kurz vorm Klimakterium. Dein Genom will sich reproduzieren. Was willst du eigentlich von mir?«

Sie kniet, seitlich neben mir, in der Kuhle, im kühler werdenden Sand, in dem wir, schlafend oder wach, aufs Aufgehen der Sonne warten werden.

Lässt von den Tragegurten ab. Und schlägt mir mit der linken Hand kraftlos auf die rechte Wange.

Ein Schlag, ungeschickt ausgeführt, der halbherzig und hilflos wirkt. Nur eine matte Geste, die keinen Schmerz verursacht, keine Spur hinterlässt. Der meine Tätigkeit nicht unterbricht.

»Was soll das?«

Ich recke mich.

Möglich, dass Susanne sich einen Augenblick bedenkt.

Bevor sie sagt: »Ich bin schwanger.«

Sie zögert.

»Nicht von dir.«

Wenn ich über die folgenden Momente nachgedacht habe, ist mir die Abfolge von Gedanken, Empfindungen und Handlungen durcheinandergeraten. Mit Sicherheit meine ich zu wissen, dass ich den angespitzten Stock in den Sand habe fallen lassen. Dass ich mich, das Messer in der rechten Hand, nach links zu der neben mir in der Mulde knienden Susanne umgedreht habe.

Ein Wischen mit der Messerhand, fahrige Bewegung.

Die Klinge streift den linken Arm, mit dem sie mich geschlagen hat. Verletzt die Haut, indem sie ins von keinem Kleidungsstück bedeckte, sonnengebräunte Fleisch schneidet, das, obwohl der Schnitt nicht tief ist, sofort zu bluten beginnt.

Wenngleich ich mir später einbilde, die Bewegung – kein geführter Stich, kein Stoß – unmittelbar habe stoppen wollen, durchtrenne ich ihr ärmelloses Top, das, gezeichnet von einem hellen Schweißrand, während der Wanderung auf mich erregend gewirkt hat, und schneide unterhalb ihrer linken Brust weiter ins weiche Fleisch des Oberkörpers.

Die gehärtete Klinge, die Zacharias fortgeworfen hat, die ich aufgehoben habe, dringt mit der Spitze in Susannes Körper, nicht tief genug, um die Rippe überm Herz zu berühren. Ein Kratzer. Der ebenso heftig blutet wie der Schnitt an ihrem Oberarm.

Ohne das Messer fallen zu lassen, taumele ich vom Rucksack hoch, weiche ein paar Schritte zurück, als müsste ich Abstand zwischen mich und Susanne bringen, betrachte das blutige Eisen. Inzwischen ist es derart dunkel, dass der Stahl der Klinge im Licht des nicht mehr vollen Mondes und der aus einem klaren, wolkenlosen Himmel eifrig vorspringenden Sterne nur matt und vage schimmert. Trotzdem ist die Verfärbung, schwarz und glänzend, zu sehen.

»Gib mir meine Sachen.«

Susanne tastet mit den Fingern ihrer rechten Hand nach der Wunde über ihrem Herzen.

Wie unter einem bösen Zwang drücke ich die Klinge des Messers in meine linke Handfläche, presse die Hand hart zusammen, bis ich die warme Flüssigkeit in meinem Handteller spüre.

»Ich zeige dich an«, sagt Susanne. »Hilf mir.«

Behutsam lege ich das Messer auf einen unscheinbaren Stein, auf dem ich es vergessen werde, wo es, in Wind und Regen, langsam verrosten wird.

Am Tag vor der Wanderung habe ich in der Apotheke von Castellane ein Erste-Hilfe-Päckchen besorgt, habe das murkelige Paket am Folgetag um Pflaster, eine Leukoplastrolle und Mullbinden ergänzt. Habe an die Tinktur zum Desinfizieren von Wunden gedacht. An ein Mittel, mit dem sich Risse und Schnitte vorläufig verkleben lassen. An beiden Tagen habe ich gesehen, wie Susanne das Geschäft verlassen hat. Versunken in Gedanken, hat sie mich nicht bemerkt.

Als ich den Verband unterhalb ihrer linken Brust mit Leukoplast fixiere, damit sie in der Lage ist, ohne fremde Hilfe daran zu hantieren, ertasten meine Finger ihren Herzschlag. Wortlos zieht Susanne ihren kleinen Rucksack aus meinem größeren, versichert sich tastend des Inhalts, schlüpft in die Tragegurte, sieht mich an. Weder schaffe ich es, ihr einen Teil des Proviants oder des Wassers anzubieten noch die Flasche mit dem Wein der Sieger.

Noch weniger gelingt es mir, sie zur Umkehr zu bewegen. Sowohl am Arm als auch auf dem Verband, der die Rippen umspannt, meine ich, einen Fleck zu bemerken, der dunkelrot durchs Mull drängt, obwohl es im dürftigen Licht, das den Grund der Schlucht erreicht, kaum möglich gewesen sein wird, Susanne nach wenigen Schritten noch gegen das Gebüsch oder die Steilwand, gegen das Geflecht der Nacht, deutlich zu erkennen.

Nachdem ich gewartet habe, eine Stunde, zwei, und Susanne weder gerufen hat noch zurückgekommen ist, schalte ich das Assistenzlicht am Smartphone an, ein Handy, das mir Susanne geschenkt hat, grabe im Rucksack vergeblich nach der Stabtaschenlampe, die ich im Hypermarché Mammouth in Castellane gekauft habe, sammle Holz, entfache ein Feuer, stelle fest, dass es zwischen den Wänden der Gorges kein Netz gibt, lasse, während ich in die Flammen starre, die verbliebene Salami, das Brot, schließlich die Kartoffeln verkohlen, rede mir ein, am Morgen werde Susanne auf mich warten, nur eine nächste Schleife, eine Flussbiegung entfernt und nach einer durchwachten Nacht bereit, mir zu verzeihen.

Sie wird wissen, wovon ich mich in der Dunkelheit zu überzeugen versuche: dass ich ihr weder etwas antun noch sie habe verletzen wollen.

Gehetzt von Träumen, in denen sie von Felsklippen in einen Abgrund fällt, über Schründen an Vorsprüngen hängt, die verkrampften Finger nach Stunden lösen muss, weil ihre Kraft nicht reicht, sie, weil ich ihr die Hilfe verweigere, in einen reißenden Fluss stürzt, nach einem nervösen Dämmern, wenige Stunden, drei, vielleicht vier, immer wieder schrecke ich auf, durchsetzt von der wachsenden Gewissheit, sie werde, nur Meter neben mir, verkrümmt in ein Dickicht, verblutet sein, gepeinigt von der Vorstellung, sie habe zu mir zurückfinden wollen, sei in der Dunkelheit in eines der trüben Löcher gerutscht, die der Fluss ins Gestein bohrt – dort, an der Oberfläche der Brühe in einem Schacht, hält sie sich solange an der Luft, bis alle Kraft verbraucht ist, bis sie sich der Kälte, der Strömung ergibt – bis ich in einen Tiefschlaf sinke, bedrängt von Mahr und Alb schlafe ich ein.

Als ich erwache, höre ich das Wasser.

LEMMA

Später wird sich der junge Staatsanwalt ärgerlich fragen, warum er Lurek und Juno nicht früher zur ausführlichen Zeugenvernehmung hat vorladen, sondern sich nur ihre Identität hat bestätigen lassen – nachdem sie derart prominent in der Erzählung des Beschuldigten aufgetaucht waren.

Warum er sie nicht früher vernommen hat: trotz der Unmöglichkeit, dass sie mit dem Ereignis im Canyon hätten zu tun haben können.

Gut. Zacharias aus Australien – oder wohin immer ihn sein Weg geführt haben mag – eigens einzufliegen, wird mit Gewissheit nicht genehmigt werden. Lurek oder Juno rechtzeitig zu befragen, wäre eine Selbstverständlichkeit gewesen.

Der Staatsanwalt wirft sich ein Versäumnis vor, für das er keine Entschuldigung gelten lässt.

Das Gespräch mit dem Mädchen erbringt nichts.

Es verschweigt, was dem Staatsanwalt aufgrund der Berichte des Verdächtigen längst bekannt ist. Es unterschlägt den Plan der Susanne Melforsch, Gödeler den Eindruck zu vermitteln, er habe in Lurek ein Jahrhunderttalent entdeckt, um ihn so aus seiner Erstarrung zu lösen. Es übergeht den eigenen Part ebenso wie den Überfall auf den Mathematiker und begnügt sich mit weitschweifigen, indes inhaltsleeren Schilderungen seines Nachhilfeunterrichts.

Der Staatsanwalt übergibt die verstockte Göre einer erfahrenen Polizistin zur Fortsetzung der Einvernahme und hakt das Mädchen Juno, Juliane Nofretete Lea Mischke, als Zeugin final ab.

Auch die Vernehmung des Hauswarts Bert Schauerleut stellt sich als vergeblich heraus. Er versteigt sich in eine oft wirre, teils ungehobelte Polemik gegen den Staatsapparat im Spätkapitalismus, prangert die Asyl- und Auslieferungspolitik der Bundesregierung und Baden-Württembergs an und hält dem Staatsanwalt, der auch bei dieser Zeugenvernehmung zugegen ist, vor, ein Büttel des Systems, eines verbrecherischen Kapitalismus, zu sein.

Sich mit Lurek, Xaver Lurek von Merlingengrün, zu verständigen, fällt nicht nur dem jungen Staatsbeamten, sondern auch den hinzugezogenen psychologisch geschulten Mitarbeitern schwer.

Zumal sich der Junge, solange der altgediente Polizeipsychologe und die sich vorm Speichelfluss Lureks sichtlich ekelnde, junge Psychologin mit im Raum sind, stur und verschlossen gibt und seinen Sprachfehler zu kultivieren scheint. Womöglich, um keinesfalls von den ihn Vernehmenden verstanden zu werden.

So interpretiert der Staatsanwalt das Verhalten des Zeugen, der von seiner Großmutter begleitet worden ist. Die alte Dame wartet geduldig auf dem Flur. Der Staatsanwalt bittet die Psychologen, ihn mit Lurek allein zu lassen.

Nachdem die Bürotür sich einige Minuten geschlossen hat und der so ehrgeizige wie erfolglose Beamte das Schweigen zu brechen versucht, indem er den Teller mit den Vollmilchschokoladenkeksen aus der Lade nimmt, sie, so sein nicht revidierbarer Entschluss, ein erstes und letztes Mal über die Glasplatte zu Lurek hinschieben wird und sich eben mutlos entschließt, die Vernehmung danach endgültig zu beenden, sagt Lurek, der die Kekse mit frappanter Geschwindigkeit in sich hineinschlingt: »Die schmecken gut.«

»Vierunddreißig«, fügt er hinzu, »Fibonacci.«

Letzte Krümel werden mit angefeuchteten Fingern vom Porzellanteller getilgt.

»Ch mg Zhln, Hrr Rtm. Fünfundfünfzig in jeder Packung.«

Lauernd blickt er den Staatsanwalt an, der nach kurzem Zögern die Lade erneut öffnet, eine unangebrochene Packung vor sich auf das grünstichig schimmernde Glas legt und die Kekse zu zählen beginnt.

»Fünfundfünfzig. Fibonacci.«

Lurek lächelt.

»Hat mir Frau Susanne manchmal mitgebracht.«

Wieder beginnt er zu kauen, diesmal ohne Hast.

Die Großmutter, Freifrau von Merlingengrün, seit dem Tod der Eltern Lureks Erziehungsberechtigte, stimmt dem DNA-Test ohne Einwand zu.

Als der Staatsanwalt das Ergebnis der Eilanalyse nur wenige Stunden später auf seinem Schreibtisch vorfindet, verblüfft ihn das Ergebnis weniger, als dass es ihn bestätigt.

Die Spermienspuren der zweiten, jüngeren Person auf dem mit den Schlaufen der Jeans vernähten Ledergürtel der Hose, die im Canyon des Verdon gefunden wurde, lassen keinen Zweifel: Falls Susanne Melforsch ihr Kind austrüge, hieße der Vater mit allergrößter Wahrscheinlichkeit entweder Martin Gödeler oder Xaver Lurek von Merlingengrün.

GEGENPROBE

Am Tag, bevor Susanne Melforsch gemeinsam mit Martin Gödeler hinab in die Gorges du Verdon klettert, von einem Restaurant aus, dessen Name, *Les Étoiles mystiques*, ihr im Nachhinein wie eine Prophezeiung vorkommt, zweifelt sie kurz an der doch so ersehnten Beziehung zu dem Mann, der ihr vorgestern Abend in der Pension erzählt hat, woher er den Canyon in Südfrankreich kenne.

Er habe sich damals eingebildet, ihr, Susanne, zu folgen. Sagt er.

Er habe sie weder in Hamburg noch sonst wo jemals versucht zu finden. Denkt sie.

Nachdem sie am darauf folgenden Tag in einer gut sortierten Apotheke am Rand von Castellane zwei entsprechende Tests gekauft hat, sicher sei sicher, weiß sie, dass sie schwanger ist. Und glaubt, dass als Vater nur Lurek infrage kommt.

Und das in meinem Alter und in so knapper Zeit zum zweiten Mal. Purer Irrsinn, meine Fresse. Kein Wunder, dass der Eisprung sich derart verzögert hat.

Sie denkt an das alberne Präservativ, das in der Box zwischen zwei Kühlpacks auf seinen großen Auftritt wartet, und an das spärliche Sperma, das Martin unter Mühen in die Nase des hellroten Gummis bugsiert hat.

Vorvorgestern, früher Nachmittag. Kenner … und so wei-

258

ter. Sie spürt, wie jede blöde Faser ihres betagten Körpers jubiliert. Diesmal wird uns nichts aufhalten. Selbst die Vorstellung einer Tageswanderung durch irgendeine Schlucht kann Susanne kaum schrecken.

Wenn ich aus diesem Tal wieder auftauche und alles ist paletti, dann kann uns gar nix mehr passieren. Martin als Name: zwar vergeben. Lurek? Klingt irgendwie idiotisch. So, wie geriebener Parmesan. 'Tschuldigung, aber ehrlich, stumpf wie eine besonders doofe Comicfigur.

Kleiner Xaver.

Nägel mit Köpfen. Xaver. Muss nur mal überlegen, ob mit Martin …

Dein Vater, kleiner Xaver, ist ein Kind. Ein Kind mit einem Sprachfehler und einem seltsamen Gehirn und einem Sinn für Zahlen, nicht für die Wirklichkeit.

Lurek. Keine Vokale, nur Konsonanten.

Auf eine Art mit dem Kosmos der Ziffern und mathematischen Zeichen, Formeln und Beweise verbunden, der sich Susannes Verständnis trotz aller Bemühung nie erschlossen hat.

Sie macht sich auf den Weg zu ihm und seiner Großmutter, nicht allzu lang nach dem Abort, von dem sie Martin ebenso wenig erzählt hat wie von den knapp bemessenen Wochen der ersten, so kurzen Schwangerschaft. Nicht allzu lang nachdem dieser Martin Gödeler gegen ihren Willen, wenn auch ohne Erfolg, die Wohnung im Westend aufgesucht und den Verkehr mit ihr – was du für Wörter gebrauchst, meine Liebe – weitgehend eingestellt hat.

Lustlosigkeit? Das Alter? Er will nicht darüber reden. Er sagt, alles werde sich finden. Er kenne das schon. Es sei, als habe ein Mann seine Tage.

»Die etwas länger dauern?« – »Die etwas länger dauern.«

Ein gemeinsamer Urlaub im Süden Frankreichs wird dennoch geplant.

Obgleich die sie zu Beginn fast versengende, lodernde Begeisterung jener ersten Wochen mit Martin, wunderbarer Wochen, abgekühlt, möglicherweise verglommen ist, spürt sie, während sie die Karten der Seealpen und des Zentralmassivs auf dem Beistelltisch ausbreiten, eine nervöse Vorfreude, die sich kaum bändigen lässt.

Wir. Zu zweit. Mietwagen. Luxuriös wie die Hotels, in denen wir übernachten werden. Alles wird sich finden.

Während Martin sich frühmorgens auf den Weg nach Hamburg macht, er habe dort Dinge zu regeln, die längst hätten abgeschlossen sein sollen, auch darüber möchte er ihr Genaueres nicht erzählen, ebenso wenig wie über die Fahrt nach Berlin, ist Susanne, die sich seit einiger Zeit wieder gern und ausgiebig morgens im Spiegel betrachtet, an der Hohenheimer Straße angekommen.

Sie weiß, dass sie das Haus, in dem Lurek mit der Großmutter wohnt, umrunden muss, weil sich der Eingang zur Wohnung an der Rückfront befindet. Sie klopft, ohne besondere Absicht, sie redet sich ein, Lurek nach der nie abgeschlossenen Habil des Dr. Martin Gödeler fragen zu wollen – nur, um sich zu erkundigen, ob er, Lurek, das sprachfehlerbehaftete, mathematische Genie, eine Möglichkeit sehe, die Arbeit abzuschließen, und ob er selbst dazu in der Lage sei.

Sie weiß die Habilitation nicht einzuschätzen. Kann Lureks Begabung nicht ermessen. Sie ahnt, als sie klopft und klingelt, wie dünn ihr Wissen ist.

Lurek öffnet. Lurek stottert. Lurek sagt, seine Großmutter sei leider beim Arzt.

Indem Susanne Melforsch an ihm vorbei in den schwach beleuchteten Korridor tritt, berührt sie den Jungen mit Brust, Hüfte, Unterleib, als wär es ein der Enge geschuldetes Versehen. Sie biegt in Lureks Zimmer ab, bejaht die gestammelte Frage, ob er einen Tee kochen solle, weiß, als sie sich auf Lureks Bett setzt, dass sie sich auf ein Terrain begibt, das von strafrechtlich unterfütterten Verboten an sämtlichen Rändern eingefasst ist.

Sie nimmt den ihr zugedachten Pott, auf dem sich ein hinfälliger Wolf über ein rundliches Rotkäppchen beugt, wortlos entgegen. Sie merkt, wie sehr sie es genießt, dass der trocken schluckende Lurek auf dem steinigen Weg zu seinem offenbar neu erworbenen Schreibtischstuhl mehrfach Flüssigkeit verplempert. Sie weist sich innerlich zurecht. Halbherzig, ohne Nachdruck.

Erst als Lurek sich umsichtig auf den seltsam geschwungenen Stuhl gesetzt hat, erkennt sie, dass er den Computer, alles elektronische Equipment, an die Kanten der Arbeitsplatte verbannt hat. Lose Kabel, die ohne Nutzen herunterhängen, geben dem Ambiente das Flair von Verfall. Jedoch finden sich auf dem Tisch die Seiten der nie abgeschlossenen Habilitation, nach einem für Susanne Melforsch nicht begreiflichen Muster geordnet, über die gesamte Arbeitsfläche ausgebreitet, das abgebrochene Werk des Doktor Gödeler.

»Ch«, sagt Lurek, »ch …«

Er deutet mit der freien Hand ehrfürchtig hinter sich.

Susanne stellt ihren Pott mit Rotkäppchen und Wolf und Tee auf durchgetretenen Dielen ab, schaut Lurek, der ihrem Blick vergeblich auszuweichen sucht, lange und reglos in die Augen, klopft mit der linken, dem Teepott abgewandten Hand zwei-, dreimal neben sich auf das Spannlaken von Lureks verblüffend breiter Matratze, schiebt das Bettzeug in einer Ecke an der recht nachlässig renovierten Wand zusammen, wiederholt die auffordernde Geste und hätte Lurek wohl auch an der Hand hinüber zu seinem Bett geführt, wäre der Junge nicht von sich aus zögernd aufgestanden und hätte sich, gut sichtbar unter der Jogginghose sein erigiertes Geschlecht, der ihn am Rand der Matratze erwartenden Susanne in winzigen Schritten genähert, als wär es Fron und Strafe.

Sie streift die Stiefeletten, samt zusätzlicher Wollsocken, von den Füßen, öffnet die Schnalle des mit der Jeans vernähten Gürtels, schiebt Hose, Strumpfhose, Slip von den Schenkeln und nickt Lurek zu, um ihm zu bedeuten, er möge sich ebenfalls entkleiden. Sie lehnt sich auf seinem Bett zurück und hilft ihm, in ihren sich ihm öffnenden Schoß einzudringen, fühlt, wie er sich in ihr nach zwei, drei ruckartigen Stößen ohne Verzug ergießt.

Als er sich hastig aus ihr zurückzieht, ohne dass sie ein Papiertaschentuch oder ähnliches zur Hand hat, wird sie nicht bemerken, wie ein Teil seines Samens an ihren Gürtel gerät. Während sie seinen Kopf hält, der vorn auf den Verschluss ihres Büstenhalters drückt, spürt sie Lureks lautlose Tränen durch den Stoff der Bluse auf ihrer glücklichen Haut.

Es wird ihm, denkt Susanne in der Zeit danach, nicht geschadet haben. Und was hat Martin mir neulich erzählt? Kurz vorm Aufbruch gen Südfrankreich? Lurek gemeinsam mit Juno im Bett in der Souterrainwohnung. Durch mich ist dieser Schlingel auf den Geschmack gekommen.

Schon unmittelbar nach dem Stelldichein an der Hohenheimer Straße beschließt sie, Martin wenn überhaupt erst nach dem Urlaub von ihrem, allein dem Zweck geschuldeten, Seitensprung zu berichten.

Und nachdem sie weiß, dass sie schwanger ist, und annimmt, allein Lurek könne der Vater des gezeugten Kindes sein, entscheidet sie, das Präservativ aus der Box mit den Kühlpacks, die eigentlich für den Proviant im Canyon gedacht sind – na ja, mal schauen –, in Martins Gegenwart zum Einsatz zu bringen. Sie wird ihn, ihren Martin, mit allen Mitteln, die ihr zur Verfügung stehen, verführen. Sie wird ihn überwältigen. Sie wird exakt jenen Eindruck vermitteln, der für alle Zukunft – für ihn und für sie und für Xaver, der auch Maria heißen darf – so unabdingbar notwendig sein wird.

Sie freut sich auf den Ausflug, die baldige Wanderung. Sie kennt den Abstieg vom Restaurant aus. *Les Étoiles mystiques.*

Martin und sie haben dort vor ein paar Tagen schon gegessen. Sie sind hinab in die Schlucht geklettert. Und wieder umgekehrt.

Links und rechts Wände, fast ein Kamin. Pfad zwischen Hartlaubbewuchs. Der Geruch nach Buchsbaum, Lorbeer, Thymian, manchmal wilder Minze.

Hie und da Reste eines mürben Mäuerchens. Am Fuß der Schlucht das alles beherrschende Rauschen des ungezähmten Verdon.

Ihr wird das gelingen. Alles wird ihr gelingen: Den Canyon zu durchqueren. Das richtige, so wichtige Gefühl zu vermitteln, er, Martin, habe ihr Kind gezeugt. Die Schwangerschaft trotz ihres Alters als Glück zu erleben. Xaver Maria ohne Qual ins Leben zu helfen. Das Kind heranwachsen zu sehen. Martin, indem sie ihn sanft drängt, zu veranlassen, eine Anstellung als Lehrer für Mathematik anzustreben, ihrem Martin die Empfindung zu vermitteln, er sei ein Mensch, der gebraucht werde – niemand, dem es gelungen sei, die Welt aus den Angeln zu heben, aber ein wertvoller Mann.

All das wird die Auswertung eines letzten Notizhefts erge- ben, dessen Einträge keiner klaren Chronologie folgen, des- sen Fundort nach akkurater Überprüfung der entsprechen- den Angaben durch die Assistentin des jungen Staatsanwalts, die ihn kommissarisch vertritt, weil er seinen Dienst quasi über Nacht quittiert hat, in der Behörde zumindest als frag- würdig gilt.

Scherz? Albernheit? Irgendeine Verwechslung?

Schließlich wird die Aufschrift auf dem Asservatenum- schlag für einen Irrtum gehalten werden – ein Luxushotel in Dubai, am Rand der Wüste und der Welt, weit abseits jeder plausiblen Reiseroute von Susanne Melforsch oder Martin Gödeler. Um Gewissheit zu erlangen, wird sie, die kommissa- rische Leiterin, ihren ehemaligen Chef, einen Staatsanwalt, den jeder in der Behörde für einen Streber gehalten hat, per WhatsApp, Twitter, SMS, Mail zu erreichen versuchen. Sie wird ihm einen Brief schreiben, ob er sich einen Reim auf Dubai machen könne.

Die Antwort bleibt in allen Fällen aus.

INDUKTIONSSCHRITT (9)

Vielleicht hätte ich länger nach Susanne suchen sollen.

Vielleicht hätte ich die Jeans und das blutige Sweatshirt, beides habe ich in dem Brombeergesträuch liegen gelassen, als Hinweis nehmen sollen, dass Susanne lebt. Dass sie in der Nacht noch umgekehrt ist, nachdem die Wunden aufgehört haben zu bluten und das Wasser aus dem oberen Stausee noch nicht abgeflossen war und das Tal überschwemmt hat.

Keine dreihundert Meter von mir entfernt wechselt sie die Kleidung, weil ihr das in der Nachtkühle feuchte Blut unangenehm gewesen sein wird. Sie lässt Jeans und Kapuzenshirt, die morgens, als Wind aufkommt, in das Gebüsch geweht werden, zurück, weil sie nicht erinnert werden will.

Sie erkennt die unglückselige Verkettung, das Versehen. Sie beschließt, sich auf den Weg zu mir zu machen. In der Dunkelheit verfehlt sie mich. Vielleicht, weil sie sich am Saum des Wassers hält.

Als sie ihren Irrtum bemerkt, sucht sie sich einen Schlafplatz und schläft ein. Sie schläft lange.

Sie schläft auf einer Anhöhe. Schwemmland. Ähnlich meinem Nachtquartier.

Sie schläft in genügendem Abstand zu den Ufern des Verdon. Sie schläft bis in den Vormittag. Weil die Erschöpfung sie übermannt, weil der Blutverlust sie schwächt, schläft sie tief und ruhig. Sodass sie das steigende Wasser in der Schlucht nicht hört.

Als es hell wird und ich erkenne, wie hoch das Wasser in den Gorges gestiegen ist, breche ich eilig auf.

Wir verfehlen einander.

Ich laufe Richtung Lac de Sainte-Croix. Ich finde Susannes von der Flut noch nasse Sachen und steigere meine Eile. Ich fürchte, sie nach der nächsten Kehre, zerschmettert, ertrunken, verblutet, auf den Steinen vorzufinden. Ich sehe das Bild des geschundenen Körpers noch vor mir, als ich das Haus des Kantoniere längst passiert habe.

Auf einem Camping am großen Stausee lasse ich mir ein Taxi rufen, fahre in die Pension nach Castellane.

Mehrere Stunden sitze ich starr auf unserem Bett, gewiss, dass Susanne nicht mehr lebt.

Ich suche nach ihrem Brustbeutel, den ich ebenso wenig entdecke wie eine Spur, die mir verrät, dass sie vor mir hier gewesen und wieder gegangen ist.

Ein Bereich meines Gehirns findet zu einer eigenartigen Klarheit der Gedanken, einer Schärfe der Entschlüsse.

Ich werde mit niemandem reden. Werde keinen Menschen nach Susanne fragen. Ich werde die Rechnung mit dem Verweis auf die baldige, aber noch einen Tag ausstehende Abreise zahlen. Ich werde packen und heimlich verschwinden. Ich werde mir überlegen, wohin ich mich wenden soll.

Während der ersten Nacht fahre ich, stringent in jeder Entscheidung, mit dem gemieteten Wagen bis knapp hinter Manosque.

Schlafe am Vormittag ein paar Stunden, sitzend, im Auto, esse an einem früh geöffneten Straßenimbiss, beschließe, den Wagen nicht zu wechseln, tausche, einer Eingebung folgend, die Kfz-Kennzeichen aus, behalte indes die Schilder aus Stuttgart, empfinde, für ein, zwei Stunden, eine seltsame Euphorie.

Hebe im nächsten Ort so viel Geld wie möglich an drei Bankomaten ab. Fahre achtzig Kilometer nach Norden. Checke am frühen Nachmittag in einem Hotel ein. Parke das Auto versteckt in einer Seitenstraße des Dörfchens. Fülle den Meldezettel vor den Augen der gelangweilten Aushilfe an der Rezeption in einer unleserlichen Schrift aus. Bemerke erleichtert die Achtlosigkeit, als das rosa Papier in einem Schubfach verschwindet. Schlafe sechzehn Stunden.

Nachdem ich geduscht und ausgiebig gefrühstückt habe, befällt mich eine Betäubung, die mich bis zur Ankunft in Stuttgart, bis zu meiner Festnahme nicht mehr verlassen wird.

Wie in Trance zahle ich die Hotelrechnung. Wie in Trance treibe ich ohne rechtes Ziel, ohne Entschluss, was zu tun oder zu lassen sei, durch den Süden von Frankreich bedächtig gen Norden. Lasse alle Vorsicht fahren. Bleibe zwei Nächte hier, eine Nacht dort. Wechsle erneut die Nummernschilder, indem ich die ursprünglichen Kennzeichen wieder ans gemietete Coupé schraube. Reise, weil mir nichts anderes einfällt, zurück nach Stuttgart, ohne nur einmal behelligt zu werden. Denke, mal häufiger, mal seltener, an Susanne, deren Tod ich zu verantworten habe. Werfe Lurek und Juno, die sich in meiner Wohnung im Souterrain eingenistet haben, kommentarlos auf die Straße. Folge während der ersten beiden Tage den vertrauten Wegen. Erwäge, mit Schauerleut ein Bier zu trinken. Erneut am Institut anzuheuern. Meine begonnene Arbeit von Lurek zurückzuverlangen. Mich in mein Bett zu legen. Nicht mehr daraus aufzustehen. Meine Notizen zu vollenden. Ein entsprechendes Institut aufzusuchen, um in der Schweiz den schmerzlosen Gifttod zu sterben.

Als ich am zweiten Tag nach der Ankunft unschlüssig von einem Spaziergang über den Reichelenberg zum Teehaus, dessen Toiletten saniert und renoviert werden, zurückkomme, an der Stadtbahnhaltestelle Bopser die zweite Fahrbahn überquere, bei Rot, kein Auto weit und breit, und mir, als ich die Hohenheimer Straße hinunterlaufe, Gedanken mache, wann ich den Mietwagen endlich bei der Firma, in deren Tiefgarage ich ihn gestern abgestellt habe, zurückmelde, spricht mich ein Mann an, der sich als Polizeibeamter in Zivil ausweist, eine scherzhafte Bemerkung zum Überqueren der Fahrbahn bei rotem Ampellicht macht, mich fragt, ob mein Name Dr. Martin Gödeler sei, und mich nach Bejahung der Frage verhaftet, während er mich, wie selbst mir aus Filmen bekannt, über mein Recht belehrt.

Er verzichtet auf Handschellen, behält jedoch meinen Ausweis, den er in die Innentasche seiner Lederjacke steckt. Und derweil er mich dazu bewegt, einige Sachen für den Alltagsgebrauch, Zahnbürste, Wechselwäsche, aus der Wohnung mitzunehmen, und ich seinem Drängen schließlich nachgebe, wir langsam die wenigen Schritte zur Souterrainwohnung auf dem Innenhof laufen, empfinde ich eine Erleichterung, die mir unbekannt war.

Indem mir klar wird, dass ich bald erfahren werde, was mit Susanne, an die ich erneut als Susanne Melforsch denke, in der Schlucht geschehen ist, verspüre ich das tröstliche Gefühl, an einen Ort gelangt zu sein, den ich seit langer Zeit habe erreichen wollen.

Gern hätte ich dem Mann, der mich festgenommen hat, der mich begleitet, um mich dem Polizeigewahrsam nächst des Hauptbahnhofs zu übergeben, meine Sympathie bekundet und ihm während unseres Spaziergangs, vorbei an Olgaeck und Bohnenviertel und Charlottenplatz, vergnügt in die Seite geboxt.

Ich verkneife mir den Impuls und halte mein Gesicht in die hochstehende Sonne über dem Stuttgarter Kessel.

LEMMA

Der Anruf des Sohns von Susanne Melforsch und ihres obs-
zön reichen Gatten erreicht den jungen Staatsanwalt mitten
in der Nacht.

Als er mit einem routinierten Handgriff die Ziffern seines
Digitalweckers, den er als Bausatz gekauft und an einem ereignislosen Wochenende zusammengesetzt hat, zum Leuchten bringt, zeigen die grünen Ziffern der Uhr 02.42 Uhr MEZ.

Die Nummer des Anrufs, der ihn aus dem gewohnt leich-
ten Schlaf gerissen hat, kommt ihm bekannt vor und er
nimmt ab. In den Tagen danach wird er sich oft ärgern, das
Signal seines iPhones, das einem Trambahnklingeln nach-
empfunden sein soll, nicht ignoriert zu haben.

Im Gegensatz zum Ehemann Melforsch und seinem teils
gestammelten Bericht über die Geldakquise seiner Gattin –
oder der Diebe, die mit deren Kreditkarte entschlossen,
schnell und souverän zu Werke gegangen seien, wobei die
Frage offen bleibt, wie sie sich in den Besitz von Karte und
PIN hätten bringen können –, in überraschendem Kontrast
zu dessen ausufernder Schilderung berichtet der Sohn knapp
und präzise, was er mitzuteilen hat.

Der These vom Diebstahl der Kreditkarte zu widersprechen und den zunächst angenommenen Sachverhalt zu betonen: Frau Melforsch auf räuberischer Tour, wird der Richter

nicht müde, obwohl er, ebenso wie die Richterin, der erneuten Untersuchungshaft des Dr. Martin Gödeler nach der Aussage der Zeugen, des Ehepaars aus der Vendée, zügig zugestimmt hat.

»Werter Herr Kollege Rothe, Sie wie ich wissen, dass alle Wahrscheinlichkeit für unsere Frau Melforsch auf Geldbeschaffungstour spricht. Und der Herr Gödeler, auch das wissen wir, hat sich während dieser Zeit auf dem Weg in die schwäbische Heimat befunden. Und saß hernach, als des Mordes Verdächtiger, hier in Haft.«

Der Staatsanwalt hat die Worte im Ohr, als er dem Sohn von Susanne Melforsch widerwillig lauscht, nachdem er die Funktion für die Gesprächsaufzeichnung mit dem Einverständnis des Anrufers aktiviert hat. Kurz vor drei, denkt er, und alles, was ich mühsam zusammengetragen und zu einem Bild gefügt habe, wird zerbröseln und mir wie feiner Sand durch die Finger rinnen.

Vor zwei Tagen, sagt der Sohn, und seine Stimme am Telefon kling seltsam jung und emotionslos, sei ihm ein Foto per WhatsApp geschickt worden, auf dem ein vielspuriges, aber wenig befahrenes Autobahn- oder Schnellstraßenkreuz sowie einige extrem futuristisch wirkende Hochhäuser vor einer Stadtlandschaft zu sehen seien, einer Stadt, die auf ihn keinen europäischen Eindruck gemacht habe – ohne dass er erklären könne, wieso. Das Foto werde er nachher weiterleiten.

Martin, der Sohn, glaubt zunächst an einen Irrtum.

Bis ihn gestern ein zweites Foto erreicht, darauf ein Wolkenkratzer, an dessen einer Seite ein monumentaler Metallreif umliefe, wie das Holz eines ungeheuren Bogens. Der solitär wirkende, senkrechte Pfeiler auf der anderen Seite des Gebäudes wäre dann die Sehne dieser Waffe. Hochhaus vor

dunstiger Kulisse. Fern die vagen Umrisse einer Skyline, sodass er unwillkürlich an Wüste habe denken müssen.

Er sucht – und findet die Motive im Netz: Dubai.

Zwei Stunden später erreicht den jungen Mann die SMS
einer ihm unbekannten Nummer. Ihm werden Grüße ausge-
richtet. Er wisse, heißt es darin, sicherlich, von wem.

Dem Sohn von Susanne Melforsch macht es keine Mühe,
der Nummer einen Namen zuzuordnen, der zu seinem Glück
selten ist – Dörte Rydlowsky. Beruf, so die Auskunft der
Suchmaschine: Hebamme in Bochum.

Ebenso wenig Schwierigkeiten bereitet dem Sohn das Hacken und Durchsuchen etlicher Passagierlisten von Flügen
nach Dubai International Airport. Als er auch das Hotel von
Dörte Rydlowsky gefunden hat und feststellen muss, dass die
letzten acht Monate kein Gast mit dem Namen Susanne Melforsch eines der Zimmer gebucht habe, meldet sich der Sohn
beim Staatsanwalt in Stuttgart.

»Danke.«

Der junge Staatsanwalt hört, den Kopf auf dem Kissen, den
heiseren, mutlosen Klang der eigenen Stimme. Er muss nicht
nachdenken, um die Worte des Richters, sorgfältig abgewo-
gen, zu vernehmen, obwohl sie erst morgen beim Haftprüfungstermin formuliert werden dürften: Schwangerschaft
der Frau Melforsch – zweifelsfrei laut Laboruntersuchung –
mehrmalige Gegenprobe, mehrfache Bestätigung – Hebamme, Handynummer des Sohns – Dubai, ja, meinetwegen
der Mars: Das kann uns, werter Kollege, nun wirklich egal
sein. Kein Opfer, kein Mord: Aussetzung der Haft. Sie sind
ein genialer Kopf, ich weiß. Aber, Herr Rothe, Sie haben sich
da in etwas verrannt – nein, verbohrt: Aufhebung des Haftbefehls. Keine Meldeauflagen.

Der Staatsanwalt berührt seinen Wecker: 3.43 Uhr MEZ.

INDUKTIONSVORAUSSETZUNG
(VERIFIKATION)

Nachdem mir der Richter die seit Wochen erwünschte, jedoch kaum noch erhoffte erste Haftverschonung zugebilligt hat und sie, zum Missfallen des Staatsanwalts, durch eine Richterin bestätigt worden ist, folge ich ohne Verzug einem Plan, den ich mir während der Haft zurechtgelegt habe. Ich werde, ein vorerst letztes Mal, bei meinem Staatsanwalt vorsprechen. Werde, ausführlich wie gewohnt, berichten, um seinem Verdacht keine Nahrung zu geben. Werde mich anschließend nicht an die Meldeauflage halten, werde mich der Kontrolle entziehen. Ich ahne, dass eine neuerliche Festnahme unausweichlich sein wird.

Zunächst reise ich nach Elzach, ein Ort im südlichen Schwarzwald, wo Sophia, meine Tochter, seit Jahren wohnen soll. Die Adresse habe ich einer Aktennotiz meines fahrigen Pflichtverteidigers entnommen.

Am Freitag bin ich entlassen worden. Am Samstag steige ich in Elzach aus dem Dieseltriebwagen, der mich von Freiburg bis zum Endhalt geschaukelt hat. Ich beglückwünsche mich, dass meine Tochter in ein Kaff gezogen ist, am Ende der bewohnten Welt, aber recht nah bei Stuttgart.

Ich laufe die wenigen hundert Meter vom Bahnhof in den Ort, finde mühelos die Hauptstraße und gerate bei Abgleich der Hausnummern in eine Passage, die mich an Einkaufsgelegenheiten in Ostdeutschland denken lässt. Hier, immerhin, liegt nur eines der Geschäfte brach.

Obwohl die Sonne hoch steht, ungefähr ein Uhr mittags, herrscht in dem einer Waschbetonästhetik verpflichteten Durchgang freudlose Dämmerung. Während ich noch überlege, ob ich klingeln soll, meine Tochter hat sich einen zweiten Nachnamen zugelegt, höre ich von der Hauptstraße her Stimmen.

Unwillkürlich weiche ich Richtung Dorfmitte aus, ziehe mich ins milde Dunkel der Katakombe zurück, betrete ein ungenutztes Billardcafé mit Spielautomat und Bildschirm für die unausgesetzte Fußballübertragung. Ein zweiter Ausgang führt auf den Kirchplatz.

Trotz einer Sehnsucht, die mich schwindeln macht, werde ich mich im Verlauf des Tages weder Sophia, meiner Tochter, noch Gunde, meiner früheren Frau, zu erkennen geben. Gunde, die entweder in Elzach zu Besuch oder ebenfalls dort hingezogen ist. Ich werde der kleinen Gruppe bis zu einem Waldspielplatz folgen, um die junge Familie – Sophia, zwei Töchter, ein Mann – während ihres Samstagnachmittags aus sicherer Entfernung zu beobachten.

Weder werde ich wütend noch verzweifelt noch über die Maßen traurig sein: Die Sehnsucht, die mich im ersten Moment hätte veranlassen können, zu Gunde und Sophia hinüberzugehen, um mich ihnen zu offenbaren, gilt dem jungen Mann, der ich gewesen bin.

Zu spät, werde ich denken.

Mich dennoch fragen, wie ich Sophia so habe vergessen können, nur in Träumen mir gewahr, hilflos traurigem Nachtmahr. Nagende Schuld, Reißen im tiefsten Innern, Brandzeichen der Scham. Ich muss mich beherrschen, nicht doch noch zu rufen, zu Gunde, Sophia, meiner Tochter, den Mädchen, meinen Enkelinnen hinüberzulaufen – zu spät.

Lenke mich ab mit der Frage, welcher Tätigkeit der Mann in Offenburg, Elzach, Freiburg oder Villingen-Schwennigen nachgeht, ein Mann, dessen ruhig wirkende Kraft ihn in Momenten, da er innehält und aus geringer, wenngleich genügender Distanz der Familie beim Spiel zuschaut, von innen heraus leuchten lässt. Werde mich fragen, wie es Gunde gelingen konnte, die stille Schönheit ihres wieder schmalen Gesichts über die Jahre zu konservieren – nicht nur zu bewahren: in einem Glanz wiedererstehen zu lassen, der mir für Sekunden erneut die Wehmut in die Eingeweide schreibt, dass ich mich krümme. Arbeitet sie weiterhin als Grundschullehrerin? Hat sie einen Partner? Ich werde darüber nachsinnen, ob Sophia die reich vorhandenen Anlagen für sich hat nutzen können. Ob sie Paul und René nach wie vor dominiert und kujoniert, ohne dass deren Bewunderung deshalb Einbußen erführe. Ob sie die Schaluppe mit den schrecklichen Piraten an ihre Töchter weitergegeben hat und mit ihnen beim Frühstück und auf dem Weg zur Schule das kleine und das große Einmaleins übt. Ich frage mich, ob sie sich an den seltsamen Ausflug nach Südfrankreich erinnert, der für mich Jahrzehnte später Anstoß für einen Urlaub mit jener Frau sein wird, der ich damals zu folgen glaubte.

»Papa, ich möchte lieber zu Mama zurück.«

Ich gucke meinen Enkelinnen zu, die eine wilder, die andere bedachter, wie sie einträchtig eine Sandburg bauen, sich streiten und vertragen, zu Schaukel und Klettergerüst wechseln, beobachte, während ich spüre, dass sich die Rührung am Augenrand einnistet, wie das etwa zwei Jahre jüngere, ungestümere Mädchen, verblüffend hellhäutig und blond, sich von der Älteren, ähnlich dunkelhaarig wie Gunde, Gesicht und Mimik des nie eingreifenden, stets präsenten Vaters, die Welt erklären lässt.

Ich schaue von einem Hochstand aus der Familie bei ihrer Freizeit zu, komme mir ungehörig vor, Strolch im Gebüsch, ein Spanner, verschwinde nach zwei, drei Stunden, wie ich gekommen bin: heimlich, still und leise.

Als ich in Saulxures-sur-Moselotte eintreffe, den Wagen, einen Opel Corsa, gedacht als Unfallersatz, habe ich in Strasbourg in einer winzigen Autowerkstatt teuer gemietet, schlägt die Uhr am Kirchturm eben zur vollen Stunde, 18 Uhr.

Ich parke nah einem Badesee mit Erlebnislandschaft, die Badeanstalt beendet gerade den regulären Badebetrieb, und laufe hoch zur Straße, in der der junge Staatsanwalt nach eigener Auskunft die ersten Jahre mit seiner Mutter gelebt hat. Ich folge dem Weg zur Primarschule, in der er eingeschult worden ist, auch das hat er kurz erwähnt, und empfinde beim Anblick des Gebäudes nichts. Während ich zum Auto zurückkehre und die leise Enttäuschung mit einem Achselzucken abstreife, beschließe ich, außerhalb des Orts, der auf mich hässlich und trostlos wirkt, zu übernachten.

Ich starte den Wagen, rolle langsam die Hauptstraße entlang, entdecke mühelos den einzigen Friedhof der Kleinstadt.

Obwohl es auf 18.30 Uhr zugeht, finde ich nicht nur das Tor unverschlossen, sondern stoße auch auf einen Angestellten, der sowohl die Wege als auch einige Grabstätten harkt. Als ich mich ihm nähere, stützt er sich auf seinen Rechen und blickt mich aus schmutzigen Brillengläsern, das linke eigenartig eingetrübt, an. Köperhaltung wie Mimik signalisieren Misstrauen und Herausforderung.

Ich bleibe in einigem Abstand vor ihm stehen.

»Vous …«

»Ich spreche deutsch, Monsieur.« Er verlagert das Gewicht vom einen auf den anderen Fuß. »Vous cherchez … Suchen Sie etwas Bestimmtes, mein Herr?«

Seine Stimme klingt abweisend. Trotzdem wendet er sich nicht ab. Sein Blick hinter der trüben Brille kommt mir lauernd vor.

»Ich denke, das Grab meiner Mutter.«

»Vous *pensez* …? Sie … *denken*, Sie suchen hier … das Grab Ihrer Mutter?«

Ohne das weitere Geplänkel des Friedhofsangestellten abzuwarten, entnehme ich meinem Portemonnaie achtzig Euro. Der Mann mustert mich. Er lächelt.

»*Cent.*«

Ich füge weitere achtzig hinzu. Ich sage: »Doppelt oder nichts.«

Er löst die Hand von seinem Rechen, linst durchs uneingetrübte Brillenglas und nuschelt: »Bei Erfolg zweihundert? Auf die Hand?«

Ich nicke. Er bietet mir die erdigen Finger zum Handschlag. Ich schlage ein.

»Elisabeth Lucile Trouvé. Eventuell auch Rotem.«

»Ihnen ist der Name Ihrer Mutter unbekannt? Einer Mutter, die, wenn ich mich zutreffend erinnere, etwa so alt wäre wie Sie?«

Er winkt mir, ihm zu folgen. Ich denke: Jungfernzeugung. Nun mach schon hin, du gieriges Stück Dreck.

Er führt mich zu einem Grab mit einem ungewöhnlich großen Grabstein, gepflegt, kaum Bewuchs, gut gelegen, weit entfernt von der Durchgangsstraße des wenig attraktiven Orts. Auf dem Stein, schwarzer Marmor, der besser zu einem deutschen Kirchhof gepasst hätte, befindet sich kein religiöses Symbol. Stattdessen ein stilisierter Stern, fünf Zacken, die

Farbe verblichen. Darunter die eben noch leserliche deutsche Aufschrift: *Beweint nicht die Toten, ersetzt sie.*

Wiederum darunter, in ähnlichem Abstand, jedoch leicht nach links verschoben, das Geburts- und das Sterbedatum sowie ein Name: *Maja Rotem, geb. Trouvé.*

Ich knie nieder. Merke, wie ich zu frieren beginne. Ich lege einen Kiesel auf den Balkon des schwarzen Steins. Ich höre, wie der Angestellte hinter mir murmelt: »Wird bezahlt. Von ihrem Sohn. Wohlhabend. Aus Stuttgart.«

Höre, wie er, beinahe stimmlos, hinzufügt: »Möchten Sie allein bleiben?«

»Nein.«

Ich bin verblüfft, dass kaum Bilder vor meinem inneren Auge auftauchen – die rothaarige Lu, die Wohnung in der Bernhard-Nocht-Straße, Nächte in Hamburg. Ich wundere mich, wie wenig ihr Tod in mir auslöst. Wie beiläufig ich an sie denke, wie kühl ich mich an sie erinnere, wie fern mir die Tage des Wartens auf der Raststätte vor Brüssel erscheinen, wie unwirklich die schwankende Göttin auf der Berliner Siegessäule, wie kümmerlich der Abschied von Lu im schlecht beleuchteten Gang eines belgischen Motels, aus dem sie, während ich schlafe, heimlich und still verschwindet.

Wir hatten unsre Zeit.

Ich streiche über den Namen. Fahre die Buchstabenfolge mit den Fingerkuppen nach. Denke: Ein mathematisches Symbol wäre angemessener gewesen. Mit einem Mal spüre ich die Kälte sich in meiner Brust ausbreiten. Für Momente, die Dauer eines Wimpernschlags schwindet das Licht vor meinen Augen. Dann kehrt die Welt wie durch einen Weichzeichner zurück.

Bereitwillig lasse ich mir von dem Angestellten, der seinen Rechen abgestellt hat, aufhelfen, gebe ihm das Geld, das er zunächst ausschlagen will, schiebe ihm die Scheine in die Tasche am eingerissenen Latz der Arbeitshose.

Sehe, während er sich verlegen bedankt, wie die müde wirkende Sonne an einem karsten Kamm, kein Baum, Augenblicke hängen bleibt, ehe sie im nächsten Tal verschwindet.

»Sie können sie nicht sprechen«, sagt der Mann, der mir die Tür geöffnet und sich als Thomas Kramer vorgestellt hat und mich seither nicht mehr aus den Augen lässt.

Wir sitzen ein, zwei Kilometer außerhalb des mäßig großen Elsässer Städtchens unweit der Vogesen und des Rheins, in der mein Staatsanwalt die späte Kindheit und frühe Jugend verbracht hat, bevor er aufs Internat gewechselt ist, um dort das deutsche Abitur zu bestehen. Wir sitzen in einer geräumigen Küche, die trotz des Sommers beheizt wird.

Thomas Kramer, der die Maman bis vor wenigen Tagen in der eignen Wohnung betreut hat und sich auch weiterhin um sie kümmert und kümmern wird, lebt in einem provisorisch renovierten Weinbauernhaus, eher einer Hütte, die längere Zeit leer gestanden haben muss. Vielleicht bewohnte er zusätzlich ein Zimmer in der Wohnung der Maman. Ihn zu finden, hat mir keine Mühe bereitet.

Als ich das Städtchen einigermaßen erschöpft erreiche, auch diesen Ort hat der Staatsanwalt mir gegenüber ein- oder zweimal erwähnt, parke ich den Mietwagen auf dem ersten Parkplatz, den ich entdecke, Gelände eines keineswegs preiswert wirkenden Seniorenheims. Ohne besonderen Anhaltspunkt, das Telefonbuch im Netz nennt nur eine alte Wohnadresse meines Staatsanwalts, eine Angabe, deren Gewähr mir zweifelhaft erscheint, beginne ich die Recherche, wo ich gestrandet bin.

An der Rezeption der Einrichtung, in der die Maman, wie

sich rasch herausstellt, kurz zuvor ein Zimmer bezogen hat, wird auf meine Nachfrage nach einer Frau Rotem die Adresse eines »Herrn Kramer« ohne Zögern und mit dem Hinweis an mich ausgehändigt: »Sicherlich meinen Sie Frau di Maro.« Herr Rotem sei ihr Enkel, neben Herrn Kramer als Person des Vertrauens aktenkundig. Beide seien bei ihrem Einzug persönlich zugegen gewesen. Besuchen könne ich Frau di Maro leider erst morgen Mittag. Heute habe die Dame einen späten Arzttermin. Nach Neubezug sei so ein Check im Haus obligatorisch.

Alles in lupenreinem Deutsch, danach in glasklarem Französisch. Auskunft mit der Stimme eines Automaten in der Tracht einer katholischen Ordensschwester.

In der eigentümlich großen Küche der Weinbauernkate steht in einem Eck eine gusseiserne Kochmaschine, deren Feuerloch den Kessel für das Teewasser wärmt. An der Seite mit Spülstein und Abtropfbecken ist der Raum halbhoch gekachelt, blau und weiß, an der Wand gegenüber hängen von verbogenen Haken einer angelaufenen Messingleiste Pfannen, eine Kelle, ein Metallsieb.

»Sie könnten schon mit ihr sprechen.«

Kramer, der wegen meines mit für mich selbst überraschendem Nachdruck vorgetragenen Wunsches nicht nur misstrauisch geworden ist, sondern zudem noch mürrischer wirkt als bei meiner Begrüßung, lässt den Blick weiterhin keinen Moment von mir, als müsste er die wahre Absicht hinter einer bloß vorgeblichen ergründen.

Er hat die randlose Brille hoch ins drahtige, offenkundig selbst gekürzte Haar geschoben und gestikuliert wie zur Abwehr mit den Händen.

Eine Geste ähnlich der, als ich beim Eintritt meinen Namen

genannt und betont habe, die verstorbene Tochter der Frau di Maro sehr gut gekannt zu haben.

Auf die unwillige Frage des nicht übermäßig großen, weißhaarigen Mannes, wer mich hierhergeschickt habe, füge ich, nun ebenfalls verärgert, hinzu: »Niemand. Mich schickt niemand. Und keinesfalls Herr Rotem, der Staatsanwalt.«

»Hm.«

Er hat die Haustür freigegeben und mich in die Küche geführt.

Jetzt erhebt er sich beinahe leichtfüßig, entlässt mich, indem er hinüber zum Herd wechselt, aus der strengen Musterung.

In meinem Rücken verändert er die Anordnung der Eisenringe überm Feuerloch der Kochmaschine, um dem Kessel mehr Hitze zuzuführen. Ohne Verzug beginnt das Wasser zu brodeln. Er hantiert mit einer Blechbüchse, taucht wieder in meinem Blickfeld auf, richtet das Teesieb in der bauchigen Steingutkanne, befestigt den Haken an der Tülle, gießt auf, setzt sich, sagt: »Ja.«

Er zuckt die Schultern.

»Sie können mit ihr sprechen. Aber die Großmutter unsres putzigen Karrieristen ist hoffnungslos dement.«

Er hebt den Deckel von einer Dose mit braunem Zucker, reicht mir einen Löffel aus seltsam schwerem, blankem Silber.

»Sie haben sich ja unten in der Einrichtung erkundigt. Ich bin gleich angerufen worden, das machen die dort immer. Mich erkennt Frau di Maro – meist. Weil ich mich seit Jahren um sie kümmere. Den Sohn Ihrer ehemaligen Geliebten, *Ihren* Sohn, den Herrn Rotem, erkennt sie kaum noch. Nach dem Umzug, oben, ins Seniorenheim, hat sich mich gefragt, wer der junge Mann gewesen sei.«

Missbilligend schüttelt er den kantigen Kopf.

»Weil der Gute zu selten auf Besuch über die Grenze kommt.«

Thomas Kramer gießt uns Tee in die gegen das durchs
Fenster hereinfahrende Licht blassen, durchscheinenden
Tassen, schlurft neuerlich hinüber zum Herd, schiebt die
Ringe übers Feuer der monströsen Kochmaschine, schließt
das Loch, um züngelnde Flammen zu ersticken, kehrt an den
Tisch zurück, rührt mit gesenktem Kopf in seinem über-
zuckerten Tee, hebt den Blick und fixiert mich.

»Für einen Fall wie diesen existiert eine Abmachung. Es
gibt eine Vereinbarung, an die ich mich halten werde, obwohl
mich wenig dazu drängt. Das können Sie mir glauben, Herr
Dr. Gödeler. Wenngleich …«

Mit gespitzten Lippen prüft er den gesüßten Tee. Pustet in
die dampfende Flüssigkeit.

»Zuerst müssten Sie mir jedoch erklären, wie Sie uns gefunden haben und was Sie hierhergeführt hat.«

Als ich den knappen Abriss der Ereignisse beendet habe,
den Streit im Canyon beschreibe ich als Trennung, der
schwarze Tee steht süß und kalt und unberührt vor mir, nickt
Thomas Kramer. Schüttelt anschließend den Kopf, murmelt:
»Das denkt sich keiner aus.«

Dann beginnt er mit seinem Bericht.

Noch in der Nacht unserer Ankunft auf der Raststätte vor
Brüssel wird Lu, Dr. Elisabeth Lucile Trouvé, deren Vorname
Lucile dem Schauspiel *Dantons Tod* entlehnt sein soll, von
einem Mann abgeholt, den sie nicht kennt, der sie jedoch
erkennt. Der kaum spricht: ein Codewort, vier oder fünf
Anweisungen, während der weitgehend stummen Fahrt nach
Molenbeek-Saint-Jean, einem Stadtteil der belgischen Metro-
pole. Den Lu nie wiedersehen wird.

Ein Chauffeur, der sie in einer bereitgestellten Wohnung absetzt. Ein Mann, den sie als Genossen bezeichnet hätte. Der sie heißt zu warten. Der verschwindet.

Von der Wohnung aus wird sie von einer fast noch schweigsameren Frau nach Echternach gefahren, Kleinstadt in Luxemburg unmittelbar an der deutschen Grenze, und anschließend von einem redseligen Jüngling, blond, blass, unruhig, der ihr in kaum verständlichem Letzeburgisch befiehlt, dies oder jenes zu tun, in Thionville, einem im Niedergang begriffenen Lothringer Stahlstandort, bei einem verblüffend herzlichen Paar mittleren Alters abgeliefert. Dort trifft Lu auf Rebekka di Maro, die spätere Maman des strebsamen Staatsanwalts.

Ihr wird erklärt, dass Rebekkas Tochter vor acht Tagen verstorben und dass »di Maro« zudem ein nach dem Krieg angenommener Name sei.

Ihr, Elisabeth Lucile Trouvé, räume man das Privileg ein, die Stelle der Tochter einzunehmen – aus Gründen, die man ihr nicht mitteilen könne, mit neuer Identität. Alles andere werde geregelt.

Zwar halte man den Anschlag auf die Berliner Siegessäule weder für sonderlich klug durchgeführt – keineswegs, noch für politisch adäquat oder gar förderlich, im Gegenteil. Dennoch gestehe man der Gruppe, deren Mitglied Lu gewesen sei, zu, im Hinblick auf die völkisch Revoltierenden, die Mobilisierung der Straße durch neo-nationalsozialistische Kräfte, gehandelt zu haben, das halte man der Gruppe und damit Lu zugute. Kein geschickter Versuch. Immerhin ein Versuch. Der unserer Hilfe, so der nahezu einhellige Beschluss, unbedingt wert sei.

»Das Ungeheuer schläft. Aber sein Schlaf ist leicht. In unruhigen Träumen regt es sich.«

Das sagt Rebekka di Maro.

Meist reden der Mann oder die Frau des ausnehmend warmherzigen, manchmal in seiner Freundlichkeit unheimlich wirkenden Paars. Selten ergänzt Rebekka das eine oder andere Detail. Irritiert – so sei es den geringen hinterlassenen Notizen von Lu zu entnehmen gewesen – habe sie die Handfeuerwaffe, die diese auskunftsfreudige Frau in Griffweite, in Reichweite auch des Mannes, bei sich auf der Couch zu liegen gehabt habe.

Die in der Wohnung in Thionville Versammelten geben Lu eine Stunde, um sich zu bedenken und sich für einen Namen zu entscheiden.

Wenn sie sich entschließe, eine andere zu werden, ihr altes Leben abzustreifen und hier, in der sterbenden Stahlstadt, zurückzulassen, gäbe es keine Umkehr.

Keinen Kontakt zu früheren Freunden, Bekannten oder Kollegen. Keine Chance, an ihre mathematische Laufbahn anzuknüpfen. Eine Option, die ihr in der Haft eventuell eröffnet werde.

Entscheide sie sich gegen das neue Leben als geschiedene Tochter der Rebekka di Maro, werde man ihr genügend Geld aushändigen, um nach Deutschland zurückzukehren und sich den Behörden zu stellen.

Lu entschließt sich innerhalb von acht Minuten. Sie hat die Uhr mit dem Pendel über dem Esstisch im Blick. Bewacht von dem Mann, der die Pistole inzwischen im Schoß hält, wartet sie die verbleibende Zeit ab, um ihrer Entscheidung den Anschein größerer Ernsthaftigkeit zu verleihen, ehe sie den Entschluss kundtut.

Sie versucht, den Verlust der Mathematik zu wägen, und weiß ihn ohne Gewicht gegenüber dem Kind, das sie erwartet. Sie denkt an Marie Curie: *Ich beschäftige mich nicht mit dem, was getan worden ist, mich interessiert, was getan werden muss.* Zum Ende der ihr eingeräumten Stunde gibt sie gegenüber der Gruppe in der Wohnung ihrer enormen Erleichterung Ausdruck, bedankt sich für das ihr entgegengebrachte Vertrauen, entscheidet sich, ohne zu zögern, für den Namen Rotem, Maja Elisabeth Rotem.

Ein Gruß, denke ich, ein ferner, zaghafter Gruß. Von Maja Rotem, von Elisabeth Lucile Trouvé. Ein Gruß an mich.

Noch ehe das bewaffnete Paar aufbricht, wird Lu, die von nun an Maja heißt, ein Päckchen mit den benötigten Unterlagen sowie der Adresse in Saulxures-sur-Moselotte übergeben, einem Ort von überschaubarer Größe, in dem es jedoch genügend Unterstützung gebe, sodass der Umzug kein Misstrauen erregen werde, zumal ein Granitwerk dieser Tage die Produktion habe einstellen müssen und ein wenn auch kleinerer Betrieb sich neu ansiedeln werde.

Der Mann, erneut unbewaffnet, gibt der einstmaligen Elisabeth Lucile Trouvé lächelnd die Hand und verschwindet, geschmeidiger Schatten, im dunklen Treppenhaus. Die warmherzige Frau mit der Waffe umarmt Lu-Maja zum Abschied und sagt: »Viel Glück. Wenn du uns verrätst, werden wir dich töten.«

Anfangs fällt es Lu, die fortan als Maja Rotem halbtags in der Verwaltung des größeren, noch bestehenden Granitwerks in Saulxures-sur-Moselottes angestellt ist, schwer, sich in das Leben mit Rebekka einzufinden.

Mit der Geburt des Sohns kündigt sie ihre Arbeit, wundert sich in den ersten Tagen, dass Rebekka keinen Einwand geltend macht und genügend Geld zur Verfügung steht. Rebekka hilft gelegentlich in der örtlichen Apotheke aus, keine

Beschäftigung, die Wohlstand nahelegt. In unregelmäßigem Abstand tauchen Personen wechselnder Nationalität, oft unterschiedlicher Sprache bei Rebekka auf. Nie wiederholt sich der Besuch eines Mannes, einer Frau ein zweites Mal. Meist erfolgt unmittelbar im Anschluss eine Anschaffung: Kleidung, ein Möbelstück, Gerätschaften für den Haushalt.

Maja, die an sich selber kaum noch als Lu, Lucile oder als Mathematikerin denkt, fragt nicht nach und versucht, die Besucher rasch zu vergessen.

Schon als die beiden Frauen gemeinsam mit dem Säugling von einem Pfleger der Entbindungsklinik nach Hause gefahren werden, beginnt eine Zeit – kurze acht Jahre, bevor ein spät erkannter Brustkrebs Lu innerhalb weniger Wochen sterben lässt –, die Maja-Lu in ihren Notizen als ruhige, ausgeglichene Jahre beschreibt, durchwoben von einem nie erwarteten Glück.

»Sie hat ihr altes Leben anscheinend nicht vermisst.«

Thomas Kramer erhebt sich von seinem Küchenstuhl, gießt den kalt gewordenen Rest seines Tees in den Abguss, bleibt auf halbem Weg zurück zum Tisch am Fenster vor mir stehen.

Vielleicht zögert er einen Moment. Vielleicht bilde ich mir sein Zaudern ein. Vielleicht bin ich abgelenkt, weil mich trotz des Sommers im Elsass, trotz der verbliebenen Glut in der gewaltigen Kochmaschine plötzlich fröstelt, ähnlich wie am Grab von Lu.

Thomas Kramer, der schräg neben mir steht, legt mir eine Hand auf die Schulter und sagt, während er durch das Küchenfenster hoch in die Vogesen schaut: »Sie haben Ihrer Geliebten geholfen zu entkommen.«

»Unbeabsichtigt.« Ich spüre den festen Druck seiner Finger.

»Ohne es wirklich zu wollen.«

»Was zählt«, Thomas Kramer spricht nicht besonders deutlich und wie zum Hang hinter dem Haus, »was zählt, ist das Tun, nicht das Wollen.«

Er tritt einen Schritt beiseite. Seine vom beginnenden Alter gezeichnete Hand gleitet ohne Gewicht an meinem Oberarm herab. Während er sich einen weiteren Schluck Tee in die Tasse aus dünnem Porzellan gießt, ohne Zucker in die kaum noch laue Flüssigkeit zu rühren, das Licht im Stövchen ist erloschen, fügt er verblüffend ernst und betont fest hinzu: »Wir respektieren Ihr Handeln. Wir achten Sie, Herr Gödeler. Denken Sie immer daran.«

Als ich mich bei Thomas Kramer bedanke, ohne die Maman meines Sohns, des Staatsanwalts, nur gesehen zu haben, als ich mich von ihm verabschiede, indem ich ihn umarme, komme ich mir ähnlich ungeschickt vor wie gegenüber dem Hauswart Bert Schauerleut.

Ich weiß, dass ich Thomas Kramer, der die Maman bis zum Tod begleiten wird, nicht eigens bitten muss, gegenüber der Stuttgarter Behörde und meinem Sohn, der selten zu Besuch ins Elsass fährt, zu schweigen.

Besetzt von Eindrücken und Gedanken, die zu ordnen ich noch nicht in der Lage bin, kehre ich nach Stuttgart zurück.

Ich habe erfahren, was ich habe erfahren wollen. Ich weiß, was in der Nacht auf der Raststätte vor Brüssel geschehen ist. Ich kenne meinen Sohn.

Als ich den Schlüssel ins schwergängige Türschloss meiner Souterrainwohnung zwischen Dobelstraße und Bopser stecke, erfolgt meine zweite Festnahme durch drei Zivilpolizisten, die mir den Durchgang zur Straße stumm verstellen.

Q. E. D.

Als der Staatsanwalt Nitram Rotem nach acht Tagen endlich die Bestätigung erhält, dass die Hebamme Rydlowsky, die inzwischen weiter nach Goa geflogen ist, um an einem Seminar für Rebirthing teilzunehmen, tatsächlich mit einer schwangeren Frau in Dubai gesprochen hat, die auf sie zugekommen sei, weil sie während des Hotelfrühstücks durch einen zufällig aufgeschnappten Gesprächsfetzen vom Beruf Dörte Rydlowskys erfahren habe, ist es zu spät.

Ja, diese Frau habe sie als Hebamme um Rat gefragt. Doch – wegen einer, tja, Unpässlichkeit. Keine große Sache, so was passiere während beinahe jeder Schwangerschaft. Gar kein Grund zur Sorge, das habe sie der Frau versichern können. Und, ja, sie habe die nette Dame, von der sie sich nur den Vornamen gemerkt oder von der sie nie einen Familiennamen gewusst habe, gänzlich beruhigen können. Der Fortsetzung ihrer Reise nach Thailand stünde nichts im Weg. Dafür könne sie sich, als Hebamme, verbürgen.

Ja, den Gefallen mit den Fotos und der SMS habe sie gern erbracht. Sicher so ein loosiger Lover, dem sie aus der Wüste kurz habe zuwinken wollen. Letztes Mal, bevor sie – für ihn, forever – unerreichbar sei.

Nein, der Vorname sei nicht Susanne gewesen.

Sondern?

Sondern Sybille. Ja, unbedingt. Mit Gewissheit.

Der Versuch, Dr. Gödeler telefonisch zu erreichen, bleibt ebenso erfolglos wie der Versuch einer erneuten Vorladung. Noch am Tag der Aufhebung des Haftbefehls ist der Mathematiker mit unbestimmtem Ziel verreist.

Fortan bleibt Martin Gödeler verschwunden.

Derweil erreicht den jungen Staatsanwalt ein Päckchen ohne begleitenden Brief, das er der Behörde ebenso verschweigt wie das Eintreffen eines Pakets. Darin, akkurat geordnet, Kopien des Materials, Gedächtnisprotokolle sämtlicher Verhöre, sowohl digital als auch in gedruckter Form, alles detailliert erläutert, akribisch kommentiert, dazu ein Buch in althochdeutscher Sprache.

Paket wie Päckchen veranlassen den Staatsanwalt, der seiner Behörde den Erhalt der Post auch weiterhin verschweigt, die Kündigung einzureichen.

Dem Wunsch wird nicht entsprochen.

Anschließend an eine Unterredung mit dem Abteilungsleiter, der das Ansinnen bedauert, sowie dessen Vorgesetztem, der es kategorisch ablehnt – ein Gespräch, das in Gegenwart einer Psychologin geführt wird –, einigt man sich auf Gewährung unbefristeten Sonderurlaubs und gibt dem eilends eingereichten Antrag des Beamten statt.

Der Ermittler, der sich stets als Rekonstrukteur eines Sachverhalts verstanden hat, nie als Jäger, bis er mit diesem Fall konfrontiert wird, stellt sein Telefon ab, schaltet das Handy aus, zieht das Kabel des Routers aus der Steckdose und setzt sich an den seit seinem Studienabschlussjahr nicht mehr genutzten Sekretär, Erbstück seiner Mutter, in dessen einzigem Schubfach er die Kopie der Akte des Verdächtigen verschließt.

Indem er weite Teile des hinterlassenen Materials fast wörtlich übernimmt, ab und an eine nicht dokumentierte, zeitliche Lücke aus dem Gedächtnis oder anhand der Akte ergänzt, kann er sich bald ein besseres Bild des Mathematikers machen. Manches muss dem Mann im Verlauf der Verhöre und der Untersuchungshaft vom Anwalt hinterbracht worden sein. Manches erscheint dem beurlaubten Beamten spekulativ. Manches muss der Verdächtige frei fabuliert haben, indem er versucht haben wird, sich die Sicht der Person, vor allem die der Susanne Melforsch, zu eigen zu machen.

Dennoch beginnt der Staatsanwalt zu begreifen.

Mehr und mehr sieht er sich im Fortgang der Lektüre am Rand des Tableaus der Schilderung an Kontur gewinnen, als sei er die Figur einer Erzählung.

Er versteht, warum der Beschuldigte im Bericht derart detailliert war. Warum er so ausführlich hat erzählen müssen. Warum er nach der ersten Haftverschonung nach Stuttgart zurückgekehrt ist. Er begreift die Notwendigkeit der perspektivischen Verwerfung, erspürt die Anstrengung des Mathematikers, jeder Person gerecht werden zu wollen. Schließlich ordnet er die Hinterlassenschaft des Dr. Gödeler nach den Kapitelüberschriften und hat den sicheren Eindruck, zu einem Schluss gefunden zu haben. Bevor er von einem gut zwanzigstündigen Schlaf sacht, aber bestimmt übernommen wird, liest er das Konvolut ein letztes Mal und versteht, was ihm widerfahren ist.

Das beigefügte Buch in althochdeutscher Schrift, das er bislang als irrelevant ignoriert hat, studiert er am Folgetag, rekapituliert den Inhalt in wenigen Sätzen.

Hadubrandt, der seinen Vater nie gekannt hat und ihn auch nicht erkennt, als Hildebrandt das Visier des Helms hebt, ist ein junger, aufbrausender Mann.

Zwischen zwei aufmarschierenden Heeren, wo die beiden

sich begegnen, besteht der Jüngere auf einem Duell mit dem Älteren, der sich dem Kampf mit dem Sohn verweigern möchte – weil er weiß, um wen es sich handelt, ohne dass er den Jungen zu überzeugen in der Lage wäre. Der Jüngere, ein stolzer, unerfahrener Kämpfer, erzwingt den Tjost. Der Ältere tötet ihn.

So das tragische Ende eines der ältesten überlieferten Texte deutscher Sprache. Daneben findet sich eine spätere Version mit versöhnlichem Ausgang: Man habe sich am Kreuzweg geeinigt und sei seiner Wege gezogen.

Unerwähnt bleibt die dritte Möglichkeit: Hadubrandt obsiegt.

Der Staatsanwalt fügt die Ergänzung sowie ein Schlusswort und eine Einführung – manche Menschen sind erstaunlich, bloß beim flüchtigen Hinsehen wirken sie wie Verlorene – der abgeschlossnen Arbeit bei, die er am Vormittag wird binden lassen, bekämpft die erneut aufkommende Müdigkeit, denkt an die kurze Zeit mit seinem Vater. Er lässt die Wochen Revue passieren, erinnert sich der ersten Begegnung, vergegenwärtigt sich, wie rasch sein Vater darum gebeten hat, den Fortgang der Vernehmung aufgrund einer Unpässlichkeit zu verschieben – nachdem er, der Staatsanwalt, sich ihm vorgestellt hatte.

Für Augenblicke verspürt er eine Sehnsucht ohne Maß. Unvermittelt überkommt ihn eine Kälte, die ihn an die Zeit nach dem Tod seiner Mutter erinnert und die ihm Angst macht. Er reibt die Handflächen aneinander, knetet die Finger, läuft auf und ab, horcht auf den beschleunigten Herzschlag, galoppierendes Organ in seiner Brust.

Er wünscht sich zurück in seine Kindheit. Er wünscht sich, dem Vater begegnet zu sein.

Mit ihm samstags, wenn der Vater nicht arbeitet, in einen Park oder den nahen Wald zu gehen, um dort Fußball zu spielen – einer im Tor, der andere schießt, Schütze und lauernder Torwart. Enten zu füttern oder Schwäne, die Schlussfigur erklärt zu bekommen, die mit der Aussage beginnt: Alle Schwäne sind weiß.

Von der Bedeutung des Gegenbeispiels – ein schwarzer Schwan – zu hören, das das stolze Gebäude der All-Aussage zum Einsturz bringt.

Im Herbst stachlige Kastanien von den Bäumen auf den Bierkellern des Klostergartens zu schießen, Stöcke und Steine nach den glänzend aus der Schale springenden Früchten zu werfen, die später im Turnbeutel aus Stoff unterm Bett vergessen werden und während des Winters schimmeln und stinken. Auf dem zugefrorenen Teich Schlittschuh zu laufen, am Hang der Burgruine zu rodeln. Im Frühjahr die Hoch- und die Weitsprunganlage auf dem alten Sportplatz auszuprobieren und die neue Tartanbahn hinter der Schule zu testen.

Er überlässt sich einer Erinnerung, die keine ist. Die Geschichte seines Vaters ist abgeschlossen.

Der junge Mann spürt, wie die Wärme in seine Hände und Finger zurückkehrt. Wie sich sein Herzschlag beruhigt und die Brust sich weitet, gegen den Reif aus Eisen, der sie eingeschnürt hat.

»Ich habe die Geduld aufbringen müssen, dir meine Geschichte bis zum Ende zu erzählen. Es war gut, die Karten in der Hand zu halten. Und riskant, so lange zu warten. Aber es hat sich gelohnt.«

Der junge Mann durchwacht eine letzte Nacht bis zum Morgen.

Mehrfach überprüft er die Adresse seiner älteren Schwester, die ihm sein Vater anvertraut hat. Kein Geheimnis – Name und Anschrift sind in jedem Adressbuch im Internet auffindbar. Außerdem eine Festnetznummer, die Angabe eines Handys. Kein Facebook-Account, kein Twitter, weder Instagram noch Reddit oder sonst eins der sogenannten sozialen Netzwerke.

Spricht für sie, denkt der junge Mann, der seinen Vornamen stets gehasst hat. Er weiß nicht, ob er Sophia besuchen und sich ihr offenbaren soll.

Keine Eile, denkt Nitram Rotem. Es gibt in meinem Leben keine Eile mehr.

Als die Sonne aufgeht, ein erster schmaler Streifen grünlich gelber Dämmerung, ein Licht, das ihn rührt, ohne dass er begreift, wieso, erhebt er sich von seinem Platz an dem alten Sekretär, betrachtet das Paket für die Behörde und schließt die wenigen Seiten, der er behalten wird, in der Schublade ein.

Nachdem er geduscht, zwei Tassen Kaffee getrunken hat, bringt er den Bericht des Vaters zum Copyshop und übergibt ihn unmittelbar danach der Stuttgarter Staatsanwaltschaft. Er wünscht den Kollegen Lebewohl, weist seine Assistentin an, ihn zunächst zu vertreten. Er wird den Beruf des Ermittlers und Anklägers, der ihm noch vor wenigen Wochen Erfüllung war, ohne Bedauern beenden.

Als er aus dem Dienstgebäude auf die Straße tritt, in der Tasche ertastet er das ehemalige Namensschild von der Tür des Büros, das seinem Vater klar gemacht hätte, um wen es sich bei ihm, dem Staatsanwalt, handelt, als der junge Mann die Stufen zum Gehweg hinabsteigt, ohne sich umzuwenden, liegt die Stadt Stuttgart in einem Licht, das ihm wie ein uneingelöstes Versprechen erscheint.

Er wird seine Schwester Sophia besuchen. Er wird mit ihr und Gunde, ihrer Mutter, sprechen. Wird seine Nichten kennen lernen, seinen Schwager. Ich bin jung, denkt er. Nichts kann mich aufhalten.

Er wird Schwaben verlassen. Er wird Deutschland verlassen. Er wird zurück nach Frankreich gehen, nach Saulxures-sur-Moselotte, von dort über Belgien – eine Raststätte kurz vor Brüssel – nach Hamburg und Berlin fahren, er wird sich die Universitäten anschauen, die seinem Vater etwas bedeutet haben. Er wird in Erwägung ziehen, über Dubai nach Goa zu fliegen, um die Hebamme namens Dörte Rydlowsky aufzusuchen. Er wird versuchen herauszufinden, ob sie weiß, wo Sybille sich aufhält. Eventuell wird er nach Phuket reisen, um nach einer Deutschen Ausschau zu halten, die bald ein Kind gebären wird und von der er erfahren möchte, wer sein Vater gewesen ist: der für ihn von nun an nicht mehr erreichbar sein wird.

Seitdem Du Dich zu Beginn unserer ersten Begegnung vorgestellt hast, meinte ich zu wissen, wer Du bist. Meine Besuche in Lothringen und im Elsass, meine Gespräche mit dem Betreuer Deiner Maman haben mich in der Annahme bloß bestätigt. Auf dem Umschlag, dem Deckblatt der Lebenserinnerungen von Kazik, die zu lesen mich Deine Mutter vor ihrer Flucht genötigt hat, ist der Name vermerkt, den Kazik nach Ende des Zweiten Weltkriegs angenommen hat: Rotem.

Ich weiß nicht, warum ich mir den Namen eingeprägt habe. Es wäre nicht nötig gewesen, das Buch nach meiner Haftverschonung erneut zu lesen. Schon als Du mir, ohne den Blick zu heben, die Hand geben wolltest, es nicht getan, sondern gesagt hast: »Staatsanwalt Rotem – ich werde Ihr Ermittlungsverfahren leiten«, ahnte ich, nein, war ich gewiss, wer Du bist.

Im Glossar der Biografie ist eine Frau erwähnt, die nach dem Krieg unter neuem Namen in Italien lebt. Sie wird nicht die Einzige gewesen sein, die diesen Weg wählte.

Wie Deine Maman und einige Leute, denen sie, quer durch Europa, verbunden gewesen ist.

Vielleicht repräsentieren sie das Andere. Das selten sichtbare Gedächtnis an eine Möglichkeit jenseits der verwalteten Welt und des verwerteten Lebens.

Sei umarmt. Dein Vater.

Danksagung

Mein besonderer Dank gilt dem Stuttgarter Schriftstellerhaus unter der Leitung von Astrid Braun für das gewährte Stipendium, dem Künstler Fréd Collant, ihm sind die kursivierten Sätze auf den Seiten 26 und 27 zuzuschreiben, sowie Martin Thau und A., durch deren Inspiration der Roman erst ermöglicht wurde.

Zitatnachweise

S. 7, Henri Poincaré
Marcus du Sautoy: *Die Musik der Primzahlen. Auf den Spuren des größten Rätsels der Mathematik*. Aus dem Französischen von Thomas Filk. Dtv, 2006.

S. 7, Buffalo Bill
Das Zitat »Wer die Wahrheit sagt, braucht ein schnelles Pferd« wird Buffalo Bill zugeschrieben.

S. 95, Eric Burdon & The Animals
Burdon, Eric & The Animals: »Good Times«. In: *Winds of Change*. MGM Records, 1967.

S. 188, Évariste Galois
Die Randbemerkung »Mir fehlt die Zeit« hinterließ Évariste Galois in seinem letzten Manuskript. Siehe hierzu: Neumann, Peter M.: *The Mathematical Writings of Évariste Galois*. European Mathematical Society, 2011.

S. 207, The Stranglers
The Stranglers: »No more heroes«. In: *No More Heroes*. United Artists, 1977.

S. 284, Marie Curie
Der Aphorismus »Ich beschäftige mich nicht mit dem, was getan wurde, ich beschäftige mich mit dem, was getan werden muss« wird Marie Curie zugeschrieben.